賣酒求夫 3

文創風 656

何田田 著

目錄

第六十章

劉詩秀把阿醇和阿香都丟給阿酒照顧，自己則忙著為阿酒準備及笄要用的東西。為了替她縫製衣裳，劉詩秀還特地跟姜五嬸去松靈府買布回來，每天忙著縫縫繡繡。

「阿酒，劉姨給妳繡的衣裳可真好看。」阿美羨慕地說道。

阿美被姜五嬸關在家裡學著該如何管家，整個人變得成熟穩重許多。

「等妳及笄的時候，姜五嬸肯定也會精心準備的；再說以妳嫂子的繡工，妳及笄時穿的衣裳，肯定比我的更漂亮。」阿酒安慰道。

「那倒是，前些日子嫂子又替我做一條新裙子，等妳及笄那天，我再穿給妳看。」才說沒幾句，阿美的本性馬上又露了出來。

其實村裡的小娘子及笄，一般很少大辦，只是劉詩秀見上門提親的人少，硬是要爭一口氣，決定辦得熱熱鬧鬧的。

謝承文自上次在莊園感受到阿酒的冷淡之後，就去了京城，在休閒酒莊裡待上好長一段日子。

「少爺，您這是怎麼了？」謝雲飛坐在了謝承文的對面，擔心地問道。

「你沒看到嗎？我在品酒啊。」謝承文滿不在乎地回道。

有些意志消沈。

「這可不像您平時的作風。少爺是不是遇到什麼煩心事？」謝雲飛總覺得謝承文這陣子

「我如今日子過得可舒心呢。你看看這酒莊，日進千金，又沒人管著我，真正是快樂似神仙，你說我能有什麼煩心事？」謝承文說完，還露出一個痞痞的笑容。

「真難看，這樣一點也不像少爺。」謝雲飛毫不留情地說道。

謝承文聽見這話，一張臉馬上陰沈下來。

「少爺，遇到事不能躲，得想辦法解決。以前您掌管謝家酒肆的時候，我可從沒見您這樣頹廢過。」謝雲飛憂心地勸道。

「別說了！你是見不得我清靜嗎？」謝承文頓時發起火來。

謝雲飛沒再說話，只是默默地看著他，眼神中充滿失望。

馬上就來到殿試放榜的日子，林宥之中二甲，賜進士出身，而李長風則是一甲探花，之後會進入翰林院工作。

林宥之高中的消息很快地傳回來，這對林、姜兩家來說都是一件大喜事。他即將成為知縣，要出任的地方是位在松江府的一個小縣城，離家倒也不遠。而林宥之回家後，更是連親事也定下了，是知府家的小娘子，這讓林松跟宋氏樂得合不攏嘴。

阿酒正哄著生氣的阿醇，陳勝就進來說外面有個男子找她。當她疑惑地走到屋外，沒想到卻是李長風。

李長風穿著一襲深藍色長袍，腰間是一條金色的腰帶，上面掛著一塊上等羊脂玉，跟以前平易近人的形象相差頗大，儼然一副世家公子的模樣。

「聽說你已與郡主定下親事，恭喜。」阿酒笑著說道，這件事還是林宥之特意告訴她的。

「阿酒，妳聽我說，事情不是妳想的那樣。」李長風著急地說。

「李先生，我想你根本不需要同我解釋些什麼。」阿酒平靜地直視著他。「還有，若是你真在意過我，就不要說那些貶低我的話，我眼裡可是容不得一粒沙的。」

李長風的臉色一下子變得蒼白。他就知道阿酒不可能會嫁他為妾的，一路上他都用娘親的話在鼓勵著自己，卻只是自欺欺人而已。

「阿酒，我……」李長風還想說些什麼，卻在阿酒那清澈的眼神下，完全說不出來。他原本打算說的那些話，對她來說絕對是一種侮辱。

「李探花能來我家作客，真是讓咱們家蓬蓽生輝，這是我親手釀的米酒，請你喝上一杯吧。」阿酒為他倒上一杯酒。

李長風深深地看她一眼，才端起酒一飲而盡。「阿酒，我走了。」

看著李長風匆匆離開的背影，阿酒笑了一下，又繼續去哄她家那難搞的弟弟了。

謝承文在金州看中一處院子，打算在這裡開一家如同京城一樣的酒莊。

這些日子以來，他想明白了，雖然他不喜歡做生意，但他想要把阿酒釀的酒推廣到各州、各府，他要讓每個人一提到酒，就想到阿酒釀的酒。

謝承文把自己的想法跟謝雲飛一說，得到謝雲飛的大力支持。因此謝雲飛把手中的事情交給店裡的掌櫃之後，跟著謝承文一起來到金州幫忙。

眼看著新的酒莊即將建成，謝承文心中雀躍，他迫切地想跟阿酒一起分享自己的喜悅。就這樣，他騎著馬再度來到溪石村。

「你們聽說了嗎？去年來跟阿酒提親的那個李先生中了探花，前些日子還特地來看阿酒，看來阿酒就要成為官家夫人嘍。」村裡的一個婦人興奮地說著。

「可我看不像呢，如果真中意阿酒，眼看著阿酒就要及笄，怎麼連一點動靜都沒有？」另一個婦人馬上提出自己的疑問。

「也對啊，看來阿酒的及笄禮上，是不會有婆家嘍。」那個婦人嘆息道。

謝承文在一旁聽到這些話，心中震驚不已。居然有人來向阿酒提親？他怎麼完全沒聽她說過？他覺得心裡很不是滋味，特別難受，像是有人搶走他的東西一樣。

「阿酒，妳是我的。」謝承文在此刻無比堅定地意識到，他喜歡阿酒，他一定要讓阿酒成為自己的另一半！

謝承文沈思一會兒之後，乾脆掉頭回松靈府。看來他必須回去跟家裡人好好地說一說自己的親事了。

謝承文一回到謝府，發現謝府今日感覺起來特別喜慶，就連下人都是一臉的喜色。

「大少爺，您回來了。老爺、夫人都在正廳呢。」門房迎上來說道。

謝承文把馬一丟，就去了正廳，果然謝長初跟唐氏都在，就連謝承志也在，看起來一屋子的喜樂。

「大少爺好。」丫鬟的聲音引起屋裡眾人的注意。

「承文，你回來了。」謝長初一見到他，馬上變得不苟言笑。

謝承文給唐氏見禮，只得到她「哼」的一聲回應，倒是謝承志熱情地招呼著他。「大哥，你是知道我訂親了，才特地回來的嗎？」

謝承文總算知道為什麼一家上下都充滿喜色，原來是因為謝承志訂親了，看來對方的家世肯定不錯。

「恭喜。」謝承文淡淡地說道。

「承文，你跟我來。」謝長初沈著臉說道。

謝承文跟著謝長初走出正廳，在轉身時他朝唐氏看了一眼，只見她嘴角往上一挑，眼裡有著不屑。

等謝長初一到書房，馬上責怪起謝承文。「承文，這些日子你都在忙些什麼？怎麼都不回家？」

「父親，我有一件急事想跟您說。」謝承文顧不上回話，只是焦急地說道。

「正好，我也有些事要跟你說。」謝長初說完，就一臉嚴肅地坐在書桌後面。

「那父親先說。」見父親有話要說，謝承文只好暫時忍住心中的急躁。

「這些日子我跟你娘到處打聽，總算給你找到一戶適合的人家，就是城南繡坊的小娘子，聽說生得清秀，既懂事又聽話。」謝長初滿意地點頭說道。

謝承文一聽，卻氣得恨不得把書桌給掀了。那城南繡坊的小娘子，他恰好知道，她是長得還不錯，當然也很聽話，因為她就一傻子，整天樂呵呵的，你叫她朝東，她絕不會往西。

「父親，承志的媳婦是哪戶人家？」謝承文冷冷地問道。

謝長初的臉色在謝承文問出這話的時候，頓時垮了下來，他陰森森地回道：「他娶的當然是柳家小娘子。」

柳家，松靈府數一數二的人家，而他們家只有一個小娘子，聽說柳老夫人可是對她疼愛有加。謝承志果然是唐氏的好兒子，娶的媳婦確實不同凡響。

「父親，為什麼？」謝承文不甘心地問道。

謝長初看向謝承文的目光有些陰鷙，片刻後，他勾起一絲微笑。「你問我為什麼？就因為父母之命，媒妁之言。」

謝承文只覺得全身發冷。這就是他的父親，從來都不會去管他心中的想法。

「我到底是不是您的孩子？」謝承文緊盯著謝長初，忍不住問道。

謝長初在聽見謝承文的問話之後，似乎有什麼話就要脫口而出，卻在緊要關頭剎住了。

「別胡說八道！你好好準備一下，等過些日子選個良辰吉日，就把這門親事定下來。」

謝長初不敢再看謝承文，只是吩咐道。

「父親，這門親事我不同意。難道您不知道繡坊那小娘子是個傻子嗎？」謝承文拒絕道。

「你這個不孝子，竟敢忤逆我？」謝長初抓起硯臺就要朝謝承文砸過去。

謝承文直直地站在那裡，連眉頭都沒皺一下，他倒要看看自己這個父親的心，會狠到什麼程度。

謝長初抓在手中的硯臺，終究還是沒砸出去，只是朝謝承文大吼道：「滾！既然你不娶那個傻子，那就別再回這個家來。」

謝承文的心中原本充滿了絕望。他知道，如果謝長初堅持要他娶那個傻子的話，那麼就算他不願意，到最後也只能同意，卻沒想到謝長初會突然這樣說。

「父親，您是認真的嗎？」謝承文再次確認道。

「滾！有多遠滾多遠，以後你的破事我不會再管了！」謝長初暴怒地叫道。

「謝謝父親，那孩兒走了，請父親保重。」謝承文倏地轉身離開，走得決絕。

而唐氏在謝長初叫走謝承文之後，就先讓謝承志回去自己的院子，她則派人盯著書房，讓下人一有什麼消息，馬上來向她稟報。結果等她得到消息，趕到書房的時候，謝承文已經離開了。

「快！馬上去把大少爺給我找回來。」唐氏吩咐道。

「讓他走，妳還找那孽子回來幹麼？」謝長初大吼道。

「你就這樣讓他離開，那他的親事怎麼辦？他不成親，你讓咱們承志怎麼辦？也一直不成親？」唐氏不滿地問道。

「他是不會跟那傻子成親的。我就跟妳說了，這件事肯定不成，妳偏不信，要是讓外面的人知道這件事，還不曉得會怎麼笑話咱們呢！」謝長初羞惱地說道。

「老爺，你以為我真給他說了那麼一樁親事啊？他有臉娶，我還沒有臉要呢！」唐氏笑著說道。

「那夫人妳這是？」謝長初有些弄不懂唐氏的用意。

「你等著便是。」唐氏不再多說，一臉神秘地坐在椅子上。

謝承文怒氣沖沖地走出書房，連自己的院子都沒有回，直接就朝外面走去，不料他剛走到外院，就被人攔住了。

「大少爺留步，夫人請您回去。」唐氏身邊的大丫頭垂著頭，擋在謝承文前面。

「走開！」謝承文吼道。

「夫人說，只要大少爺回去，事情肯定能讓您滿意。」大丫頭低聲說道。

謝承文冷笑了一下，轉身回到書房。他倒要看看他那個好母親又打算做些什麼？

「坐吧。」唐氏見謝承文進來，甚至連頭也沒抬，只是吩咐道。

「不知道母親有什麼指示？」謝承文也不跟她客氣。如果說以前他對親情還存有什麼幻想，那麼如今是一點也沒有了。

「你爹說的那門親事，我本就不同意，我可以勸他放棄這門親事，不過你也要答應我一個條件。」唐氏開門見山地說道。

「哦，原來那門親事是父親找的，那不知道母親有什麼條件？」謝承文諷刺地說。

唐氏當然聽得懂他話裡的意思，她強忍著怒氣說道：「你看看這個吧。」她從衣袖裡拿出一張紙，遞給謝承文。

謝承文疑惑地接過去，卻越看心越冷，臉色也隨之冷了下來，他覺得此刻在書房裡，竟比寒冬臘月還要冷上幾分。

「怎麼樣？」唐氏慢悠悠地端起茶杯，喝上一口。

「母親還真是用心良苦。行，我答應。」謝承文放下那張紙，然後說道：「不過，我也有條件。」

「哦，什麼條件？」唐氏不動聲色。這是她意料之中的事。

「謝家的一切我都可以放棄，除了祖母送給我的那一尊小玉佛。」謝承文接著說道：「還有，以後我所有的事跟謝家再無關係，婚事也必須由我自己作主。」

「行，那咱們把這文書簽了。」唐氏聽完，一顆吊著的心終於放下來，她冷冷地說道。

「必須把我的條件也加上去才行。」謝承文拿出做生意的精明勁兒，一點也不肯相讓。

唐氏恨恨地看他一眼。「行，你加上去吧。」

謝承文痛快地把自己的要求添上去，又重新謄寫一份，然後簽上自己的名字，並按上指印，再把那兩份文書放到謝長初的面前。

謝長初複雜地看了謝承文一眼。一直以來自己都在算計著他，如今他乾脆地放棄一切，讓謝長初心中有幾分不安。

「難道父親覺得虧待了我，想要多補償我一些？」謝承文微微挑起嘴角，說出口的話十分諷刺。

「老爺！」唐氏的聲音不由得提高幾分，警告的意味十分濃厚。

謝長初看了一遍文書，看完後連他都覺得有些過分，可他仍不再猶豫地馬上拿起筆，簽下自己的名字，並蓋上私章。

謝承文拿走其中一份文書後，對謝長初跟唐氏說道：「現在滿意了吧？我去收拾東西，要不要派個人去守著？」

饒是謝長初老奸巨猾，被他這樣一說，臉上都忍不住有些發紅。想起娘親在臨終時囑咐的那些話，謝長初再次看著他的時候，眼神中竟多了幾分關愛。「承文，雖然咱們已經簽下這文書，可你還是謝家的人，東西就不必收拾了，你那院子還是留著吧。」

唐氏這時也是目光複雜地看著謝承文，見謝長初這麼說，她竟難得的沒有反對，只是把頭扭到一邊。

「父親的美意我心領了，既然這個家的東西已經都不屬於我，我也就沒必要繼續留在這裡。還有，請母親放心，我一定會在承志成親之前找一美嬌娘，絕對不會阻擋他成親的。」謝承文一點也不領情地說道。

唐氏一聽這話，連心中最後一點內疚也沒有了，她臉色一變就要大罵出聲，謝長初卻立即瞪向她，示意她別說話，又對謝承文說道：「承文，不管怎麼樣，咱們還是一家人，等你訂了親，就帶回來讓咱們過過眼，咱們一定會幫你主持婚禮的。」

謝承文心裡的寒意更重。他們逼著他放棄家產，而婚姻雖然可以自主，他到時候卻還是得求他們前來主持自己的婚禮……謝承文心裡有些懊惱。

「那孩兒在此先謝過父親。等親事一定下來，孩兒一定會把人帶過來拜訪父親和母親，到時候還請母親多多操勞。」謝承文皮笑肉不笑地說道，一說完便行了個禮，轉身離開書房。

他回到自己的院子之後，就去把祖母留給他的玉佛包好，然後又收拾了幾套衣裳，準備離開。他回頭看一眼這個住了十多年的院子，心中竟沒有半分留戀。

「少爺。」少爺不讓自己進去，平兒只好緊張地站在屋外等著，一見少爺出來，平兒馬上喊道。

謝承文本來不想帶平兒離開的，不過看著平兒那可憐兮兮的樣子，又想著這麼多年以來平兒對自己的用心，他只得再次去見唐氏。

唐氏這時心情愉悅，對謝承文的到來，也沒有了往日的漠視。

「有事嗎？」唐氏一邊喝著茶，一邊問道。

「我想要帶走平兒，還請母親成全。」謝承文低著頭說道。

唐氏看了一眼平兒。她對平兒的印象不深，努力回想，只記得平兒是個孤兒，是老夫人去廟裡上香時，在半路買回來的。

「行，你帶走吧。」一個下人而已，唐氏不甚在意。

謝承文就這樣拿著平兒的賣身契，以及自己的包裹，離開了謝府。

「你日後有什麼打算？」謝承文看著平兒。
「少爺，您要丟下平兒？」平兒頓時急得哭了出來。
謝承文本想放平兒自由，不過看平兒慌成這樣，還是讓平兒跟著自己吧。
「別哭了。走吧，咱們去流水鎮。」謝承文沒去他在松靈府的院子，而是直奔阿酒家。

第六十一章

阿酒在劉詩秀的堅持下，正在試及笄要穿的衣裳。

「劉姨，這大小不是剛剛好嗎？」阿酒看著剪裁流暢、做工精緻的衣裳說道。

「妳站著別動，這裡不大合身，我等一下再改改。」劉詩秀挑剔地說。

阿酒本來想說不用，卻在看到劉詩秀那難得的嚴肅後住了嘴。

又折騰好一陣子，好不容易劉詩秀放過了她，可還不等她歇一歇，就聽到外面傳來一陣喧鬧聲，她有些不耐煩地跑去打開門。

「妳們這是來幹麼？」阿酒看著眼前那見過一面的小丫頭跟李嬤嬤，忍不住皺起眉。

「阿酒小娘子，咱們夫人來了，妳還不快點請咱們進去？」李嬤嬤還是那樣的趾高氣揚，感覺比那一日更加囂張。

「請進吧。」阿酒不亢不卑地說道。她倒要看看今天這李夫人是來幹麼的？

李夫人在李嬤嬤的攙扶下，一步步走進院子。本來見到這麼大一個院子時，她已經有幾分意外，在見到阿酒時，她更是詫異，心中突然有些明白為什麼兒子會心繫於這個農家小娘子了，那氣質完全不比那些大戶人家的小娘子差，甚至比那些小娘子還多了幾分從容與淡定。

「李夫人，請喝茶，咱們這山野之地沒什麼精緻的好茶，還請見諒。」阿酒說道。

李夫人見著面前的茶杯，藍花白瓷，茶水裡還有一朵盛開的菊花，很是好看。再仔細看那茶水，清澈中帶著一絲明黃，似乎還能聞到菊花的香氣。

「妳是叫阿酒吧？真是個伶俐的小娘子。」李夫人說道。

阿酒不清楚她的來意，只是禮貌地回以一笑，然後把劉詩秀剛做的糕點往前推了推。

「這是家裡做的糕點，還請李夫人嚐一嚐。」

「好吃，這糕點比咱們府上做的還要美味幾分呢。」李夫人讚道。

「夫人喜歡吃，不妨多吃點。」阿酒笑著說。

李夫人的表現有些出乎阿酒的意料之外，不過想想李長風，又覺得在情理之中，畢竟能養出那般氣質彬彬的兒子的女人，也壞不到哪裡去，最多也就是眼界高了一些。

「阿酒，今天我的到來，是不是讓妳有些意外？」李夫人問道。

阿酒笑了笑，沒有接話。

李夫人不在意地接著說道：「我兒李長風，妳不陌生吧？想來妳也瞭解，以咱們李家的家世，他就算配郡主也是配得上的。」

李夫人的言下之意阿酒當然懂，不過她還是不清楚李夫人今天上門的用意。如果是要替李長風納妾，根本不需要她一個當家夫人上門；如果不是要納妾，那她根本不用來啊，她總不可能是求娶自己的吧？

「我兒高中探花後就要入翰林院，他的前程不用我說，大家也都看得到，卻不想他竟在這時候提出不想當官，只願留在鎮學堂當個教書先生，妳說我這當娘的應該怎麼做？」李夫人直直地看著阿酒。「他甚至還拒絕了郡主的好意。」

阿酒驚訝地張大嘴。她以為上次自己跟李長風談過之後，他就已經放棄了，卻沒想到事情竟會鬧到這個地步。

李夫人見阿酒的表情不像作假，就明白李長風所做的一切與她無關，那些都只不過是他想得到阿酒所使出的手段而已。

「李夫人，李先生在阿酒心裡，不過是弟弟的先生而已，阿酒對李先生並無他意，他的一切也都與阿酒無關，不知道夫人說這些，有何用意？」阿酒不想再繞圈子，直接問道。

「爽快！阿酒，我兒的眼光不錯，可惜他的身分早已注定，儘管他不願意，卻必須擔當起家族的責任。」李夫人嘆息道。

「那夫人的意思是？」阿酒疑惑地問道。

「這次不請自來，就是想請阿酒小娘子去勸勸我家風兒，讓他能放棄這段感情，去承擔他的責任。」李夫人哀求道。

阿酒總算明白李夫人的來意，只是她上次已經跟李長風說得很明白了，似乎沒必要再跟他多說些什麼。「上次李先生來的時候，我已經跟他說得很清楚，想來他心中也明白我和他之間是沒有任何可能的。所以，要是他之後還仍堅持要做些什麼，我想那些都與我無關。」阿酒淡淡地說道。

「風兒的性子我最瞭解，如果他肯輕易放棄，那我也不會來找妳了。」李夫人的話意味深長。

感受到李夫人話裡有話，阿酒的眉頭皺了皺。她對李長風確實沒有任何想法，可如果她再拒絕，反而顯得自己心虛。

李夫人見她沈默不語，就知道事情已經成功一半，便默默地拿起茶盞，斂下眸子喝了口茶，等著阿酒的回覆。

「李夫人都說得這麼直白，阿酒要是再拒絕，那就是阿酒失禮了。不過，就像李夫人說的，李先生的性子您最清楚，我會嘗試著去勸他，但結果如何，卻不是我能決定的，如果最終事與願違，還請李夫人諒解。」阿酒小心地斟酌用語，她的目光直視著李夫人，再次強調自己的立場。

李夫人目光一凜，知道就算是由阿酒去勸，以兒子的性格，阿酒也未必能勸得動，因此決定不再為難她。「這是哪裡的話，風兒經常誇獎阿酒小娘子的弟弟聰穎機智，身為他的姊姊，想必一定也有過人之處。妳肯幫這個忙，我已經十分感激，我會記下這份恩情，日後有困難，妳可以到李府來找我。」

阿酒心裡苦笑一聲。李夫人這是硬要將自己拉到和她同一條船上去，如此一來，就算李長風不同意，她還可以隨時拿出今日的保證，作為她們曾經交易過的證據，讓李長風明白自己是真的不願意嫁給他。

送走李夫人之後，阿酒有些頭痛。

她該怎麼去勸李長風啊？他不想做官、不想娶郡主，這些都是他的自由，為什麼要讓她去勸他呢？

阿酒覺得自己把這件事答應下來，根本是犯了個極大的錯誤。

謝承文來到流水鎮之後，一刻也沒有閒著，他先讓平兒去打聽鎮上有沒有人家要賣房子的？他沒打算回去祖屋，而以後他來流水鎮的日子只會越來越多，當然得有個落腳之處。

「少爺，還真巧，在咱們祖屋前面沒多遠，剛好有一戶人家想把房子賣掉。」平兒過沒多久，就喜孜孜地回來報告。

謝承文馬上讓平兒帶他去看房子，只見那屋子不大，是兩進的院子，不過在流水鎮裡已經算是不錯的房子了，特別是院子中間還有一棵年分挺大的桂樹，看起來甚是涼快，謝承文當即就把房子給買了下來。

有了住的地方，謝承文又讓平兒去買幾個下人回來，讓他們把院子先整理出來，自己則是來到謝家酒肆。

錢叔可以說是謝家的老人，當年對他多有照顧，既然自己以後打算長久在這裡生活，當然也要跟錢叔打個招呼，最重要的是讓錢叔不要隨意把自己的事情告訴謝家。

錢掌櫃雖然不知道謝承文在謝家發生什麼事，但他是謝老夫人留下來的人，當然更偏向謝承文一些，自然是一口答應下來。

「錢叔，這提親有什麼講究啊？」謝承文裝作不經意地問道。

「少爺，您看中誰了？是不是馬上要去提親了？」錢掌櫃緊張地問道。

謝承文看著錢掌櫃關心的眼神，竟有些不好意思。「錢叔，你也認識，就是阿酒。」

「阿酒確實是個不錯的小娘子，只是老爺他們會同意嗎？」錢掌櫃有些遲疑地問道。

「他們不會管我的婚事，你就快跟我說說要準備些什麼吧？」謝承文一聽錢掌櫃提起謝長初，心裡就有些不舒服。

「一般都是先請媒婆去提親，如果女方也同意，那兩家得約個時間相看，然後就是準備六禮。」錢掌櫃見他的臉色變得難看，忙回道。

「那麻煩錢叔幫我找一個可靠的媒婆，到時候就讓媒婆跟我一起去提親。」謝承文點點頭，認真地說道。

錢掌櫃本來想對謝承文說這不合常理，哪有親自上門提親的道理？可想著反正他跟阿酒認識，他親自去更顯得重視，也許阿酒會開心的吧。

阿酒終於下定決心，便讓大春載她去鎮學堂見李長風，至於能不能夠勸得動李長風，她並沒有把握。

「阿酒，妳怎麼來了？」李長風還以為是學生在跟他開玩笑，沒想到真的是阿酒來了。他喜出望外，連鞋子都顧不得穿好，就急忙跑出來。

「過來看看你。」阿酒笑著回道。

看來李長風這些日子過得並不好，他沒有了那一日的風光，不但衣裳滿是縐褶，腰間也只是隨意用粗布腰帶繫著，就連頭髮都有些凌亂。

「阿酒，我沒想到還能再見到妳。」李長風根本沒注意到自己的邋遢。「阿酒，妳是不是已經聽說我不做官，也不去京城了？」

李長風認真地看著阿酒，阿酒卻不敢直視他。其實在這個時代來說，李長風真的是個不錯的男子，可惜她對他沒感覺，無法欺騙他。

「李先生，你這樣做，可想過你親人的感受？你是真的不想做官，還是只想以此事要脅你家裡人？」阿酒盯著他，緩緩地問道。

「這有區別嗎？」李長風看著面前咄咄逼人的阿酒，有些心虛。

「當然，如果你真不想做官，只想在這裡當個先生，那我無話可說；但如果你想以此來要脅家裡人的話，我覺得你必須好好考慮一下這樣做的後果。」阿酒嚴肅地說道：「不管你怎麼想，我要告訴你的是，就算你不去當官、不去京城，咱倆之間都是不可能的。」

「為什麼？阿酒，我為了妳一直在努力，而妳如今卻告訴我這一切都是白費力氣……」李長風聽完阿酒的話，不禁激動地說。

阿酒終於明白為什麼她無法對李長風動心了，因為他雖然優秀，卻不夠成熟。

「謝謝你為我所做的一切，不過我只把你當成阿曲和阿釀的先生，我對你沒有其他想法。」阿酒說完就轉身離開。想來以他的聰明，一定會懂得放手的。

李長風心中難過不已。這是他頭一次喜歡人，他想要跟她在一起，可惜卻無法打動她的心。

「阿酒，妳喜歡什麼樣的人？」李長風不甘心地問道。

阿酒的腳步停了一下，她的腦海裡忽然閃過謝承文那張俊俏的臉，不過很快就被她壓了下去。「不知道。」

李長風看著阿酒越走越遠，直到看不見她的身影。

李長風的隨從此時才從一旁走過來。「少爺，夫人又派馬車來了。」

「走，回家。」李長風失落地道。

第六十二章

在阿酒去找李長風之時，姜老二家卻來了兩位特殊的客人。

只見劉詩秀臉上毫無笑意，原因無他，因為上門的是鎮上的媒婆跟謝承文。

「這位就是姜夫人吧？恭喜、恭喜。」媒婆一臉笑容地對劉詩秀說道。

劉詩秀臉上卻不見喜色，只是打量著跟在媒婆身後的謝承文。

「請坐吧。不知這喜從何來？」劉詩秀淡淡地說道。

媒婆的臉笑得像朵花，眼睛都快眯成一條線。「這位是鎮上的謝少爺，想求娶府上的小娘子，難道這還不是喜事一樁嗎？」

劉詩秀心裡波濤洶湧，面上卻不動聲色。這謝少東家怎麼也來這一招？就不知道他是一時興起，還是認真的？

「這當然是喜事，只不過這件事我還得跟孩子她爹商量商量，妳說呢？」劉詩秀回道。

媒婆也不惱。親事一般都不是一次就能說成的，不過以她的經驗，這門親事肯定能成，一想到這謝少爺答應要給她的謝媒錢，她的笑容越加燦爛。

謝承文見媒婆站起來要走，他卻不大情願，他還沒見到阿酒呢。可看劉詩秀一點也沒有讓阿酒出來見客的意思，他只得一步三回頭地離開了。

阿酒在回來的路上遇到一輛馬車，不過她並沒多想，而謝承文也因為沒見到阿酒，滿心的不快，他躺在馬車裡，根本沒有往外看，就這樣錯過了見到阿酒的機會。

阿酒回到家，只見姜老二和劉詩秀正一臉嚴肅地坐在正屋。

見阿酒回來了，劉詩秀馬上出聲叫她。「阿酒，過來。」

阿酒有些疲憊，她點點頭，坐了下來。「劉姨，有事嗎？」

「妳知道今天誰來了嗎？」劉詩秀問道。

「誰來了？」阿酒回問道。

「謝少東家。」劉詩秀神情凝重地說道。

「他來了就來了，又不是沒來過，他如果要酒，去找姜五叔拿就行。」阿酒無所謂地喝著茶，不明白劉詩秀為什麼要特意提起？

「你知道跟他同來的，還有誰嗎？」劉詩秀見她一副無關緊要的模樣，真是皇帝不急，急死太監。

「誰啊？劉姨，您能不能一次說清，我有些累。」阿酒受不了這樣一問一答的，直接問道。

「媒婆。」劉詩秀盯著阿酒，直接公布答案。

「什麼？」阿酒嘴裡的茶水噴了出來，一張小臉嗆得通紅。

「謝少東家帶著媒婆來提親，妳聽明白了嗎？」劉詩秀沒好氣地說。

阿酒不禁傻眼。她剛拒絕李長風，這謝承文又來湊什麼熱鬧啊？難道他也想把自己收回他的府中，去當個小妾。

「妳心裡是怎麼想的？」劉詩秀見阿酒半天不說話，不由得問道：「依我看，這謝少東家人不錯，跟妳倒是相配，只是那謝家家大業大，我怕妳嫁過去會被欺負。今日上門來提親，是謝少東家跟著媒婆一起來的，這一點也不合規矩，不過他若是真心實意，那這些咱們都可以不計較，主要是看妳的想法。」

阿酒不禁沈默。她無法像拒絕李長風一樣乾脆俐落地回絕謝承文，她內心是喜悅的，只是不安占了更大一部分。

「讓我再考慮考慮。」阿酒說完，就回房間去了。

她倒在床上，用被子把頭蒙住，心裡七上八下的，沒了主意，她還是頭一次遇到如此棘手的問題。

「真是的，也不提前問問我，怎麼就帶著媒婆上門了呢？」阿酒喃喃自語地抱怨道。

謝承文沒見到阿酒，心中滿是失落，回到家後他坐立不安，根本無法靜下來。

「平兒，我出去一趟。」謝承文說完就騎著馬出去，根本不給平兒反應的機會。

不一會兒，他就來到姜老二家外面，他有些猶豫地不敢敲門。不知道能不能見到阿酒？見到她後又該怎麼說才好？

而阿酒明明很累，卻根本睡不著，她翻身爬起來，叫上金磚，打算去外面轉轉，沒想到剛打開門，就看見謝承文抬起手正準備敲門。

「你怎麼來了？」

「阿酒，太好了，我正要找妳。」

兩人同時開口，看向對方的眼神都有些飄忽，想看卻又不敢看，氣氛有些曖昧。

「你找我有事？」阿酒略微不自然地問。

「妳這個時間要出去？」謝承文避而不答。

「嗯，想出去轉轉。」阿酒低著頭回道。

「那我陪妳。」謝承文先把馬綁在樹下，才來到阿酒身旁。

阿酒剛好有話要問他，又不想當著家人的面，一起出去走走也好。她沒有往村道上去，而是朝反方向走，她記得那裡有一塊大石頭，坐在那兒能俯看整個溪石村。

「阿酒，妳有什麼想問我的嗎？」謝承文一直跟在阿酒身後，見她坐了下來，兩眼直視前方，似乎忘記身邊還有自己，不由得出聲問道。

「聽說今兒個上午，你有來我家？」阿酒還是沒看他，卻小聲地問道。

「沒錯。阿酒，我喜歡妳，所以今日請媒婆上門提親了。」謝承文怕她誤會，又接著解釋道：「我知道我不應該跟著來，可我想趁這個機會見見妳，並把我的想法跟妳說一說，可是妳不在家。」

「你來提親的事，你家裡人可有同意？不會是你一時興起，瞞著家人，等這勁頭一過，就要回謝府去娶大家閨秀了吧？」阿酒諷刺地說道。

「阿酒，妳誤會了，我是真心來求娶妳的。就是怕妳誤會，我才會跟著媒婆一起來，想向妳解釋清楚。」謝承文聽她這樣說，心裡很是著急。

「那好，我現在洗耳恭聽，你說吧！」阿酒看向謝承文。

「阿酒，想來我的事你也聽說過一些……我是謝家長子，自小跟在祖母身邊，然而在我四歲的時候，祖母過世，我就回到了爹、娘身邊。可我發現，爹、娘對我根本不親近。那時我還不懂事，哭過，也鬧過，後來奶娘就告訴我，只要我認真學本事，爹、娘就會喜歡我。然後我就問她，什麼叫本事？奶娘就告訴我，謝家是做生意的，只要我學會如何做生意，爹、娘就一定會喜歡我。

「從那之後，我不再哭鬧，認真地跟先生學習，哪怕是後來我發現自己一點也不喜歡做生意，卻也堅持了下來。每次看到爹、娘對弟弟投以慈愛的目光，我就會想，等我學了本事，他們同樣也會那樣看我的，而不是像現在這樣，一直用看陌生人或仇人般的眼光看我。可隨著我一天天長大，才發現根本不是那麼一回事，就算我再有本事，他們看我的眼神還是一樣，甚至多了些提防。我不懂，同樣是他們的兒子，為什麼差別如此大？

「從小，家裡的兄弟姊妹很少有人要跟我玩，唯一願意跟在我後面的，就是唐家的表妹青梅，她總是喊我『承文哥哥』，還說長大以後一定要嫁給我。我一開始並不喜歡她，因為她太愛哭，又特別黏人，也許是孤獨怕了，後來我漸漸習慣有她在身邊，要是一段時間不見她，也會有幾分想念，幸而她總是每隔幾天就會來我家裡住上幾日。

「隨著咱們慢慢地長大，我也到了該說親的年紀，我娘卻一直沒提起過；而青梅比我小六歲，我一直以為我娘是默認了我與青梅的親事，只要等青梅長大後，咱們就會在一起。沒想到，我只不過出去一趟，回來她已經是別人家的媳婦。我有些不甘心，卻不怎麼傷心，那時我就知道，自己對青梅的情感就像是親人，我只是習慣了她的陪伴，所以我能平靜地祝福她。

「後來，母親又為我定下方家的小娘子，我曾憧憬過，也許婚後談不上琴瑟合鳴，起碼也能做到相敬如賓。可方家小娘子卻病了，方家前來退親，說是咱倆的八字不合，更因此傳出我剋妻的流言。我其實不大在乎方家退親，只是那些流言讓我感覺到絕望，因為那些流言，正是從謝家傳出去的。」謝承文的心情很是激動，說著說著，他竟有些哽咽。

阿酒知道謝承文在謝家不得寵，卻沒想到他過的是這種日子，這跟他平時表現出來的完全不一樣，難怪他有時會那般冷漠，拒人於千里之外。

「直到遇見妳，阿酒，一開始我只是很好奇，一個平凡的農家裡，怎麼會養出如此與眾不同的小娘子？後來我卻漸漸喜歡上你們家的那種氛圍，讓人很放鬆。隨著我越來越瞭解妳，就發現妳與別人的不同，不但漂亮、聰明，明明膽量不大，卻又總想著要保護家人，面對失敗也能不斷地站起來，這一切的一切，都吸引著我，在夜深人靜的時候，我總會想起妳的一舉一動。

「一開始我以為是因為妳的與眾不同，所以我才會經常想起妳，直到妳說要葡萄藤，而我馬上不顧一切地跑去番邦，從那一刻起，我就明白自己是愛上妳了，只是以前連我自己都沒有發現。自番邦回來後，我想向妳表白，可妳卻一直不給我機會。

「那天我來找妳，無意中聽說有人來妳家提親，我慌了，生怕妳答應別人，於是趕緊跑回謝家，想讓我母親來提親，可等著我的卻是家裡替我說定的一門親事，而對方卻是個傻子，妳能感覺到我的絕望嗎？當時我就在想，如果家裡真要讓我跟那個傻子成親，那我就這一輩子都不成親，就這樣一個人過吧。」謝承文說完便低下頭，不再言語。

阿酒能感受到他的絕望和傷心，她想安慰他，卻不知道該說些什麼？

「就在我絕望之時，我那個好母親讓人找我過去，甩給我一紙文書，妳肯定猜不到那份文書都寫了些什麼吧？哈哈，竟是要我放棄謝家所有的家產，往後謝家所擁有的一切，都與我無關。我娘說，只要我在那文書上簽字，那門親事就不算數。這就是我的父母，他們為了算計我，真的是無所不用其極。謝家的那點東西我還真不放在眼裡，我如果想要錢，我自己能賺到的一定比謝家的家產還多。」謝承文的臉上有著不符合他年紀的滄桑。

「後來，我簽下那份文書，同時也拿到可以自己決定成親對象的權利。阿酒，我是真心想要娶妳，妳會介意如今已一無所有的我嗎？」謝承文把目光投在阿酒身上，他的眼神專注而炙熱。

阿酒的臉一下子就熱了起來，只覺得周圍的溫度上升好幾度。

「你讓我想想。」阿酒小聲地說道。

「阿酒，我知道妳跟別的小娘子不同，妳成婚後肯定不會安於在家相夫教子。如果妳喜歡釀酒、喜歡四處走走看看，這些我都可以陪著妳去做。」謝承文認真地說道。

阿酒的嘴動了動。她其實還有一個最在意的點，可惜他沒說到，也許在他的想法中，那並不是最重要的吧。

她原本跳躍的心慢慢地冷卻下來。她怎麼能用自己的那一套標準去衡量他呢？罷了，她承認自己心裡是有些喜歡他的，正因為喜歡，所以她更無法容忍他除了她以外，身邊還會有別的女人。

謝承文見阿酒的神情已然恢復平靜，卻仍舊不肯給他一個答覆，他的心不禁涼了下來。她明明也對自己有好感，難道他所感覺到的一切，都是他誤會了？

「謝謝你跟我說這些，只是咱們並不適合。」阿酒緩緩地說道。她只覺得全身的力氣隨著這一句話被抽乾了。她的心好痛、好痛，一雙手不由自主地捂住胸口，身子縮成一團。

「為什麼？」謝承文紅著眼睛，朝她吼了一聲。

阿酒把頭埋在兩膝之間，安慰著自己。沒關係的，現在心痛總比以後痛好，要是對他的喜歡越來越深，那她的心就不止痛而已，她會死掉的。

謝承文很不甘心。他是真的愛上了阿酒，這些日子以來，他只要閉上眼，就會想到她，他什麼都不在乎，只在意她。他能感覺到她對自己也是有感覺的，可她為什麼要拒絕自己？

「阿酒，妳抬起頭來，妳告訴我，我哪裡不適合妳？難道是因為我放棄了謝家的家產？我跟妳說，除了京城的酒莊，我又在金州開了一家酒莊，以後我還會開更多家酒莊，我要把妳釀的酒賣到各個州、府，讓那些貴人以喝到妳釀的酒為榮。」謝承文溫柔地說道。

阿酒聽完只覺得心更痛了。他是理解她的，可正是因為這樣，才讓她更加痛苦。

她覺得眼裡有熱熱的東西流了出來。她捨不得他，可是她更害怕以後要和別的女人分享他。她的內心在叫囂著，答應他吧，將來的一切都是未知數，誰也不能確定；可另一個聲音卻理智地說，妳就等著受傷吧，這樣優秀的男人怎麼可能只有妳一個女人，說不定他府裡早就有了小妾。想到這裡，她心口一陣悶痛。

謝承文等了半天，見阿酒還是沒反應，他忍不住抓住她的雙肩，沒想到卻看見淚流滿面的阿酒。

「妳怎麼哭了？」謝承文頓時驚慌失措。

「不要你管！」阿酒甩開他的手，生氣地說。

「是不是我惹妳生氣了？阿酒，我要是有說得不對的地方，妳直接告訴我，求求妳別哭，妳這樣我心裡很難受。」謝承文慌張地說道。

看著他那小心翼翼的樣子，似乎她是他的珍寶一樣，阿酒悲從中來，眼淚更像是斷了線的珍珠，完全停不下來。

謝承文急得在原地打轉，不一會兒，他忽然站定，一把將阿酒抱住。「阿酒，妳快告訴我，妳到底是怎麼想的？」

阿酒心慌意亂，她用力地推開謝承文。「快放手，你這是要害死我嗎？」

謝承文被她這樣一喊，也知道自己唐突了，忙鬆開她，退開好幾步，可目光卻仍緊盯著她。「阿酒，快跟我說妳心裡是怎麼想的吧？」

阿酒發洩過後，慢慢平靜下來。她一向不是拖泥帶水的人，心中藏不了什麼事，見他如此真誠，她指著旁邊的石頭道：「你坐，我有話要說。」

謝承文見阿酒又恢復了平時的冷靜，心裡有些失落，他順著阿酒手指的方向坐了下來。

「你真的喜歡我？」阿酒問道：「哪怕以後你只能有我一個女人？」

謝承文先是一愣，然後恍然大悟，他總算明白阿酒的心結在哪裡。

「阿酒，妳相信我，我只喜歡妳一個，將來我身邊也只會有妳一個女人。」謝承文認真地看著阿酒。

在這一刻，阿酒忽然想笑，而她也真的笑出聲來。

「阿酒，妳怎麼了？」謝承文被阿酒弄得有些糊塗，不明白她為什麼忽然就笑了起來？

阿酒卻是身心都舒暢了，她站起來伸一伸手腳，然後開始往山下走去。

謝承文馬上追過去。「阿酒，妳還沒給我答覆呢……」

在阿酒的眼裡，此時的謝承文有些傻，往日那一股精明勁兒全不見了。

「妳答應了對吧？阿酒，我太高興了！」見阿酒還是不說話，只是不停地笑，謝承文頓時明白她是願意的。他忍不住開心地跳了起來，卻忽然意識到自己的舉止有些失態，忙用手整好衣裳，然後一本正經地跟在阿酒身後，只是他嘴角的笑意卻是怎麼也停不下來。

到了阿酒家的院門口後，謝承文叫住她。「阿酒，明日我再讓媒婆過來。」

阿酒沒有開口，只是看了他一眼，然後點點頭，就轉身走進院子。

謝承文站在原地傻笑好一會兒，才牽著馬離開。

隔天，媒婆果然再度上門來，這次劉詩秀很痛快地就答應下來。

阿酒跟謝承文訂親的消息，馬上就傳進村裡，村裡的人都紛紛讚嘆阿酒好命，居然成了大戶人家的少奶奶。只有姜五嬸和張氏她們卻是擔心地前來打探消息，生怕阿酒是被逼的，更害怕又會像李家一樣，是要阿酒嫁過去當小妾。

這天阿酒來到姜五嬸家找阿美，兩人關在房間裡，小聲討論著阿酒的親事。

「阿酒，妳真的跟謝少東家定下來了？」此時阿美的臉上沒有一點喜悅，反而滿是擔心。

「對啊，妳不是說他是個好男人，嫁給他是一種福氣嗎？」阿酒對她的反應感到有些奇怪。

「哎呀，那是我之前不清楚他的情況。阿酒，妳還是不要嫁給他吧，要是妳不好意思拒絕，我去幫妳說。」阿美急得差點沒跳起來。

「怎麼了？」阿酒疑惑地問道。

「阿酒，妳是真不知，還是假不知道？要不我去跟劉姨講吧。」阿美說完，轉身就要出去。

阿酒忙拉住她。「阿美，妳到底在擔心什麼？」

「妳不記得我表姊了？我知道謝少東家什麼都好，可是他剋妻啊。」阿美大聲說道。

阿酒忙摀住她的嘴。這要是讓爹和劉姨知道了，這門親事肯定會泡湯。「阿美，那不過是流言，妳看我不是還好好地在這裡嗎？再說劉姨已經拿謝承文的八字去算了，要是不合，她肯定不會同意的。」

「妳現在是還好好的沒錯，但那流言如果是真的，妳以後該怎麼辦？」阿美還是有些不放心。

「安心吧，妳看我像短命的嗎？再說當時那些流言，是有人故意放出來要陷害他的。」阿酒解釋道。

「但我表姊的病可不假。」阿美不悅地說。

「好阿美，要是我發現有什麼不對勁，我馬上就去退親，好嗎？」阿酒只好承諾道。

阿美點點頭，算是同意了。擔心一解除，她馬上又開始八卦起來。「阿酒，從實招來，妳是不是早就看上他了？」

「誰看上他，我這不是擔心嫁不出去嗎？剛好他來提親，就湊合著過吧。」阿酒一本正經地說。

要不是阿酒那一臉的笑意出賣了她，阿美都快要相信她的話了。

「妳得了便宜還賣乖，看我怎麼收拾妳。」阿美說完就撲過去，在她身上撓起癢來。

「阿美，妳不能總是用這招，咱們換一招行不行？」阿酒邊笑邊說道。

「這一招怎麼了？只要管用就行。」阿美得意地笑道。

阿酒只得求饒，可她越求饒，阿美越起勁，一直鬧到姜五嬸在外頭笑著罵她們，兩人這才癱在了床上。

「阿酒，明天妳就跟我去村裡逛一圈，讓以前那些說妳閒話的人看看妳嫁得有多好。」阿美打抱不平地說道。

「行了，阿美，做人不能太得意。」阿酒一說完，卻也忍不住笑了起來。

第六十三章

村裡的酒坊如今規模是越來越大了，米酒也是越賣越好，鐵柱帶著村裡的幾個男子東奔西跑的，成績十分顯著，很多酒樓的酒已經都被姜氏酒所取代。

溪石村的男子也沒再去鎮上做事，幾乎全都在酒坊裡做工，溪石村的男子更是成了搶手貨，鄰村的小娘子都以能嫁溪石村為榮。

姜老三每天忙得團團轉，後來實在忙不過來，就讓鐵柱留在酒坊幫忙他管理，另外找人去外面跑業務。

日子過得很快，轉眼間便來到阿酒及笄的日子。

劉詩秀已經提前幾天教會阿酒及笄當天要做的事，宋氏甚至還讓阿酒在自己面前演練了好幾遍。

阿酒覺得她們有些小題大作。不就是個生日嗎，幹麼非要弄得這般隆重？

這天一大早，外面的喜鵲就嘰嘰喳喳叫個不停，阿酒也早早就被劉詩秀叫了起來。

快到中午時，村裡的女人差不多全來到阿酒家了，大家都帶上禮物前來。

阿酒今天的贊者是宋氏，劉詩秀則替她準備了笄、簪，不過沒有鳳冠，而是以綢緞代替。

本來在今天這樣的場合，阿酒未來的婆婆必須到場慶賀，可惜直到昨天，謝承文都沒傳來半個字，阿酒想起他與謝家的關係，看來未來婆婆是不會過來的。

劉詩秀先在正堂謝過賓客的到來後，阿酒就在阿美的陪同下從房間來到正堂。

這時來觀禮的客人都已經坐在正堂，阿酒先是謝過賓客，然後朝西正坐，讓宋氏為她加笄並唸祝詞。「令月吉日，始加元服。棄爾幼志，順爾成德。壽考惟祺，介爾景福。」（注）

宋氏說完賀詞後，阿酒再次謝過賓客，便又回到房間，換下童子服，穿上了襦裙，才出來向父母朝拜。因為林氏已過世，所以堂上多了她的牌位，阿酒朝著姜老二和林氏的牌位行正禮，以答謝父母的養育之恩。

接著阿酒再次面西而坐，宋氏為她取下笄，換上了簪子，阿酒便再度答謝賓客，然後回到房間。這一次阿酒換上了劉詩秀這段時間以來精心準備的禮服，紅色的綢緞上用銀線繡著祥雲，領口和袖口則以彩線繡著幾朵牡丹，看起來喜慶又富貴。

當阿酒又一次來到正堂時，眾人都羨慕地看著阿酒，並讚嘆她的衣裳精緻又漂亮。

正當她準備坐下，讓宋氏為她換上紅色綢緞時，外面傳來了一聲。「且慢。」

眾人的目光都轉向外頭，只見謝承文風塵僕僕地走了進來，他的手中提著一個紅綢包。

「抱歉，我來晚了一步。」謝承文朝眾人行了個禮，便打開手中的紅綢包。

「好漂亮！那是真的吧？」

村裡的女人倏地都睜大眼睛，看著謝承文手中的鳳冠，小聲地議論起來。

而謝承文則是拿著鳳冠，慢慢地來到阿酒面前。「阿酒，我幫妳戴上。」

阿酒知道，這是謝承文在給她長臉面。一般情況下，頂多是婆婆過來觀禮，夫君是不會親自過來的，可他卻來了，這就表示他把她放在心上，對她很是珍惜。

「謝謝。」阿酒含羞地說道。

謝承文看著她那皎好的面容上布滿紅雲，只覺得這幾天的辛苦都是值得的。

他輕輕地把鳳冠戴在阿酒的頭上，頓時，阿酒只覺得頭上沈了許多。

等宋氏說完祝詞，阿酒站起來答謝賓客，頓時底下傳來一陣陣吸氣聲，眾人都被阿酒的氣勢和容貌給驚住了。

平時阿酒的姿色就已經十分出眾，只是一直以來，阿酒都穿得很樸素，哪怕是有錢之後，她也是一身素色的細布衣裳。今日阿酒經過精心打扮，特別是在那華麗鳳冠的襯托之下，她就像變了一個人，顯得端莊又貴氣。

謝承文滿意地看著阿酒，那眼裡的溫柔和驕傲，想藏都藏不住。

劉詩秀跟姜老二站來到阿酒身邊，向賓客們答謝，並邀請他們一起去吃飯，而阿酒也在阿美的陪同下再次回到房間，及笄禮至此大功告成。

阿美一回到房間，就忍不住地拉著阿酒的手叫了起來。「阿酒，妳今兒個實在是太漂亮了，若不是我一直陪著妳，都快要不相信方才那個人就是妳了。那謝承文今日表現得也不錯，妳快讓我看看這鳳冠上的珍珠是不是真的？」說完就貼在阿酒的頭前看了起來。

阿酒已經被鳳冠壓得脖子都快要瘦死了，阿美如今一貼過來，她只覺得越發辛苦。

「阿美，妳能不能先幫我把這東西取下來。」阿酒無奈地說道。

注：引用自《儀禮》。

「抱歉，這鳳冠太美，我光顧著看了。」阿美吐了吐舌頭，一邊說，一邊幫阿酒把鳳冠取下來，阿酒的頭總算是解放了。

「阿酒，這些都是真的呢，妳看看，這可是金子做的。」阿美大驚小怪地叫了起來。

阿酒笑看著她。也不怪她這般驚訝，想來全村的女人都沒見過這樣的鳳冠吧，也難為謝承文了，還特意送來這個。

此時，春草和春花在外面叫道：「阿酒，咱們進來了。」

「阿酒，妳今天真美，以後誰也不敢說妳的閒話了。」春草進來後，小心地摸了一下那鳳冠上的珍珠，然後得意地說道。

阿酒笑著搖搖頭，不過心裡卻是暖暖的。

她知道前些日子自己尚未訂親的時候，眼看著馬上就要及笄，村裡有些女人一直在等著看她笑話，特別是在知道劉詩秀還為她準備了華麗的衣裳之後，她們更是抱著看好戲的心態。

也不怪她們，聽說過往村裡的女人及笄，一般就是請幾個玩得好的姊妹，然後簡單地換套新衣就成，當然這些還是在已經訂親的情況下，要是沒有訂親，一般是不舉行及笄禮的。

「春草，她們那是嫉妒，如今她們可都是羨慕起阿酒來了。」阿美笑道。

阿酒嫌禮服穿著不方便，打算換下來，卻被阿美她們給攔住了。「阿酒，現在不能換，要等一下。」

阿酒不明所以地看著她們，卻見她們神秘地一笑，然後春草拉著她就往外走。

謝承文早就被阿曲他們拉著來到書房，這書房原本是阿酒特意替阿曲他們準備的，結果卻被阿酒當成了自己辦公的地方。

「謝少東家。」這還是自阿酒訂親後，阿曲他們第一次見到謝承文的面。

「咱們已經是一家人，你們可以喊我一聲姊夫。」謝承文笑著說道。

阿曲用審視的目光打量著他，眼裡充滿挑剔和不滿；而阿釀更是一句話都沒說，氣鼓鼓地看著他。

「我警告你，要是你以後敢對阿姊不好，我就對你不客氣。」阿曲毫不留情地說道。

「我會把阿姊帶回來。」阿釀補充道。

謝承文不由得苦笑。就阿酒那性格，要是他敢欺負她，還不知道她會怎麼收拾自己呢，再加上這兩個小舅子……他想想都覺得可怕，忙笑著說道：「我疼她都來不及，哪敢欺負她。」

「最好是這樣。」阿曲老氣橫秋地說道。

阿釀本來還打算再警告一下謝承文，房門卻突然被推開，只見阿酒在阿美她們的簇擁之下走了進來。

「你們怎麼會在這？」阿酒詫異地問道。

阿釀馬上跑到阿酒身邊，討好地說道：「阿姊，妳今天真漂亮。」

阿酒笑著摸了摸阿釀的頭，又看向阿曲，只見阿曲從容地說：「阿姊，恭喜。」

「姊夫，我姊姊今天是不是特別漂亮？」春花站在謝承文面前，笑著問道。

謝承文自阿酒出現，注意力便全在她的身上，當春花問他時，他正被阿酒的微笑所迷住，情不自禁地回道：「漂亮，很漂亮。」

一行人聽見謝承文的回答，不禁大笑出聲。

阿酒頓時羞意難當，忍不住白了謝承文一眼，誰料他竟就這樣看著她，傻傻地笑著。她臉一紅、腳一跺，忙轉身離開書房。

謝承文抬起手，想留住阿酒，卻見阿曲在一旁虎視眈眈地看著他，他只得眼睜睜地看著那靚麗的背影越走越遠，直到走進房裡，他才收回那滿是遺憾的目光。

及笄禮過後，劉詩秀便開始逼著阿酒每天做女紅，阿酒現在一看到針線，就覺得有些心慌。讓她縫縫衣裳還可以，要她繡上一朵花，那簡直是要了她的命。

「劉姨，您就饒了我吧。」阿酒又一次被劉詩秀堵在房門前，她忍不住哀求道。

「別的就算了，這些中衣妳總該自己做吧？」劉詩秀深深地嘆口氣，不再強求她。

「當然沒問題，只是這些中衣還不急著要穿，我先去看看我的酒釀得怎麼樣了。」阿酒忙答應道。

劉詩秀見又被阿酒逃脫，只得無奈地搖搖頭。

謝承文訂親的消息到底還是傳回了謝家，特別是聽說他要娶的是個農家小娘子後，謝家眾人的反應都不大一樣。

謝長初聽到謝承文竟要娶一個農家小娘子，心裡閃過一絲內疚；而唐氏正好相反，她忍不住笑了起來，覺得謝承文終於做對一件讓她開心的事。

「老爺，既然他都訂了親，那咱們當父母的，總該為他主持婚禮。這樣吧，你去給他挑個良辰吉日，到時候好完婚。」唐氏好心情地道。

謝長初也覺得這個主意好。不管怎麼樣，謝承文畢竟是謝家的長子，如果讓他在外面自己把婚結了，而身為他的父母卻什麼都不知道，那可是會影響謝家的聲譽，要是傳到京城那邊，也不好聽。

「那看他準備在哪裡成親，到時候咱們再過去參加就是了。」謝長初說道。

唐氏心中更加滿意。終於把那個礙眼的給趕出去，而且也沒有違背當年的約定，最重要的是，如今家裡的東西都屬於承志的了。

而謝承文則是自參加阿酒的及笄禮後，就忙開了，他在為成親作準備，希望能夠早日抱回美嬌娘。

自從劉詩秀不追在阿酒後頭讓她做女紅後，阿酒的日子又恢復到往日的自在。她躺在椅子上看著書，忽然想起前些日子答應過宋氏，要陪她去看林宥之，趁著現在得空，不如就去看看吧。

阿酒沒想到她不過是去探探親，竟又讓她找到一個釀酒的好材料。

林宥之任職的縣城山多田少，是出了名的窮縣，因此他一上任就愁白了頭。而阿酒好奇地跟著他出去視察民情，卻沒想到竟發現山上到處是枸杞。這下子不光解決了林宥之的問題，更讓阿酒的酒坊裡增加一種新口味的酒。

她開心地帶著一堆枸杞回來，心想如今還沒有菊花，就先泡一泡枸杞酒，等秋日有了菊花，就可以釀菊花枸杞酒，還有梅花酒裡頭也可以放一些枸杞，功效會更好。

謝承文打聽到阿酒回來的消息，馬上就來到姜老二家。本來未婚夫妻是不能見面的，但他們還要商量生意，也就沒有那麼講究了。

「阿酒，這些是？」謝承文見院子裡有許多人在釀酒，不禁驚訝地問道。

「這是枸杞酒，等過一些時日，你那酒莊裡又能多一種酒了，這種酒同樣可以美容養顏。」阿酒得意地說道。

「那些貴女們又有口福了。不過妳什麼時候才要釀一些適合男人喝的酒？」謝承文笑著說道。

「我釀的哪一種酒男人不能喝了？只是濃度沒那麼高而已。」同樣的，阿酒也是用米酒來泡枸杞，主要是考慮到女人也能喝。

「阿酒，妳考慮考慮，最好可以釀一些濃度高一點的酒，而且是對中老年男子的身體有好處的酒。」謝承文認真地說道。

阿酒仔細想了想。對男人來說，還是濃度高的酒比較受歡迎，況且酒客大多也是男人，因此她笑著說道：「行，讓我想想。」忽然，她像是想起什麼，又問道：「你怎麼來了？」

謝承文先是凝視她好一會兒，才回道：「阿酒，妳不知道我了為什麼而來嗎？」

阿酒一聽這話，臉倏地變紅，心也怦怦直跳，不敢再直視他。

謝承文怎麼也看不夠眼前的人。自從她出門後，他就越發想念她，如今她終於回來了，他真想把她擁在懷裡，好好地抱一抱她。

「你還有多少銀票？要收購那些枸杞，我的銀錢可能不夠。」阿酒知道不能再繼續這敏感的話題了，忙轉而問道。

「成，等明日我就給妳送銀票過來。」謝承文爽快地回道：「如果還是不夠，妳再告訴我，我去想想辦法。」

「行，這酒釀製的時間不長，等過些日子就可以放到酒莊去賣了，想來也能周轉得過來。」阿酒早就想過這一點。

謝承文點點頭，又問她一些去林宥之那裡的事，然後就靜靜地看著她，不再言語。

阿酒的臉再一次熱起來，她飛快地瞄了他一眼，只見他的眼神中充滿溫柔，正全神貫注地看著自己，似乎她就是他的整個世界。

阿酒的心裡感到甜絲絲的，身子似乎飄到雲彩中去了。難道這就是戀愛的滋味？

「大少爺，您可回來了，小的等您好久了。」謝長初跟前的隨從平貴一見到謝承文，就恭敬地說道。

「平貴叔，怎麼了嗎？」謝承文問道。

「是這樣的，老爺他們聽說大少爺已經訂下親事，都開心極了，就打發小的過來問問成親的日子是否也說好了？老爺說，既然您如今住在流水鎮，新娘也是這裡的人，那婚事就在老宅舉行，到時您早些通知他們，夫人會派人過來準備的。」

謝承文不禁冷笑連連。想來父親是認為他娶一個鄉下娘子，會丟了謝家的臉面，才讓他在老宅舉行婚禮。不過他如今也不介意這些了，就對平貴道：「一切照父親的意思去做，到時候還得麻煩父親、母親回來操辦一切。」

平貴傳達完正事，就笑咪咪地說道：「大少爺，恭喜您，到時一定要讓老奴喝上一杯喜酒。」

「謝謝，到時你想喝多少杯都行。」一直以來，平貴暗中對他的幫助，謝承文一直都知道，所以在他面前都不擺架子。

而謝承文想著，既然謝府已經知道他的親事，以唐氏那多疑的性格，只怕會派人來暗訪，看來還是要叮囑阿酒小心一些才行。況且以謝長初的為人，要是知道京城裡賣得最好的酒竟是出自阿酒手中，肯定會逼著她把酒方交出來。

謝承文急急地趕到姜家，跟阿酒交代道：「阿酒，記住，如果謝家人上門來，妳就說自從把烈酒配方交出去後，自己只釀過米酒，其他的都不要說。那菊花酒要是真被他們知道了，妳就把事情全推到我身上來。」

阿酒朝他看過去，從他的眼中看到了認真。看來他打算自己出面解決一切的麻煩事，而她只要好好地待在家裡，做著她想要做的事。

「好，我聽你的。」阿酒想試試全心信任一個人，是什麼樣的感覺？

「阿酒，莊園那邊都安排好了吧？」謝承文忽然想起這件事，趕緊問道。

「嗯，菊花快要可以摘了，我已經先讓大春和陳勝去莊園準備著，等菊花的季節一到，我也會過去莊園那裡待著。到時候如果人手不夠，還有姜五叔可以來回幫著，想來不會有問題。」阿酒信心滿滿地說。

「那就好。這些天妳就待在家裡，不要亂想，如果我料得沒錯，過幾天咱們就得去謝府一趟，有什麼消息我會再通知妳。」謝承文擔心地看著她說道，見她點頭答應後，他這才依依不捨地向阿酒告別，打算先回謝府一趟。

對於謝府，阿酒倒不覺得有什麼，前世她也是見過世面的，禮儀什麼的也是從小就開始學，雖然跟現在的有些差別，但萬變不離其宗。只是她對謝家的人一點好感都沒有，就怕以自己那嫉惡如仇的性子，到時候不知道會做出什麼不得體的事來。

就在她想得出神時，阿香跑過來叫她。

「阿姊，娘讓我來叫妳去試衣裳。」阿香已經能流利地說話，阿醇卻還說不好完整的一句話。

「劉姨又給我做衣裳了？」阿酒牽著阿香的手，慢慢地朝屋裡走去。

「是啊，好漂亮呢。阿姊快去跟娘說說，讓她也給阿香做幾件唄。」阿香人小鬼大的，轉著那雙大大的眼睛望著阿酒。

「阿香，妳又調皮了是吧？」劉詩秀在裡面叫道，話語裡充滿了無奈。

「娘，我可乖著呢，阿姊妳說是吧？」阿香馬上吐了吐舌頭，求救般地看著阿酒。

聽謝啟初說，流水鎮出現了一種從沒見過的好酒，謝長初擔心自家的生意被搶，便派平貴去打探阿酒家的酒坊，可得來的消息卻與謝啟初所言不符。那種酒他也嚐過，不夠濃烈，再加上他認為一個鄉下小娘子肯定釀不什麼佳釀來，他也就沒再繼續追查這件事。

而唐氏解決謝承文之後，又開始對謝啟初手裡握有那麼多家酒肆感到不滿。

「你把那麼多家酒肆交給二弟，你就不怕他會占為己有？」唐氏不悅地說。

謝長初有些頭痛。謝啟初可不是謝承文，如果要收回他手裡的酒肆，誰知道他會做出什麼事來？

不一會兒，聽下人來通報說謝承文回來了，唐氏跟謝長初便馬上停止這個話題。

謝承文進來向父母請安後，便站在一旁。

謝長初看著眼前越來越出色的謝承文，心情有些複雜；而唐氏一瞧見謝承文，就忍不住怒火中燒。他處處壓在承志頭上，連長相都是，這讓她如何喜歡得了他？

謝承文坦然地面對著他們的目光，他跟以往一樣冷漠地站著，等待他們訓話。

「承文，你要婚姻自主，咱們同意，可你也不能隨意找個鄉下小娘子啊，聽說她還不守婦道，四處亂跑，這哪能當咱們謝家的媳婦？」謝長初嚴厲地說。

「父親，阿酒很好，配我剛剛好。」謝承文冷著一張臉。

「你這孩子，你爹是關心你，要不咱們在這府城裡再挑挑？雖然那些大戶人家顧忌著你剋妻的流言，但以咱們謝家的家世，那些小門小戶的小娘子還是願意嫁給你的，總比你娶一個什麼都不懂的鄉下小娘子好。」唐氏故作好心地建議道。

「不用了，阿酒雖然什麼都不懂，但我不在乎，反正以後我就住在流水鎮，來往的也都是一些鄉下人，對我不會有太大的影響。」謝承文意有所指地回道。

聽謝承文這樣說，唐氏的臉色馬上好了不少，謝長初也面露笑容。「聽說那鄉下小娘子釀得一手好酒，不知道是真是假？」

謝承文就知道謝啟初在自己那裡沒有討到便宜，肯定會想別的辦法，他果然來向父親告狀了。

「好酒倒說不上，就是他們姜氏家族傳下兩個酒方子，一個是烈酒，還有一個卻是屬於他們村子裡的，不能賣。」謝承文不緊不慢地說道。

「不能想想辦法？」謝長初試探地問道。

「那方子她作不了主，方子是屬於村裡的。以前無人釀得出來那方子裡的酒，後來姜家的老人見她把烈酒釀了出來，這才將方子拿給她試一試，沒想到她還真釀出來了。」謝承文一臉嚴肅地說道。

謝長初想從他的臉上分辨出真假，只見他的眼神並未閃爍，一點也不像是在說假話，再想想他平時的為人，便對這些話相信了七、八分。

「要是咱們跟他們村子裡買呢？」謝長初不甘心地問道。

「如果換成父親是村長，會賣嗎？」謝承文反問道。

謝長初一聽，臉色轉黑。謝家能逼著阿酒把那烈酒方子賣了，難道還能逼迫一整個村的村民？他可不能為了一個酒方子，把謝家的聲譽給毀掉。

謝承文一看謝長初的臉色，就知道這件事總算過去了。謝長初是重利，但更重謝家。

唐氏的心中卻有些不安，總覺得那名叫阿酒的小娘子沒有謝承文口中所說的那麼簡單。

「等過些日子，我會回老宅住一陣子，到時候你記得帶那個小娘子過來讓我看看。」唐氏狀似漫不經心地說道。

謝承文內心頓時波濤洶湧，面上卻不動聲色。「若孩兒將來的媳婦可以先讓母親過過眼，當然是再好不過了。」

唐氏見謝承文看起來波瀾不驚，神情沒有一點慌張。難道他並未說假話？

謝長初並不知道唐氏在想些什麼，只是有些意外她竟會說要回老宅，畢竟自從他們搬出來後，她就再也沒有回去過，每年過年讓她回老宅，她也都不肯，如今說要回去，難道是她心中的執念已經放下了？

謝承文見他們沒其他話要說，而自己坐在這裡也難受，他站起來行了個禮，便頭也不回地轉身離開。

他一回到流水鎮，就想去溪石村找阿酒，沒想到一個意想不到的人竟在家裡等著他。

「雲飛讓你來的？那行，我這就跟你過去。」謝承文知道，如果不是重要的事，謝雲飛是不會特地派人過來的。

第六十四章

到了菊花開的日子，阿酒收拾好家裡的一切，便出發前去莊園。在路過流水鎮的時候，她派人去找謝承文，結果謝承文卻不在家，他家的下人說他去京城了。

阿酒的心情一下子跌落谷底。這個謝承文要去京城，也不讓人來個信，這些天她一直在家裡等他的消息，結果他倒好，一句話也不說，就這樣去了京城。

她的心裡難受極了，感覺謝承文一點也不把她放在心上，以前他說的那些話根本都是在哄她，完全不可信。

抵達莊園後，阿酒看到院子裡那一堆堆菊花，這才把壞情緒丟開，專心投入到釀酒的工作之中。

謝雲飛急著讓謝承文進京，原來是因為貢酒一事。聽說今年的鬥酒會要大辦，要是自家的酒能被選為貢酒，肯定會聲名大噪。

謝承文一聽大喜，問過情況後，很是滿意，便讓謝雲飛全權負責這件事。

「由我去參加鬥酒會，是不是不大好？」謝雲飛有些遲疑道。

「放心去做吧，反正沒人知道你背後還有人，由你出面是最適合的。」謝家也會參加鬥酒會，如果由自己出面，肯定會惹出許多麻煩。

第二日，謝雲飛就約了禮部的張大人過來，他是專門負責貢酒賞評的，兩人討論了不少細節。等一切商量好後，謝雲飛馬上向謝承文稟報。

鬥酒會的日子就在一個月後，時間有些趕，得盡快準備好要拿去參賽的酒，到時一定要在鬥酒會拿下進獻貢酒的美差。

謝承文馬上心急如焚地打道回府，他等不及要跟阿酒分享這個好消息。

阿酒白天忙碌著，沒有多少心思去想別的事，可一到晚上，她躺在床上，腦海中就會不由自主地想起謝承文。她明明心中怨他，卻還是會擔心他，也不知道他這麼急忙地去京城，是不是發生了什麼事？她第一次覺得日子竟是這麼難熬。

見菊花酒的釀製一切順利，不需要再由她盯著，她便讓姜五留下來，自己則從莊園趕回家，可回到家後，卻依舊沒有謝承文的半點消息。

阿酒躺在床上，把謝承文的祖宗三代都問候了一遍，整個人煩躁地在床上滾來滾去。

「阿姊，妳在幹麼？玩遊戲嗎？」阿香奶聲奶氣地問道。

「對，阿姊在玩遊戲，妳這陣子在家乖不乖啊？有沒有想阿姊？」阿酒捏了捏她的小鼻子，問道。

「阿姊壞，都不帶我出去玩，我才不想妳。」阿香嘟著嘴，不滿地回道，說完就轉身跑出阿酒的房間。可阿香才跑出去沒多久，便又跑進來喊道：「阿姊，姊夫在外面等妳。」

阿酒愣了一下才反應過來，阿香說的姊夫應該是指謝承文……她馬上跳起來，急急地衝向門外。

「阿姊，妳等等我。」阿香見她跑得飛快，趕緊跟在後面叫道，沒想到平時很疼自己的姊姊，居然轉眼就不見人了。

阿酒跑得飛快，直到看見謝承文的身影站在那院子裡時，她才放慢腳步，開始努力平復自己激動的心情，緩緩朝他走了過去。

「你找我？」阿酒冷冷地問道。

「阿酒，我要告訴妳一個好消息！」謝承文一聽到阿酒的聲音，馬上要跟她分享喜悅，根本沒注意到她的異樣。

「什麼好消息？」阿酒臉上的表情越來越冷，說話的語氣也是冷冰冰的。

謝承文總算是意識到不對勁，阿酒的臉上居然一點笑意也沒有，太奇怪了。

「阿酒，妳怎麼了？」謝承文小心翼翼地問道。

「我能有什麼事？不是要告訴我好消息嗎？說吧。」阿酒淡淡地說道，眼睛低垂，連看也不看他。

謝承文走到阿酒身邊，溫柔地說道：「阿酒，發生了什麼事？難道是謝家有人來鬧事？不可能啊……」

阿酒見他一副完全不知道發生什麼事的模樣，心中的火氣越來越旺，恨不得在他那俊俏的臉上揍個幾拳。

「你還知道會有人來鬧事？你不是很瀟灑地去了京城嗎？」阿酒諷刺地說道。

「阿酒，妳聽我解釋。」聽她這樣說話，謝承文不禁在心裡暗道一聲不妙。

「解釋就不用了。如果沒事的話，我很累，要休息了。」阿酒不想再面對他，站起身來就要離開。

謝承文心中慌亂。要是在生意場上遇到再大的困難，他都可以冷靜面對，但如今一瞧見阿酒那冷漠的眼神，他頓時沒了主意。

「阿酒，妳要是有什麼不開心的，妳就告訴我，妳要是不說出來，我也不知道我哪裡做錯了？」謝承文細聲細語地哄道。

阿酒本想一走了之，聽見他的話以後，她思索了一會兒，覺得他說的有些道理。他們是要過上一輩子的，以後肯定會經常遇到看法不同的地方，總不能次次都迴避吧。

阿酒重新坐下來，她一臉嚴肅地看著謝承文。只見他的臉上寫滿焦急，看來他心中並不是沒有自己，只是他習慣了一個人的生活，這才忘記要跟她交代一聲，阿酒頓時有種自己在胡鬧的感覺。

「我問你，你去京城做什麼？」阿酒看著他問道。

「阿酒，這就是我要跟妳說的好事了。」見阿酒問起這件事，謝承文的臉上又恢復了笑容。「今年宮裡要重新選貢酒，禮部的張大人讓咱們準備一些好酒，去參加一個月後的鬥酒會。如果咱們的酒能夠得冠，那以後就是貢酒了。」

阿酒被這個消息所震驚。貢酒？那真是太好了！這樣以後就不怕有人隨意找他們麻煩，唯一的麻煩也只是要保證酒的品質，這對他們來說可就簡單多了。

「能成嗎？」阿酒沒把握地問道。

「以我的經驗來看，咱們的酒要奪冠，那當然是沒問題，怕就怕別的酒家搗亂，所以咱們如今一點風聲都不能洩漏出去，更不能讓謝家知道這個消息。」謝承文一本正經地說，接著又問道：「阿酒，妳認為哪種酒比較適合拿去參加鬥酒會？」

「你把以往參賽的都是些什麼酒，還有最後贏家拿的是什麼酒，都跟我說一說。」阿酒忍不住認真起來，原本的壞情緒早就被她拋到腦後。

這幾年的鬥酒賽，謝承文都有參加，所以對這些事知道得十分詳細，他一說就是幾個時辰，阿酒也把那些參賽的酒都認識得差不多了。

「這樣說來，以往參賽的酒，都是以低濃度的酒為主，而且是單一種類的糧食酒，那咱們的大麴酒有很大的優勢。」阿酒越想越開心。

「我也是這樣認為，不過謝家肯定會用烈酒去參賽。」謝承文憂心道。

「你等等。」阿酒說完，就跑到酒窖裡，從她釀的第一批酒中拿出一罈來。這已經是兩年的陳釀了，想來味道更加醇厚綿長。

「你嚐嚐這個。」阿酒為謝承文倒上一小杯酒。

謝承文疑惑地看著她。沒聽說她有釀新酒啊？他拿起酒，先是聞了聞，這香氣……他迫不及待地品了一口。「阿酒，這是？」

「這是我第一次釀成功的酒，怎麼樣？」阿酒期待地問。

「好！太好了！這酒比剛釀好的新酒少了辛辣，多了醇厚，而且更清香，沒那麼刺鼻，沒想到這種酒放的時間越長，居然越好喝。」謝承文驚喜地說道。
「那你認為拿這種酒去參賽，贏的機會有多大？」阿酒滿懷信心地問道。
「這種酒當然好，比起烈酒，更適合年老一些的長輩或者女人來喝，不過烈酒在北方應該會更受歡迎，那裡天氣嚴寒，喝上一口烈酒，全身馬上就熱起來。」謝承文實話實說。
本來阿酒對自己這種酒有很大的把握，一聽謝承文這樣說，不禁深受打擊。「那怎麼辦？」
「妳不用那麼擔心。一般來說，宮裡會同時選好幾種酒當貢酒，只是得冠的酒，名氣會更大一些而已。」謝承文安慰道。
「咱們拿酒去參賽，你就不怕謝家查出你來？」阿酒想起他與謝家的關係，馬上擔心地問道。
「我不露面，這件事我全部交給雲飛處理，而我只負責把酒送到。」謝承文笑著說。
阿酒見他已經把事都安排妥貼，根本不用她操心，就又把注意力放在酒的上頭。
「鬥酒會有規定一家只能拿出一種酒來參賽嗎？」阿酒沈思一會兒後，忽然問道。
「那倒是沒有。不過對各個酒家來說，能有一種特別出色的酒就已經不錯了，誰還有心思去釀好幾種酒出來參賽？」謝承文說完，馬上就明白阿酒問這話的用意。「妳的意思是，咱們同時拿兩種酒去參賽？」
「嗯，這陳釀算一種，再加上那菊花枸杞酒，如此一來，勝算肯定會大一些。」有備無患，再說她這種菊花枸杞酒，在這梁朝裡也是獨一無二的。

「這主意不錯，妳把酒準備好，等過兩天就運去京城，妳儘量多準備幾罈。」謝承文叮囑道。

阿酒想著酒窖裡的陳釀不多，不過應該還夠用，而菊花枸杞酒的產量則不成問題。

「阿酒，妳剛剛為什麼生氣？」謝承文見阿酒的心情不錯，忙小心翼翼地問道。

原本一臉笑意的阿酒，瞬間變了臉色，她見謝承文似乎真的不知道自己錯在哪裡，便深呼吸一口氣，說道：「你要去京城，為什麼不事先通知我？難道不知道我會擔心？」

阿酒說完便不再看他，而是把目光投向別處，她的眼中已經泛起淚花，心想自己真是越來越軟弱了。

謝承文這才發現自己竟然犯了這麼大的錯誤，他蹲在阿酒面前，握住她的雙手，深情地看著她。「阿酒，對不起。」

阿酒只覺得兩行熱流隨著他的話，從眼眶流到了臉頰上。她用力地想甩開謝承文的手，卻發現根本甩不開。「你幹麼？走開。」

謝承文站起來瞧見她臉上的淚水，心疼極了。「阿酒，這都是我的錯。從前我在謝家，從來沒有人擔心過我，我要去哪裡，也沒人會在意……我以後肯定不會再這樣子，有事我一定會先跟妳商量，要去哪裡也會讓妳知道，妳別哭了好不好？」

「真的？你能保證？」阿酒淚眼汪汪地看著他，懷疑地問道。

「真的，阿酒。妳的眼淚讓我心疼，妳這張美麗的臉，只適合笑。」謝承文用手指輕輕把她的淚抹掉，無比溫柔地說。

阿酒的臉一下子就紅了。「記住你今天說的話，無論發生什麼事，一定都要先跟我說一聲。」

謝承文的心暖暖的，很是感動。他終於有人關心，終於有人為他牽腸掛肚了，這種感覺真的很美好。

謝承文見阿酒不再生氣，就跟她說起自己回謝家的情況，以及進京後發生的一些事。

「你娘真的會來流水鎮嗎？」阿酒問道。

「應該不會。在我的記憶中，除了我祖母過世的那一次，她一直沒回來過，有時我爹讓她一起回老宅，她也不肯。我後來從他們的談話中猜想，她肯定是在老宅發生了什麼不快的事。」謝承文若有所思地回道。

阿酒把酒窖裡的二年陳釀全搬出來，並認真地檢查一番，發現沒有異樣，這才讓大春把這些酒放到別處收好。

她把去年的菊花釀也搬出來，打算讓謝承文帶去京城送禮，不過剩沒幾罈了；至於菊花枸杞酒的話，就讓謝承文直接去莊園拿，如此一來也不打眼。

而謝承文回到流水鎮後就忙開了。既然要去鬥酒，他就得做好準備，這件事根本不像他跟阿酒說的那麼簡單，不過外頭的事，由他來解決就好，她只需要在家安心等著就行。

「少爺，夫人到流水鎮來了，錢叔讓我通知您。」這一日，謝承文正在看往年鬥酒酒家的資料，就聽見平兒進來說道。

「什麼？」謝承文那好看的眉頭一下子緊鎖起來。
「夫人來老宅了。」平兒重複一遍。
「知道了。」謝承文一手敲著桌子。沒想到唐氏真的回老宅去了。
不一會兒，唐氏身邊的大丫頭就來到謝承文的住處。「大少爺，夫人請您過去。」
謝承文站起身來，整理一下衣裳，就朝外面走去。
平時安靜的老宅這時候倒是很熱鬧，只見唐氏帶來的丫頭和小廝在其中穿梭著，以往待在老宅的婆子們則惶恐地站在院子裡，一臉的驚慌失措。
見謝承文進到院子裡，老管家馬上彎著腰迎了上去。「大少爺，夫人這是？」
「你們各自忙去吧，夫人只是回來看看，你們別緊張。」謝承文輕聲說道。
「是，那咱們去忙了。」聽他這麼說，老管家明顯鬆了一口氣，接著就吩咐那些婆子們去做自己的事。
「母親。」謝承文來到唐氏面前，恭敬地行禮。
「承文，沒想到我這些年沒回來，這宅子也沒多大變化，倒是人變了。」唐氏感嘆地說道。
謝承文只是默默地站著，沒有接話。
唐氏說完，卻發現半天都沒有回應，她一抬頭，就瞧見謝承文那面無表情的樣子，心中的怒氣頓時衝了上來。難怪這麼多年來，她對謝承文都產生不了好感，要是承志在，此時肯定會哄得她開心大笑。

「我這次回來，也沒有別的事，就是想來看看那個跟你訂親的小娘子，你明天帶她過來讓我看看吧。」唐氏頓覺無趣，吩咐道。

「是。」謝承文低下頭回道。

到了晚上，唐氏身邊的大丫頭一邊替她鋪被子，一邊不解地問道：「夫人，這裡可比不上松靈府，您這是何苦呢？」

唐氏的眉頭不禁皺了起來。如果可以，她當然不想來這裡，可她心裡總是有些不安，特別是謝啟初話裡話外都在提醒著她，那阿酒可不是個簡單的人物，若不親自過來看看，她不放心。

謝承文那小子已經讓她很不省心了，可不能讓他再娶一個狠角色進門。

第六十五章

「什麼？你娘要見我？」阿酒激動地叫了起來。

前幾天他還信誓旦旦地說唐氏不會來流水鎮，怎麼才過沒幾天，他又跑來說他母親要見她，這不是開玩笑嗎？

「我也沒想到她會忽然跑來。」謝承文尷尬地說道：「阿酒，妳換一套普通點的衣裳，把前面的頭髮放下來；還有，千萬別在她的面前多話，最好表現出一副呆呆傻傻的模樣。」

阿酒真想一拳揮過去。別人都是想讓媳婦在公婆面前留下一個好印象，他倒好，這是恨不得把她裝扮成乞丐嗎？

「阿酒，妳聽我的，只有如此，咱們的婚事才不會有阻礙。」謝承文哀求道。

阿酒無奈，只得照謝承文說的去做，把自己弄得灰頭土臉的。

「這樣可以吧？」阿酒扯了扯已經好久沒穿過的粗布衣裳問道。

「可以了。妳要記得，一會兒她問妳話時，妳就表現出一副只會釀酒、單純無知的樣子，她要是問妳關於酒方的事，妳就把一切都推給村長。」謝承文忐忑不安地叮囑道。

阿酒點點頭。想來這唐氏不是什麼省油的燈，要不然他也不會看起來如此不安。

不一會兒，阿酒便跟著謝承文來到謝家老宅，她第一眼看見這房子，倒不覺得有什麼特別，只是院子裡竟有一套釀酒的酒具，還是用竹子做成的。

「這是我曾祖發家後讓人做的。」謝承文悄聲為她解釋道。

阿酒還想問他問題，卻見前方走來一個打扮得還不錯的丫鬟，想來肯定是在唐氏身前伺候的，她忙低下頭，裝出小心又膽怯的樣子。

「大少爺，這就是未來的大少奶奶吧？夫人讓我領她進去。」丫鬟碧雪恭敬地說。

「阿酒，妳進去吧。」謝承文對著阿酒說道。

在謝承文擔心的眼神下，阿酒跟著碧雪朝正屋走去。

碧雪上下打量了阿酒一番，本來還慎重的態度一下子就變得不屑起來。也不知道大少爺什麼眼光，竟會看中這樣的小娘子，除了長得好看一點，也沒有什麼特別的地方。

「夫人，阿酒小娘子到了。」碧雪在屋外通報道。

「進來吧。」一道沙啞中帶著嬌媚的聲音，不高不低地傳來。

碧雪把門簾掀起，讓阿酒進去，誰知阿酒一個踉蹌，差點摔倒，她插在頭上的銀簪就這樣掉到地上。阿酒不安地快速看了唐氏一眼，然後彎下腰撿起那髮簪，仔細地看了看那髮簪，發現沒什麼損壞，這才重新插在頭上。

「夫人，您要見我？」阿酒怯怯地問道，那聲音就像蚊子般，很難聽得到。

唐氏從阿酒進來後，就一直在注意著她，如此膽怯無禮的小娘子，那謝承文竟也看得上眼？唐氏不禁冷笑起來。

「抬起頭，讓我看看。」唐氏那高高在上的語氣，讓阿酒心裡很是不快，可想起謝承文的叮囑，她只得忍著。

只見阿酒緊張地抬起頭，眼神裡充滿不安，唐氏還來不及仔細打量，她的頭便又低了下去。

原來是相中她的外貌，難怪謝啟初會說她不簡單。

唐氏想著，心中不齒，態度也越來越隨意，根本不把阿酒放在眼裡。

阿酒見效果已達到，便中規中矩地站在那裡，唐氏問她什麼，她就答什麼，如此一來，更是給唐氏留下一個又傻又聽話的印象。

「聽說妳很會釀酒？」唐氏終於問到重點。

「我爺爺會，我當然也會。」阿酒這時心不禁緊了一下，故作天真地答道。

唐氏忍不住笑起來。「那妳家釀酒的配方呢？」

「都是那個謝承文，硬逼我爹把烈酒的配方賣給他，害我現在都不能釀酒了。」阿酒很是不滿地道。

「可我聽說，你們家酒坊如今還有在釀的另一種酒，也是妳釀出來的？」唐氏緊緊地盯著她看。

「您聽誰說是我釀出來的？哈哈，真是笑死人，那酒方子是村裡的，以前酒都是我爺爺在釀，只不過他釀的不好喝，我偷改了一點點配方，那酒便好喝許多。」阿酒得意地說道。

唐氏看著她那知無不言的樣子，不禁搖搖頭，不明白謝承文那麼精明，怎麼會看上這樣一個單純到有點蠢的女子？

「那妳怎麼會想嫁給他？」唐氏見她提起謝承文時，似乎對他沒什麼好感，便漫不經心地問道。

「夫人，我跟您說的話，您可不能跟別人說。」阿酒神秘地道。

「哦，妳說說。」唐氏的好奇心全被勾了上來。

「你別看那謝承文長得人模人樣，他可壞了，他來買咱們家的酒時，竟乘機拉我的手，剛巧被我爹看見，我爹就非要把我嫁給他，我可是一點也不願意。夫人，您能想個辦法讓他不娶我嗎？」阿酒那黑白分明的大眼睛，毫無心機地看著唐氏。

唐氏沒想到謝承文的婚事竟是這樣來的，難怪以前也沒聽他提起過，就如此神速地訂下親來。不過這阿酒長得還不錯，也不算虧待他不是？

「咳、咳。」唐氏故意乾咳幾聲，然後把視線移開。「阿酒，這親事都已經定下，肯定不能改了，能嫁到咱們謝家，那是多少小娘子夢寐以求的事，妳就回去好好準備吧。我回去就跟他爹商量好日子，盡快讓你們完婚。」

「求您了，夫人，我不想嫁，我家裡還有弟弟、妹妹要養呢。」阿酒可憐兮兮地說。

唐氏心裡卻樂開了花。看來這傻傻的阿酒，根本就不喜歡謝承文。

阿酒還想再求求唐氏，卻已被碧雪帶出房間。來到院子後，只見謝承文已經在那裡等著了。

「大少爺，夫人很喜歡阿酒小娘子，這是賞給她的。」碧雪拿出一根金光閃閃的簪子，遞給謝承文。

「謝謝夫人，太謝謝了！」阿酒趕緊靠過去，作勢要把簪子搶過來。

謝承文呆呆地看著阿酒，感到有些不可思議。

大少爺的表情看在碧雪的眼裡，就像是他在嫌棄阿酒。她本來想把簪子遞給謝承文，見此情況，不免有些同情阿酒，就順勢把簪子給了她。

「真漂亮，這是真的吧？」說完阿酒就用牙齒去咬那簪子。

謝承文總算是緩過神來，他歉疚地朝碧雪笑了笑，就拉著阿酒出院子，快步離開祖宅。

「夫人，那阿酒就是個沒見過世面的，您方才沒看到，她拿到那金簪的模樣，簡單是丟人現眼，我看大少爺的臉都僵了。」說完就咯咯地笑了起來。

唐氏頓時身心一輕，臉色大好，樂呵呵地說道：「可惜了那一張臉蛋。」

「夫人，那阿酒在這鄉下還算清秀，要是去了府城，那可不夠看，更不說是跟表小姐比了，難怪大少爺不喜歡她。」碧雪一臉的不屑，奉承地說道。

「行了，妳這話以後可不能再說，要是讓大少爺聽到，那得多傷心啊。」唐氏心情好，就裝起慈母來。「對了，快去收拾一下，下午咱們就回府。」

阿酒跟謝承文一起進到他的房子，就再也忍不住，把那金簪往他身上一丟，哈哈大笑起來。她發現自己還真有當演員的潛力，對自己今日的表現，她可是相當滿意。

「怎麼回事？」謝承文卻是一頭霧水。

「那真是你親娘？怎麼跟你一點也不像？難道你像你爹？」阿酒沒回答他，只是笑著反問道。

「我跟他們都不像，他們說我像奶奶。」謝承文有些無奈，卻寵溺地看著阿酒胡鬧。

「哦，好吧。我想你娘現在肯定很放心。」阿酒對他眨了眨眼，看起來俏皮可愛。

「妳到底做了什麼？」謝承文感覺阿酒這時就像做了壞事的孩子，有些得意忘形。

「我沒做什麼，只不過是表現得單純一些、貪財一些，然後討厭你一些，還求她想辦法把這樁婚事給退了而已。」阿酒狡黠地說道。

謝承文滿臉黑線地看著她。

「看來碧雪說我母親喜歡妳，這話確實沒錯。」謝承文的話裡充滿諷刺。

阿酒同情地看向謝承文。他在謝家還真是一點地位也沒有，她都表現成那樣了，那唐氏還一臉笑意，甚至在她提出要毀婚的時候，唐氏居然還有些著急，那真是他的親娘嗎？

不管過程怎麼樣，結果卻讓謝承文十分滿意，至於唐氏的態度，他現在根本就不再奢望能從那個家裡得到一點溫暖，自然也就沒有失望。

「過幾天我又得去京城一趟，妳萬事小心一些，如果有什麼解決不了的事，就等我回來再說。謝家應該也已經接到鬥酒會的消息了，想來現在也沒時間來管妳。」謝承文一想到又要跟阿酒分開，而且是挺長一段時間見不到阿酒，他心裡就空空的，很是不捨。

「行，你也小心些，酒我已經準備好了，我在家等著你的好消息。」阿酒爽快地說。

謝承文看著她那沒心沒肺的樣子，不禁有些惱。他拉住她的手，凝視著她。「我要離開，妳就那麼開心？嗯？」

阿酒看著近在咫尺的俊臉，有些沒反應過來。她什麼時候開心了？再說他又不是不回來了，她有什麼好傷心的？

「你別靠我這麼近。」阿酒試著推了推他，卻絲毫不動。

「阿酒，妳會想念我嗎？」謝承文那聲音溫柔得像是能揉出水來。

阿酒只覺得自己的心都要融化了，她隨著他的話，情不自禁地點點頭。

謝承文一看到她點頭，馬上開心地笑起來，而阿酒頓時被他的笑容迷住，就這樣癡癡地看著他。

謝承文得意地看著她，見她的瞳孔中全是他的身影，迷戀而專注，他再也忍不住了，便低下頭，輕輕地在她那微微張開的嘴唇上印下一吻，那軟軟的、甜甜的滋味瞬間傳到他的四肢百骸。

「你幹麼？」阿酒被他唇上的涼意驚醒，連忙一把將他推開。她瞪著眼睛、紅著臉，凶巴巴地質問道。

謝承文的笑意更濃。他覺得這樣的阿酒特別可愛，比起那些養在深閨的小娘子，真的好太多了，她一點也不善於偽裝，喜怒哀樂總是讓人一眼就可以看穿。

阿酒被他的笑聲惹惱，不過她心裡卻莫名地甜了起來。

「我要回去了。」她站起身來，不再看謝承文，直接往外走去。

「阿酒、阿酒，我送妳。」謝承文不敢再逗她，忙說道。

「不用，陳勝在外面等我。」她說完就一溜煙地跑了。

謝承文眼睜睜地看著她跑出自己的視線之外，不過他怎麼感覺她有點像是落荒而逃呢？

阿酒跑出院門後，用手捂著自己的胸口，她的心實在是跳得太快了。「真是的，竟然敢親我，當時怎麼就沒有直接給他一拳呢？」她喃喃自語道。

「小姐、小姐，我在這裡。」陳勝見阿酒站在那裡，半天也不動，還以為她是找不到自己，忍不住叫了起來。

遠處傳來的聲音總算是把阿酒拉回神，她整理了一下衣著，用手摸了摸臉，感覺沒那麼燙以後，才邁開腳朝陳勝走去。

自從謝承文去京城以後，阿酒這些日子特別容易走神，惹得阿美總是笑話她。

「阿酒，妳快來看，那是什麼？」劉詩秀領著阿醇和阿香，正在外面玩，卻看到一行人朝他們家走了過來。

阿酒聽見劉詩秀的叫聲，忙快步走出去，隨即被眼前的場景給震懾住了。

「妳先進去。」劉詩秀把阿醇和阿香塞進阿酒手中，急急地說道。

一行人很快就來到姜老二家門前，他們抬著各式禮品，有糕點、布料、首飾等等。

「這是阿酒小娘子家嗎？」領頭的一個男子來到劉詩秀面前問道。

「是的，你們是？」劉詩秀疑惑地道。

「咱們是謝府派來的，這是我家夫人的帖子，這些都是要送給阿酒小娘子的。」說完，也不等劉詩秀反應，他一揮手，那群下人就蜂擁而入，把東西全放在阿酒家的院子裡。

「哎，你們等等。」劉詩秀見他們放下東西就走，忙叫道。可惜那些人像是沒聽到一樣，真是來也匆匆、去也匆匆。

「妳說說，這到底是怎麼一回事？」劉詩秀進到屋裡，看著手中的帖子，皺眉問道。

阿酒倒覺得這個唐氏挺有意思。唐氏那日誤以為謝承文並不喜歡她，所以才故意送這些東西來給她，好氣一氣謝承文是吧？

「沒事，您把那些禮物收下，能吃的就拿出來吃，吃不完就送人。至於那些布料，您看看有哪些適合的，只管拿來做衣裳。」阿酒樂呵呵地說道。白送上門的東西，不用白不用。

「這樣好嗎？」劉詩秀有些遲疑地問。

「這些可是謝家夫人給我的見面禮，您只管收著吧。」阿酒諷刺地說道：「謝夫人還真是出手不凡。」

「行了，妳也別在這裡說風涼話，還不是妳自己換來的。」劉詩秀那天見阿酒穿著一身粗布衣裳要去謝家老宅，就不大同意，這下子果然讓人打臉來了。

「這些東西可得花不少錢才能買到，普通人家一年賺來的銀子，恐怕還買不起呢，咱們這不是賺到了嗎？」阿酒笑著說道。

劉詩秀懶得理她，只是把糕點分成好幾份，裝進盒子裡，讓陳勝給鄰里們送去。

「阿酒，聽說謝家給妳送東西來了。」阿美一得到消息，就馬上趕過來。「哇，這麼多？謝家果然財大氣粗，看來咱們阿酒將來可以過著茶來張口、飯來伸手的日子嘍。」阿美裝出很是羨慕的樣子，誇張地叫道。

緊跟著進來的春草和春花都被阿美逗樂了，只要有阿美在的地方，就是笑聲不斷。

阿酒從那些布料中挑了幾疋適合她們的出來。「這些給妳們帶回去做衣裳。」

「這些布太貴重了，我不要。」阿美連連擺手。

春草她們雖然羨慕，卻不貪婪，見阿酒要送她們，也忙著拒絕。

「拿著吧，妳們也知道我現在不缺這些，再說妳們很快都要成親了，就算現在不做衣裳，放在箱底當嫁妝也不錯。還有這些首飾，妳們一人挑一個，就當是我送給妳們的陪嫁。」阿酒笑著說道。

不久後，謝家就讓人送來成親的吉日，只是這些日子都離得比較近，姜老二很是不滿。

「我特意問過那劉嬤嬤，原來他們謝家的二少爺也已經訂親，就等著謝少東家趕緊成親呢。」劉詩秀同樣不滿。阿酒的嫁妝都還沒準備好，再說這一家大小誰捨得她出嫁？可訂親後，阿酒就算是半個謝家人了，如今男方送來了日子，他們除了接受，還能怎麼樣？

「等謝承文回來，我再問問他。」阿酒老大不情願。她一點嫁人的心理準備都沒有，怎麼轉眼間就連日子都挑好了呢？

第六十六章

謝承文一到京城，就覺得京城比過去還要熱鬧幾分，街上可以聽到很多不同口音的說話聲，想來是各地酒家為了鬥酒會，都紛紛進京來了。

謝雲飛心情極好地回到酒莊。那張大人可說了，這次他所帶來的這兩種酒，都極有可能會被選為貢酒。

「少爺，那張大人說，咱們酒莊的那兩種酒，被選為貢酒的機率很大。」謝雲飛趕緊把這個好消息告訴謝承文。

「很好，那之後的鬥酒會就由你去參加了。這鬥酒會唯一要注意的，就是你帶去的酒一定不能離開你的視線，並且最好不要讓別人碰你的酒。」謝承文叮囑道。

「好的。少爺，您真的不打算露面？」謝雲飛問道。

「不了，你派個人去打聽一下謝家的消息。」謝承文搖搖頭。他如今不願節外生枝，只想拿到貢酒的名額，好好地經營酒莊。

而謝雲飛能夠快速在京城裡站穩腳步，自有他過人的智慧，這不謝承文讓他去打探消息，不到半天時間就有了回音。

謝家居然讓謝啟初跟謝承志一同前來參加鬥酒會，謝承文得知這個消息，不禁眉頭深鎖，深深地嘆了一口氣。

過沒幾日，就來到鬥酒大會的這一天，這次的大會比以往更加隆重，官家還特地派一位皇子前來主持。

鬥酒廣場中人山人海，圍觀的人很多。

謝承文站在遠處觀看著眼前的盛景。隨著一聲鐘響，皇子拿出聖旨宣讀，緊接著鬥酒大會就正式開始了。

謝雲飛抽到的籤是第八，他小心地把酒放在桌子上，等著那些品酒師到來。

謝啟初和謝承志抽的籤還不錯，排在第五，兩人都是頭一次來。

謝啟初看起來頗為怡然自得，而謝承志則緊張得不停發抖，特別是在周圍那些帶刀侍衛的環繞下，他連頭都不敢抬。

「謝家的酒啊，他們前年可是得到頭籌，不知道今年怎麼樣？」品酒師們很快就來到謝啟初和謝承志的面前。

「請大人們嚐嚐。」謝啟初按照謝長初所交代的，拿出酒杯，然後用酒把酒杯沖一沖，才倒入一些酒，請眼前的這些品酒師們品嚐。

品酒師們從丫鬟手中接過水，漱漱口後，這才拿起酒杯，慢慢地嚐了起來。

「噗——」沒想到其中一名品酒師剛喝下一口酒，就直接吐了出來。「這是什麼鬼東西？你們謝家竟敢在鬥酒會上胡鬧！來人，給我拿下！」

話剛落下，就從旁邊走出四個侍衛，用力壓住謝啟初和謝承志。

謝承志早已被這變故嚇得說不出話來，甚至連尿都流了出來。

謝啟初目瞪口呆地看著這一連串的變故，實在想不出到底是哪裡出了錯？直到被侍衛壓住，他才大聲叫起了冤。「大人，咱們冤枉啊，咱們謝家可是誠心來參加鬥酒會的，哪敢有不敬之心，這其中一定有誤會，求大人查清楚！」

謝啟初的話還沒說完，就被人用東西堵住了嘴，不讓他再隨意叫喚。

場上的變故讓各個酒家的代表更加緊張，都紛紛議論起來。

謝雲飛看著謝啟初他們被拖了下去，馬上擔心地朝謝承文的方向看過去。

謝承文自那品酒師吐出酒來，就知道大事不妙，想來他們肯定是中了別人的陰招。他很想置之度外，可惜根本沒辦法，他姓謝，如果他們出事，那謝家一家，甚至全族人都有可能會被牽連。

謝承文心急如焚，卻根本不知道事情怎麼會演變到如此地步？如今只能等謝雲飛出來，問一問情況再作打算。

品酒師們很快就來到謝雲飛面前。

謝雲飛冷靜地先把陳釀打開，一股清雅的酒香馬上撲面而來，幾位品酒師都精神一振，兩眼發光，爭先恐後地拿起酒杯。

「好香。」一個先拿到酒的品酒師，把酒放在鼻子下面聞了聞，然後忍不住閉上眼享受地說。

「好酒，好醇厚的酒，濃度明明不低，卻沒有烈酒的辛辣和衝勁，反而多了一些綿長的韻味，真是讓人回味無窮。」

幾個品酒師同時放下已經喝光的酒杯，滿意地點點頭。

就在品酒師們正要朝下一個人走去，謝雲飛卻又從旁邊拿起一個酒罈，接著重新拿出幾個酒杯，一一滿上了酒。

這次的酒帶著淡淡的花香，而那酒液更是呈現橙紅色，看起來特別吸引人。

「沒想到這一家酒莊竟然準備了兩種酒，咱們快嚐嚐。」品酒師們都轉身過來，拿起桌上那已滿上酒的酒杯。

「咦，這酒喝起來竟然有些甜甜的，唇齒之間留下淡淡的菊花香，卻又不是只有菊花的味道，不錯、不錯。」

「這就是風靡一時的菊花酒？不過似乎又比菊花酒更甜一些。」

「正是菊花枸杞酒。」謝雲飛介紹道。

不久後，品酒師們一一品完各酒家的酒，就給這些酒都打了分數。

謝雲飛帶去的兩種酒分數都很高，唯一與這兩種酒不相上下的，是北方的一種酒，接近於烈酒，度數卻沒有烈酒高。

如果謝承志還在，就能認出帶那種北方酒過來的酒家代表，正是他在外頭結交的好兄弟。

鬥酒大會又舉行了兩場比賽，品酒師的要求越來越嚴，可謝雲飛手中的酒卻一直保持著優秀的成績，最後陳釀一舉奪冠，也確定了兩種酒都被選為貢酒。

謝承文雖然對這兩種酒都是信心滿滿，可直到宣佈結果，他才知道自己有多緊張，雙手都被自己的指甲掐得出血了。

謝雲飛跟謝承文可說是滿載而歸，而謝家人卻陷入恐慌中。如今謝啟初和謝承志兩人都被押進大牢，連面都不能見，而謝家進獻貢酒的資格也被取消了。

唐氏跟謝啟初的夫人戴氏，兩人哭得昏天暗地。

謝長初也急得焦頭爛額。他四處找人說情，想進大牢瞭解當時到底發生了什麼事，怎麼會造成這樣的結果？可惜那些人平日裡拿孝敬的時候又急又猛，如今卻都閉門不見。

「老爺，你可要想想辦法！我可憐的志兒在大牢裡肯定受了不少苦，要是志兒有個什麼萬一，我也不要活了。」唐氏一見謝長初回來，就哭著、喊著撲過去。

「都是妳，平時對他嬌生慣養，他明明什麼都不懂，妳還讓他去做這麼重要的事。這下子他不但把自己送進牢裡，還可能搭上咱們一家子。」謝長初冷酷地說道。

唐氏張大嘴，瞪大眼睛看著謝長初。她怎麼也沒有想到，他竟會怪罪於她，直到謝長初的背影都看不見了，她也沒回過神來，還是碧雪手忙腳亂地將她扶起來。

唐氏本就深受打擊，再加上謝長初這一番話，她頓時覺得生無可戀，竟就這樣病了，連床都下不來。

謝承文回到酒莊後，很快就從喜悅中冷靜下來。

他一方面指示謝雲飛把後續如何進獻貢酒一事辦好，另一方面利用酒莊的關係，積極打聽那天在鬥酒大賽上，謝家的酒到底出了什麼問題？

他打探到消息後，就急忙離開酒莊，回到了謝家在京城的莊院。

謝承文到莊院時，只覺得下人們誠惶誠恐，全是一副緊張又不安的樣子，一見到他，又像是看到了救星，連神情都要比往常更恭敬幾分。

他剛來到正房外，就聽到謝長初的書房裡傳來乒乒乓乓的響聲，謝承文不禁朝站在房外的平貴看了一眼。

平貴低下頭，小聲地說：「大少爺，老爺心情不好，等一下還請您多多擔待。」

謝承文再次看了平貴一眼，才推開謝長初的房門，沒想到迎面而來的卻是一本書，而謝長初的怒吼聲也隨之而來。「滾！誰讓你進來的，狗奴才。」

謝承文眉頭緊鎖，實在沒想到平時冷靜的謝長初會生氣成這樣。

「父親，是我。」謝承文冷冷地道。

「承文，你回來了？這些日子你都去哪裡了？你知不知道家裡出大事了？」謝長初來到謝承文面前，抓著他的手問道。

「父親，事情解決得如何？」謝承文不由得在心中冷笑，明知故問道。

謝長初意識到自己有些失態，急忙把手縮回去，裝作若無其事地摸了摸鼻子，緩緩說道：「別提了，自送你二叔跟承志進到賽場，我就沒再見過他們，如今我連事情的真相都不知道。」

謝承文暗嘆事情鬧大了，雖然他已經知道這件事背後是誰在搞鬼，但以謝家當下的處境，若想要翻身，只怕不易。

「父親，關於這件事情的經過，我還知道一些……」謝承文把探聽到的消息說出來。

「都怪你娘把承志寵得不知人心險惡，隨意在外面跟人稱兄道弟，還被套了話。如今他被關在大牢中，真是自作自受！」謝長初得知事情的來龍去脈，氣得一掌拍在桌上，大聲地罵起來。

謝承文心裡十分看不起他。謝承志是什麼樣的人他一清二楚，卻還把這麼重要的事交給他，難道他身為父親，就沒有責任嗎？

「承文，你看該怎麼辦？」謝長初慢慢地平息怒火，把希望的目光把投向謝承文。

「父親，我在京城裡沒有人脈，您還是多去本家打探消息吧，我也會再想想辦法。」謝承文說道。

「好吧。你這段時間就別再四處亂跑，出了這種事，酒肆的生意也受到很大的影響，你可得幫幫忙。」謝長初無力地擺擺手，似乎一下子老了好幾十歲。

謝承文剛回到自己的院子，一進門就見唐氏坐在那裡，臉色慘白，穿著一件八成新的綢緞衣裳，頭髮似乎有好幾天沒梳理，甚至整個頭上只胡亂地插著一根簪子。

見謝承文進來，她的雙眼迸發出閃耀的光芒。「承文，你弟弟進了大牢，你可要救救他！」

謝承文能從她身上感受到強烈的愛意，可惜那不是因為他而散發出來的，而是為了唐氏的心肝寶貝謝承志。

「母親，父親會想辦法的。」謝承文低著頭，輕聲說道。

「謝承文，你到底有沒有良心？你弟弟都被關進大牢了，你居然還這樣無動於衷，你的心是不是被狗吃了？」唐氏忽然歇斯底里地怒吼起來。

謝承文只覺得心冷如冰窖。他如果真的無動於衷，又怎麼會站在這裡？他大可不必回來聽他們的抱怨。

見謝承文低頭不語，唐氏像是找到了發洩的目標，大吼道：「你這個白眼狼，我當初就不該養著你！」

「閉嘴！」唐氏還想罵，卻被謝長初呵斥一聲。

唐氏見謝長初進來，似乎也清醒過來，扭過頭不再去看謝承文，只是輕聲地哭泣。

「承文，你別多想，你母親只是太急了。」謝長初連忙解釋道。

謝承文頭一次對自己的身世起了深深的懷疑。以前他也不止一次想過，自己會不會不是他們的孩子？但這樣的念頭每次升起，就會被他壓下去，畢竟一個家族中的長子不可能隨意混淆血脈，雖說他這個長子並不受到重視。

可現在他卻不得不朝這個方向去想。唐氏方才說那些話時的表情，帶著太多恨意，而謝長初那急切的解釋，更給了他一種欲蓋彌彰的感覺。

「你好好休息，我跟你母親先走了。」謝長初用力地拉著唐氏離開。

謝承文躺在床上，回想起從小到大與唐氏和謝長初相處的一幕幕，越發堅定自己或許真是撿來的。

隔天，謝承文很早就起來了，讓他意外的是，謝長初竟也已經在院子裡，還一臉的喪氣，想來謝承志被抓，對他的打擊很大。

謝長初看到謝承文，嘴角連連動了幾次，卻沒說出半個字來，而那目光很是複雜，不知道是愧疚還是恨？

「父親。」謝承文冷冷地叫道。

「嗯，今日我會再去本家看看，你也幫著想想辦法。還有，昨日你母親的話，你別放在心上，她只是太擔心承志了。」謝長初和氣地說道。

謝承文心中五味雜陳。他不知道該以什麼樣的態度去面對謝長初，最後只能沈默以對。

謝長初見他不說話，長嘆一聲後便轉身離開，只是他的背影有些淒涼，步伐有些蹣跚。

要救謝承志他們，謝承文只能把希望寄託在那不曾見過面的張大人身上，他不得不去跟謝雲飛打探張大人的消息。

「張大人為人耿直清明，在朝堂上威望很高，沒聽過他有別的不良喜好，除了喜歡酒，似乎沒有別的了。」謝雲飛回想道。

「這裡就交給你了，我可能要離開幾天。」謝承文站起身來。

「少爺！」謝雲飛擔心地叫道。

謝承文頓了頓。「你不用擔心，我不會以休閒酒莊的東家身分去見張大人的。」

而謝長初今天總算是見到了本家的人，同時也知道是大皇子親自下令，要嚴懲謝承志他們。

當謝長初求著本家的人救救他們時，本家的人一口拒絕，並嚴厲地道：「這是大皇子下的令，你如果還想保住謝家，就不要再多事了，現在大皇子並沒要牽連謝家的意思，但如果你們不知收斂，誰也不知道後果會如何？」

謝長初垂頭喪氣地離開了本家，剛回到謝家門口，就見到他派出去跟著謝承文的小廝在那裡打轉，一瞧見他，那小廝連忙小跑步過來。

「回去再說。」謝長初冷靜地說道。

那小廝應了一聲，便跟在謝長初身後，兩人一同進到房中。

「你是說大少爺去了休閒酒莊，而酒莊的莊主對他還特別客氣？」謝長初很是意外地問道。

「我不敢靠太近，不過看起來是這樣沒錯。」小廝小聲地回道。

聽說出入休閒酒莊的都是一些達官貴人，那裡的酒也是出了名的好，而今年的鬥酒會上，他們酒莊甚至有兩種酒被選為貢酒。

難道謝承文跟那間酒莊有關係？那酒莊不會是他的吧？

謝長初被自己的念頭嚇了一大跳，又馬上連連搖頭。對於謝承文有多大的能耐，他是最清楚的，雖然謝承文會經營酒肆，也有一個敏感的舌頭，喝得出酒的好壞，但他絕對不會釀酒。

謝長初隨即就派人去找謝承文，他倒要問問謝承文有沒有事情瞞著自己？

當謝承文進到書房，發現氣氛有些詭異，謝長初看向自己的眼神中充滿了審視。

「聽說你今天去了休閒酒莊？」謝長初忽然問道。

謝承文沒想到他會這樣問。難道他派人跟蹤自己？他內心波濤洶湧，面上卻處變不驚。

「沒錯，我和那酒莊的莊主以前有過幾面之緣，就想著可以去跟他打探一下消息。」

謝承文這時無比慶幸。謝雲飛以前在謝家酒肆做事的時候，他們都沒見過謝雲飛，要不然後果真不堪設想，他不禁在心中暗罵自己太大意了。

「哦，那有結果了嗎？」謝長初有些失望地問道。如果那酒莊是謝承文的就好了，那麼要救志兒，也多了一分希望。

「打探到一個消息，聽說是大皇子親自下令，要嚴懲二叔他們。」謝承文謹慎地回道。

「看來是真的了，本家的人也是這樣告訴我的。」謝長初跌坐在椅子裡，臉色一下子就變成灰色。

「老爺，志兒不能出事，你一定要想辦法救救他！」書房的門被打開，唐氏哭喊著跑了進來。

「妳看看妳，成何體統！」謝長初心情本就不好，一見唐氏這樣，只覺得整個人氣到都要爆炸了，他對唐氏也就沒什麼好口氣。

「好啊，謝長初，你不救我的志兒了是吧？那我自己去救！」唐氏大吼一聲，就往門外衝去。

謝長初想拉住唐氏，可伸出來的手卻又無力地放了下去。

「父親，我想回松靈府一趟，我會儘量在二叔他們定罪之前趕回來。」謝承文忽然說道。

「回去？」謝長初似乎有些反應不過來。「難道你要眼睜睜看著你二叔他們被判決？」他的臉有些猙獰，眼裡充滿血絲，似乎恨不得掐死謝承文一樣。

謝承文沒有多作解釋，只是沈默不語。

謝長初似乎花了很大的力氣，才開口說道：「你想回去就回去吧，以後你少出現在我的面前。」

謝承文聽完，馬上轉身離開，他身後卻傳來了僕人大呼小叫的聲音，也不知道又發生了什麼事？

第六十七章

阿酒自從謝承文去京城後，一直擔心不已。也不知道送去的酒能不能奪冠，一舉拿下貢酒的差事？

剛開始的那幾天，阿酒做事頻頻出錯，劉詩秀實在是看不下去，就對她說：「阿酒啊，妳到底怎麼了？要不妳還是去釀酒吧。」

阿酒也發現自己的狀態太差。謝承文這次去京城，可能要待上一個月或更長的時間，她總不能這段時間一直都這般渾渾噩噩吧？

她想著，如今自己釀的大麴酒是清香型，而大麴酒還有一種醬香型的，它的特點是醬香突出，幽雅細膩，特別是在酒喝完後，杯中留香持久。

只是醬香型大麴酒的工藝更加複雜，而用來發酵醬香型大麴酒的酒窖，必須以條石建造，再將酒放進去多次發酵，高溫流酒，再按醬香、醇甜及窖底香三種類型和不同輪次的酒，分別長期貯存。

醬香型大麴酒的釀造周期長，又得分次、分層取酒，而且還要分別貯存後才能勾兌成醬香型大麴酒，這也是阿酒一開始並不考慮釀這種酒的原因。

如今阿酒有時間又有條件，就興致勃勃地準備起來。

首先她需要重新挖一個發酵用的酒窖。她在自家院子裡看來看去，也沒有找到適合的位置，最後她決定去莊園看看能不能找個適合的地方？

劉詩秀見阿酒總算又恢復平時的活力，也不再要求她做女紅了，只要她開心就行。

聽說阿酒要去莊園，阿香馬上抱著她的腿不放，阿醇更是讓陳勝把他放在了馬車裡。

「你們兩個都要跟著姊姊去莊園，難道就不想娘親嗎？」劉詩秀裝出一副傷心的樣子，看著阿香和阿醇道。

兩個小傢伙睜著大眼，你看我、我看你，又從阿酒的身上，轉而看到劉詩秀身上。

阿酒以為他們會留下來，結果兩人卻是異口同聲地說道：「咱們想娘親，但是您有阿爹陪著，咱們還是陪阿姊比較好。」

劉詩秀聽見他們奶聲奶氣的回答，頓時滿臉似朝霞，羞得說不出話來。

阿酒緊閉著嘴，就怕一個不小心笑出聲來，會讓她更加無地自容。

劉詩秀無奈只得把雙胞胎的衣裳打包好，交給了陳勝，並交代他看好阿醇和阿香。

馬車離開院子後，阿酒才哈哈大笑起來，阿香他們的回答實在是太搞笑了。

「阿姊，莊園好玩嗎？」不知阿姊為何大笑的阿香，還以為是那莊園太好玩呢。

「好玩，咱們這時候過去，想來還有桔子可以吃。」阿酒笑著說道。

兩人一聽，興致更高了，一點也沒有離家的傷感。

莊園如今已經完全不一樣了，整個山頭連一棵雜木也沒有，只有整齊的果樹，還有特意種下的菊花，以及大大小小的雞、鴨，遠處還不時傳來陣陣狗叫聲，四處充滿了生機。

阿酒帶著雙胞胎來到山腳下，雙胞胎馬上邁著小腿要朝桔子園跑去，陳勝忙把阿醇抱住，阿酒只得伸手去抱阿香。

「小姐，還是我來吧。」竹枝忙說道。

阿酒看著開心不已的雙胞胎，不禁想著，是不是要再添幾個下人？阿曲明年要考試，得去京城，沒有人照顧可不行；到時阿釀一個人在學堂，也需要一個人替他跑跑腿；而平時照顧雙胞胎，劉詩秀也很費力，特別是他們現在能跑會跳的，還是找個人看著得好。

「阿姊，妳快過來，這裡有好多桔子！」阿香興奮而清脆的聲音傳了過來。

阿酒加快腳步，暫時把這件事壓在心底，先不去想。

她把雙胞胎交給陳勝和竹枝，自己則是開始四處尋找地方建酒窖，可那麼大的山頭，卻沒有一個地方適合，她的心情有些差，不知不覺竟來到謝承文的山頭上。

「這地方不錯，涼涼的，可怎麼就不長東西呢？」阿酒自言自語地道。

她仔細觀察了一遍四周的環境，卻還是找不到答案，只得轉身回去，就在她離開之時，卻聽到了叮咚、叮咚的聲音。

阿酒循著聲音走過去，原來那雜草叢下竟藏著一小股泉水，那聲音就是水滴在石頭上的撞擊聲。

「好甜。」阿酒小心地捧起一手心的水，喝了一口。

阿酒望著那泉水，還有那一大塊空地，欣喜若狂。如果在這個地方建一個酒窖，肯定會有意外不到的效果！

她這些天又去那塊空地轉了好幾次，越看越滿意，越看越覺得這地方就是特地為她準備的。她此時無比期待謝承文可以快點從京城回來，等他回來，才能趕緊開始建酒窖。

阿酒卻不知道謝承文此時正快馬加鞭地趕往松靈府，等他來到溪石村時，發現阿酒居然不在，他只得又朝莊園趕去。

劉翔詫異地看著眼前的村子，有些不敢置信。那一年他從這裡路過的時候，這裡的村民可窮了。

他記得那天他實在是餓得受不了，就敲了一扇門，當時他還被開門的人給嚇一大跳，那人不但瘦骨嶙峋，就連兩眼都塌陷進去，要不是那人開口說話，他還以為是骷髏呢。就算是在這樣的情況下，當那人聽到他肚子的咕嚕聲時，還是進屋裡端出一碗雜糧粥給他，他是含著淚水喝下那碗雜糧粥的。

這個回憶一直留在他的腦海裡，這次回來，他就是想來看看他的恩人，並回報他昔日之恩。

他沒想到如今這個村子裡的人，看起來全都精神飽滿、面帶笑容，衣裳也不再是破破爛爛的，雖然依舊穿著粗布衣裳，但比起之前，實在是好太多了。

「將軍，這裡沒有您說的那麼窮啊。」隨從疑惑地說。

「注意你的稱呼！」劉翔看了那隨從一眼，又說道：「不過，我也不敢相信這裡竟會有如此巨大的變化。走吧，咱們先去打聽我那恩人的消息。」他邁著大步進到村子裡。

問了幾個村民之後，都不知道他那恩人的消息，劉翔決定先找個地方落腳，再慢慢打聽。不過村子裡並沒有客棧，於是在村民的指引下，劉翔一行人來到了阿酒的莊園，打算借住幾宿。

「小姐，外面來了幾個人，想在咱們莊園借個地方落腳，住上幾日。」陳勝說完，又朝外面看了一眼。「姜五叔說，那些人看起來不像是普通人，不好得罪。」

「行，那你們好生招待著吧。」阿酒相信姜五的眼光，也就沒再多問。

被雙胞胎拉著玩了一上午，阿酒終於擺脫那兩個磨人小東西。她打算獨自再去謝承文的山頭看看，結果剛走出屋，就被竹枝拉住。

「小姐，阿醇跑出去了。」竹枝焦急地說道。

阿酒不禁用手拍著額頭，她果然高興得太早了一些。她讓竹枝回去看好阿香，自己則出去找阿醇，別的她倒不擔心，就怕他跑去池塘玩水。

她路過客房時，聽到裡面傳來陣陣笑聲，而阿醇那熟悉的聲音竟也夾雜在其中。

阿酒推開客房的門，裡頭的聲音戛然而止。

「阿姊。」阿醇一見到阿酒，馬上就從劉翔的腿上滑下來，用力朝她撲了過去。

「又調皮了是不是？」阿酒把阿醇抱起來，捏著他的鼻子說道。

「阿姊，妳不見了。」阿醇委屈地道。

自那個孩子離開自己的腿上，劉翔就覺得心裡有些失落，當看到他跟那個小娘子撒著嬌時，他竟有些羨慕，連他都不知道自己這是怎麼了？

「不好意思，打擾你們了，如果有什麼需要，儘管跟陳叔他們說。」阿酒哄好阿醇後，略帶歉意地對著他們說道。

「小娘子客氣了，本就是咱們冒昧打擾，而且小郎君聰明可愛，太惹人喜歡了。」劉翔再次看向阿酒，為她的大方感到詫異，這可不是一般小娘子能做到的。

阿酒又跟他們聊了幾句，客套一番就離開了。她把阿醇送回房間後，乾脆不出門了，想著還是等他們都玩累睡著後，再作打算。

此時陳勝從客房跑了過來，說有事要向阿酒稟報。

「怎麼了？」阿酒見他頻頻朝客房看去，不禁問道。

「小姐，妳看坐在上位的那個客人，不覺得有些面熟？」陳勝開口問道。

「有嗎？」經陳勝一提起，阿酒似乎也有這樣的感覺，卻一時想不起自己是在哪裡見過那個客人？

陳勝急急地說：「那個客人跟阿醇小少爺是不是很像？」

阿酒回憶了一下那人的相貌，再看向跟阿香玩得正起勁的阿醇，兩人果然很像，要不是明白劉詩秀的為人，還真容易讓人誤會呢。

她坐在一旁看著阿醇，阿香跟阿醇雖然是雙胞胎，可他們卻長得不像，阿香特別像劉詩秀，而阿醇長得既不像姜老二，也不像劉詩秀，怎麼就跟一個外人如此相像呢？

阿酒前世看多了模仿秀，知道就算毫無血緣關係的人，也有可能長得十分相像，可她還是覺得很不可思議。
「阿酒、阿酒。」忽然間，一個熟悉的聲音從外面傳了進來，打斷她的思緒。
阿酒猛地站起來，那是謝承文的聲音。
她馬上跑到院子裡，卻被眼前的人嚇到了，他全身都是灰塵，連頭髮也是灰白一片，衣裳更是像好多天沒換洗過，整個人看起來狼狽不已。
「你這是怎麼了？」阿酒指著他說道。
「說來話長，我餓得不行，妳先給我弄點吃的吧。」謝承文丟掉手中的馬鞭，然後到井邊打了一桶水上來，隨意地洗了洗臉。
阿酒忙叫竹枝去給謝承文準備吃的，又讓陳勝去替他拿一套衣裳過來。
「裡面有熱水，你先去洗洗吧，會舒服一些。」阿酒一臉關心地看著他。
謝承文點點頭，便一臉疲憊地走了進去。
阿酒來到廚房，幫著陳大嬸弄了幾道菜，等她端著那些菜回到屋裡，只見已經盥洗完的謝承文竟躺在椅子上睡著了，他看起來有些憔悴，瘦了好多。
到底發生了什麼事？難道是他們的酒沒被選為貢酒？阿酒疑惑不已，卻不忍心在這時候吵醒他。
謝承文醒來，已經是兩個時辰之後了，他揉一揉有些發麻的手，轉動著僵硬的脖子，看著眼前熟悉的一切，這才想起自己已經來到莊園。
「阿酒、阿酒。」謝承文著急地叫道。

「怎麼了？餓了嗎？」阿酒端著菜走了進來。「快點來吃吧，剛才看你睡得香，就沒有叫你。這道菜有些涼了，我先拿去熱一熱。」

謝承文的眼睛一刻也不想從阿酒身上離開，他貪婪地看著，以解這些天的相思之苦。

「你發什麼呆？快點吃呀。」阿酒把飯菜擺好，回過頭一看，卻發現謝承文還坐在那裡，一動也不動的。

「阿酒，妳看起來更美了。」謝承文情不自禁地說道。

阿酒的臉一下子變得通紅，低著頭不敢再看謝承文，她的心噗通噗通地跳得極快，彷彿就要跳出胸口。

謝承文忍不住站起身來，朝阿酒走過去。

「快點吃飯啦。」阿酒有些不自在地說道。

「阿酒，我好想妳。」謝承文根本不理她說些什麼，而是又往前走了一步。

阿酒有些害怕，心底又似乎有些期待，不過連她自己都不知道在期待什麼？

「阿姊、阿姊，妳在哪？」阿香那奶聲由遠而近，終於把阿酒從迷茫中拉了回來。

「快點吃飯！」阿酒連忙拉開兩人間的距離，卻不知道怎麼地，她竟感到有些失落。

謝承文遺憾地看著阿酒。自己居然沒有親到她……

「阿姊，妳在這裡啊？妳的臉怎麼那麼紅，是不是偷吃了什麼？」阿香邁著小腿跑過來，一看到阿酒，馬上撲到她跟前。

阿酒被她的童言童語弄得更加尷尬，只得將她抱了起來。

謝承文見自阿香進來後，阿酒的注意力就被帶走了，他滿心不快，卻又無可奈何。此時肚子傳來咕嚕聲，他忙坐下來，拿起筷子大口地吃了起來，似乎這樣心裡就能舒服一些。見阿酒再次看向他，謝承文忽然想起自己還有重要的事沒告訴她，便一邊吃、一邊道：

「有個好消息，同時也有個壞消息，妳想聽哪個？」

阿酒見謝承文還有說笑的心情，想來事情也不嚴重，就笑著說：「先聽好消息吧。」

「好消息就是，咱們的兩種酒都被選為貢酒，而陳釀更是奪了冠。」謝承文笑道。

「真的？那太好了！這貢酒一年要多少的量啊？一般什麼時候送？哎呀，還要注意些什麼？」阿酒開心地問道，樂得有些分不清東西南北了。

「謝雲飛還在處理貢酒一事，過幾天應該就有消息。妳只要保證酒的品質還有數量，其他的妳就別管了。」謝承文對這樣的結果也很開心。

「那壞消息呢？」阿酒點點頭，又問道。

「我二叔跟二弟被抓進大牢，而謝家也被取消進獻貢酒的資格。」謝承文斂住笑意，有些苦惱地說道。

「啊？怎麼會這樣？」阿酒驚訝地問。沒想到謝家人居然會被關進大牢。

「都是承志那個蠢貨，在京城那樣的地方，居然一點防人之心都沒有。他在花樓裡跟人稱兄道弟，結果落入人家的圈套，他帶去的烈酒被人動了手腳，如今謝家不但失去進獻貢酒的資格，他也被關在了大牢之中。」謝承文咬牙切齒地說道。

「那現在怎麼辦？不會要了他們的命吧？」阿酒有些害怕地問。

「很難說。我離京的時候，大皇子還說要嚴辦二叔和承志。」謝承文皺著眉說道。

阿酒頓時覺得拿下貢酒也不是那麼好的事了，要是一個不小心，那可是掉腦袋的事，畢竟皇權至上。

「阿酒，妳想想咱們謝家進貢這些年來，也沒出過什麼事對吧？只要平時做事仔細些，不出差錯就行；再說皇上跟大皇子都是賢明之人，不會隨意要人性命的。」看著嚇得臉色慘白的阿酒，謝承文很是後悔，他方才不該把事情說得那麼嚴重的。

阿酒聽了這話，總算是恢復冷靜。「那你怎麼在這時候回來了？」

「阿酒，我記得妳還有一種酒，並不比陳釀差，妳能不能拿兩罈給我？」謝承文問道。

阿酒想了想，知道謝承文問的是哪種酒了，那是她將一些大麴酒又清渣過後的酒，比如今的大麴酒味道更清香一些。

「行，只不過那種酒放在我家中的酒窖裡。」阿酒爽快地同意。

謝承文見阿酒連問都沒問他拿這種酒是要做什麼，就馬上答應下來，他不禁有些激動，這種完全被人信任的感覺真是太好了。

說完正事，兩人又互相說了一些近況，話裡充滿甜蜜。

第六十八章

阿醇這兩天一有機會就跑去客房與劉翔玩，就連阿香也是，阿酒有時看著那兩張相似的臉，都不禁要懷疑他們是不是有什麼關係？

「小姐，您快來看看，這次的酒味道好像有些不同。」陳三順進來說。

阿酒一聽，連忙往酒坊跑去。

「這裡有酒坊？」劉翔意外地問站在一旁的陳三順。

「有啊，就是咱們小姐命人蓋的。小姐本事可大著呢，您有看到對面的那座山頭嗎？那裡也是屬於小姐的，咱們村子就是因為小姐，日子才漸漸地好過起來。」陳三順自豪地說道。

劉翔挑了挑眉。他忙著打探恩人的情況，倒忘記順道探聽村子是如何富裕起來的？沒想到這個村子之所以發生翻天覆地的變化，竟是因為一個小娘子，真是讓人意外。

「那我能不能去酒坊看一看？」劉翔也是愛酒之人，他不禁好奇地問。

「這……」陳三順有些猶豫，他拿不定主意。

「叔叔，我帶您去。」沒想到一旁的阿醇卻突然插話進來。話一說完，阿醇就拉起劉翔的手，阿香則跑到他的另一側，牽起他另一隻手。

陳三順詫異地看著眼前這一幕。他最清楚這對雙胞胎有多難親近，在這莊園裡，除了姜五和竹枝，其他人要是想靠近他們，那可不容易，就連他也是費了許多心思才討得他們的歡心。

陳三順有些不甘心地看向那男人，這一看還真有些嚇著了，那男人怎麼跟小少爺如此相像？

就在陳三順疑惑不已時，阿醇跟阿香已經拉著那男人走出房門，而那男人的幾個隨從倒也還懂規矩，並沒有跟上去。

來到酒坊後，阿酒馬上嚐一口酒，感覺比以往的酒少了一些清香，而且也沒有那種回甘的甜味。

「這酒不行，你們哪道工序出錯了？」阿酒把酒杯往桌上一扔，冷冷地問道。

姜五的頭皮有些發麻，他之前見識過阿酒生氣的模樣，還真有些害怕。

「阿酒，我方才從頭到尾檢查過一次，卻沒發現是哪裡出了錯……」姜五硬著頭皮說。

阿酒低下頭，再次嚐一口酒，又拿起一點放在旁邊的酒渣聞了聞，再捏一捏，然後來到配原料的地方，問道：「五叔，這裡由誰負責？」

姜五忙叫負責的人過來，然後對阿酒說：「這是陳立，這裡一直都是由他負責。」

阿酒打量了陳立一眼，一身大大的衣裳掛在那瘦弱的身子上，眼睛周圍黑黑的，明顯睡眠不足，看起來精神十分不濟。

她頓時皺起眉頭，姜五此時也是一臉的嚴肅，他瞧見阿酒詢問的眼神，趕緊說道：「他平時不是這個樣子的。」

「你給我說一說糧食的比例是如何調配的。」阿酒強忍著怒氣，冷聲問道。

陳立很快就把比例給說出來，倒是完全正確。

阿酒又讓他按照比例，配一份大約可以釀十斤酒的糧食出來。

陳立馬上動作熟練地配起原料，一切都沒出錯，直到最後一步，他竟多加了一份高粱，卻少加一份小麥。

「怎麼回事？」阿酒再也忍不住，怒聲問道。

姜五冷汗直流。這個陳立是怎麼做事的？口裡唸的是小麥，卻拿成高粱。

陳立似乎不知道自己哪裡出了錯，茫然地看著姜五。

「你怎麼把高粱粉當成小麥粉了？」姜五見他一副迷茫的樣子，不禁氣得跳腳。

「沒有啊，我平時都是這樣放的。」陳立喃喃地說。

「你看看，這是什麼？」姜五一把將他拉到高粱粉前面。

「這、這裡一直都是放小麥粉的啊，怎麼換成高粱粉了？」陳立此時才意識到自己的錯誤，全身打起顫來。

阿酒不再說話，只是看了姜五一眼，便轉身離開酒坊，而姜五則是氣急敗壞地大聲罵著陳立。

「阿酒，發生什麼事了？」謝承文見阿酒一臉怒意的從酒方走出來，立即緊張地問道。

「沒事，就是出了一點差錯。」阿酒壓抑著怒氣說道。她轉身往存酒的地方走去，打算再仔細檢查一下其他的酒是不是也有問題？

劉翔被阿香跟阿醇牽著，來到暫時存放酒的屋子裡，他看見好幾大缸散發著清香的酒，不禁睜大了眼。

「你！快去打點酒來。」阿醇對一旁正在忙碌的工人吩咐道。

那工人被他逗得不行，笑著說：「小少爺，您這麼小可不能喝酒，要是被小姐知道，她會處罰我的。」

「誰說是我要喝的，給叔叔喝。」阿醇一臉嫌棄地說。

那工人馬上恭敬地打了一杯酒，遞給劉翔。

劉翔先把酒拿到鼻子前聞一聞，然後才慢慢地品嚐起來。咦，這酒的味道好熟悉，這不是休閒酒莊的酒嗎？

劉翔大吃一驚。休閒酒莊裡的酒是什麼價格，他心中有底，而且那裡的酒並不是有錢就能喝到，還得有權，有時就算是有權也得等著，畢竟那裡的酒可是限量的，一個月就只有那麼幾罈，賣光就沒了。不過他怎麼也沒有想到，那麼有名的酒竟出自這樣一個小村莊，村莊裡唯一的酒坊，還是握在一位小娘子手中。

阿酒跟謝承文一進來，就看到劉翔一副若有所思的樣子，兩人不禁對看一眼，心中隱隱不安。

看見阿醇跟阿香也在，阿酒忍不住嘆口氣。這兩個惹事鬼竟隨意帶外人進來這裡，看來這酒坊的管理還是太鬆散，也是她大意了。

「好酒、好酒。」劉翔把阿酒跟謝承文的表情看在眼裡，不禁笑著說道。

謝承文來到劉翔面前，行了個禮。「想來這位大人肯定喝過這種酒，不知能不能為在下保守秘密？」

劉翔沒想到眼前的翩翩公子竟能猜中他是當官的，他嘆口氣，緩緩地放下酒杯。「可惜啊，這酒是好酒，只是太難得了。」

阿酒真想一拳打過去。她就不該好心招待他，如今反倒受他要脅。

謝承文則跟阿酒想的完全不一樣。他見過不少達官貴人，總覺得這位大人的身分不簡單，如果能攀上他，那他們在京城的生意會順利許多。

「只要大人想喝，絕對不難。」謝承文痛快地說道。

劉翔馬上明白了謝承文的用意。他們這是想找個靠山，好讓休閒酒莊的生意可以不受阻撓。以他閱人無數的經歷來看，這兩個人都還不錯，不會給他帶來什麼麻煩。

最後，謝承文陪著劉翔痛快地喝酒，從話裡行間也明白了這位劉大人在朝中的地位確實不低，因此謝承文也越發恭敬起來。

「阿姊，妳看叔叔跟阿醇是不是很像？」阿香忽然說道。她的聲音不大，但也足夠讓屋裡的人聽得清清楚楚。

阿酒倒不覺得有什麼，因為她早就發現這一點，倒是劉翔有些嚇到。

「阿醇，你過來。」劉翔朝阿醇招招手。

阿醇一點也不怕，扭著屁股就朝劉翔走過去，甚至還熟悉地爬到他的腿上坐好。

阿酒看著眼前這一幕，不禁有些頭痛，不知道的人還以為他們是親父子呢。

「真的很像嗎？」劉翔本來沒注意，被提醒後，忽然覺得阿醇確實跟自己很像，而且長得更像他的大哥！他忽然看向阿酒，問道：「他是妳的親弟弟？」

「是啊。」阿酒心裡想。他不是我弟弟難道還是你弟弟？

劉翔心中原本有些期待，可聽見阿酒的回答，卻失望極了，沒想到又是空歡喜一場。

阿醇被他的情緒感染，不禁熱情地邀請道：「叔叔，你要不要去我家玩？我家還有爹、哥哥，還有娘，我娘做的糕點最好吃了。」

難得阿醇會一口氣說這麼多話，阿酒一臉黑線地看著阿醇。他在這裡闖了禍還不夠，居然還想把那位劉大人帶回家，要是讓姜老二看見，真不知道會如何？

「好呀，那叔叔就跟阿醇回你家看看。」劉翔想著反正一直沒有恩人的消息，看日子他也差不多該回京了，難得遇到這麼投緣的小子，去他家玩玩也好。

「大人說笑了，小弟不懂事，大人千萬別當真。」阿酒忍不住插嘴道。

「難道小娘子不歡迎本大人？」劉翔忽然一臉嚴厲地問，讓阿酒嚇得低下頭來，她彷彿感覺到一股殺氣。

「哪裡、哪裡，當然歡迎。」謝承文見情勢不對，他遞給阿酒一個眼色，忙接話道。

劉翔意味深長地看了謝承文一眼，便又低下頭去跟粗神經的阿醇聊起天來。

就算阿酒心中有再多的不情願，也沒辦法再拒絕劉翔了，只希望不要出事才好。

第二天一早，阿酒他們就搭著馬車離開了莊園。阿醇跟阿香他們昨日被阿酒訓了一頓，直到現在兩人都還悶悶不樂的，坐在馬車角落裡一聲不吭。

「叔叔不是壞人。」就在阿酒昏昏欲睡之時，阿醇忽然出聲道，語氣很是倔強。

阿酒頭痛地看著一臉不高興的阿醇，不知道該怎麼跟他解釋，壞人是根本看不出來的。

「行，叔叔不是壞人，但以後你不能再去酒坊，更不能帶人去酒坊。」阿酒嚴肅地說。

阿醇嘟著嘴，很是委屈，但也知道這件事是自己錯了，便朝著阿酒點點頭。

阿酒伸手把他抱在懷裡，摸了摸他的頭，阿醇馬上回抱著她，心中再沒有了委屈；而阿香也悄悄地靠到阿酒身邊，阿酒順手把她抱在自己懷裡，在馬車那有節奏的搖晃中，三人就這樣睡了過去。

「阿酒，到家了。」

恍忽中，阿酒聽見謝承文溫柔地叫著，緊接著金磚那熟悉的叫聲把阿酒完全從夢鄉中叫醒。

當謝承文把已經醒來的阿香他們抱下馬車時，院門被打開了，劉詩秀迎了出來。

「娘、娘。」雙胞胎歡快地朝劉詩秀跑去。

「二姊？」一個熟悉而陌生的聲音傳來。

劉詩秀頓時愣住，她緩緩地朝前方看去，只見一個男子站在那裡。她不敢置信地摀住嘴，眼淚卻不停地流下來。

阿酒他們都被這變故驚住了。難道這劉大人就是劉詩秀那離家出走的弟弟？

「小弟，真的是你！你這不聽話的，我打死你、打死你！你還知道回來？還知道我是你二姊？」忽然之間，劉詩秀像發瘋一樣地抓住劉翔的衣裳，雙手不停地拍打著他。

「二姊、二姊。」劉翔淚流滿面，伸出雙手把她緊緊地抱在懷裡。

阿香跟阿醇見劉詩秀哭了，也「哇」的一聲齊齊哭了起來，甚至一同跑到劉翔面前，揮動著小手，朝他又打又叫。「壞人、壞人，不准欺負我娘。」

本來沈浸在重逢喜悅中的兩人，聽到雙胞胎的哭聲，忙停止哭泣。

姜老二在屋裡等半天，也不見有人進來，隱約中還聽到外頭有哭聲，他急忙走出來，剛好就看到劉詩秀緊盯著一個男子，甚至眼中還有淚水，而那男子看向她的眼神也是無比溫柔，這讓他不由得怒火中燒。

「妳在幹麼？」姜老二一把將劉詩秀拉到自己身後，瞪大眼睛看向劉翔。

「有才，你幹麼？」劉詩秀又羞又惱，趕緊伸手拉住姜老二。

「妳自己又在幹麼？」姜老二憤怒地問道。

劉翔冷眼看著姜老二。自家阿姊居然嫁給這樣一個男人？他記得自己離家時，她不是已經嫁給鎮上的一戶人家嗎？還是爹特意為她相中的。

「爹，您誤會了，咱們先進去再說。」阿酒見氣氛很是尷尬，忙說道。

姜老二後知後覺的發現事情並不如自己想的那樣，他訕訕地抱起撲向自己的阿香，一聲不吭地走進屋裡。

劉詩秀轉身看向劉翔，有些不好意思地朝他小聲解釋道：「剛才那就是你姊夫，他對我很好，平時是很溫柔的一個人。」

劉翔見劉詩秀提起姜老二時，臉上寫滿幸福，也就沒再多說什麼。他低下頭，見阿醇的視線一直緊盯著自己不放，忙彎下了腰道：「小傢伙，你不能叫我叔叔了，要叫舅舅。」

阿醇並沒有放鬆警惕，在他小小的腦袋裡，覺得惹他娘哭的都是壞人。

「你是壞人。」阿醇躲到劉詩秀身後說：「你弄哭我娘了。」

劉詩秀有些哭笑不得，心裡卻是暖暖的，她把阿醇抱了起來。「阿醇，舅舅沒有欺負娘親，只是娘親見到他太激動，所以才會哭的。」

阿醇抬起頭看著劉詩秀，似乎不明白她說這話是什麼意思。

「阿姊，妳總算回來了，我可想妳了呢。」此時，康兒滿頭是汗地跑了過來。

「你又跑到哪裡玩了？弄得滿是泥。」阿酒無奈地用手拍打著康兒的衣裳。

一行人都進到正屋後，劉詩秀馬上替姜老二介紹道：「這是我弟弟，他好幾年前就離開家裡，咱們已經許久沒見了。」

姜老二臉一紅，表情也變得尷尬至極。「妳怎麼不早說？」

劉翔一直用審視的眼光看著姜老二，覺得他的年紀實在是太大了些。沒想到，自家姊姊竟已二嫁，那小娘子也並非是二姊的女兒。這個家也太複雜了，等瞭解這個家的情況後，要是不妥，他一定要把二姊帶回京城去。

站在一旁的謝承文一直沒有出聲，只是靜靜地聽著。他萬萬沒想到這劉大人竟是劉詩秀的弟弟，不知道劉大人在大皇子那能不能說上話……如果可以的話，承志他們就有救了。不過，如今姜家有了這門貴親，而他們謝家卻正好惹上了那樣的事，不知道姜老二還會不會讓阿酒嫁給自己？

而劉詩秀正拉著劉翔，跟他說起這些年發生的事，說到激動處便不斷流淚。姜老二拿著一塊手帕，笨手笨腳地替她擦眼淚，並安慰著她。

劉翔緊繃著身子，一臉的後悔，特別是在聽到爹、娘皆因為他的離開而痛苦萬分，最後生病而亡時，他用兩手拍打著自己的頭，臉上流滿淚水。

「二姊，對不起、對不起。」劉翔痛苦地連連叫道。

阿酒站在一旁，也忍不住鼻酸起來，眼前的情景實在太令人難受了。

第六十九章

過了好久，劉詩秀跟劉翔兩人的情緒才慢慢地平復下來，劉詩秀便開始問起劉翔的近況，劉翔則輕描淡寫地說起他這幾年來所遭遇的事。

「這麼說，你現在是正二品的將軍，還尚了公主？」劉詩秀張大口，驚訝地說。

「嗯。」劉翔點點頭。

阿酒怎麼也想不到眼前的人竟是朝廷重臣，甚至還是駙馬爺，這個玩笑是不是開得有點太大了……

一旁的謝承文聽見後，先是一喜，隨即心中的危機感更深了些，他有些忐忑不安地看著阿酒，眼神裡充滿焦慮。

阿酒無意中瞧見謝承文看向自己的眼神，以為他是在為謝承志他們擔心，就出聲道：「你等等，我這就去給你拿酒。」她已經知道謝承文是要拿那些酒去救命的。

姜老二終於把視線投向謝承文，想起那日他風塵僕僕地來找阿酒，看起來特別焦急，如今他又和阿酒一同從酒莊回來，難道是出了什麼事？

「阿酒，是不是發生什麼事了？」姜老二一臉擔心地問。

「一點小事，爹不用擔心。」阿酒說完，就示意謝承文跟著她去酒坊，把那些酒搬了出來。

「這裡有四罈酒，你多帶一些，做事才方便，我就不多留你了，我先去廚房給你拿些乾糧和糕點。」阿酒慎重地說道。

謝承文看著那些酒，又聽阿酒這樣說，他心裡更是難受。阿酒這是要趕自己走了？他們的親事是不是不作數了？

阿酒見謝承文站在那裡一動也不動，不知道在想些什麼，她不禁疑惑。他不是急著趕回京城救人嗎？怎麼還不準備走？

「你這是怎麼了？」阿酒一臉問號地看著他。

「阿酒，我……」謝承文想問問她是否介意自己家中遇難，還很可能因此家道中落，可又怕她的回答自己會接受不了。

「嗯？」阿酒注視著他，只覺得似乎從未見過這樣的謝承文，看起來特別不安，完全沒了往日的意氣風發。

「別擔心，你不也說過大皇子都是賢明的人嗎？想來你二叔和二弟最多受些苦，性命無憂。」阿酒安慰道。

「阿酒，妳會不會嫌棄我？」謝承文猶豫再三，還是問了出來。

「嫌棄你？」阿酒實在不明白他為什麼會這樣問？過了好一會兒她才明白過來，肯定是因為劉翔。

她忍不住笑了起來，沒有想到謝承文居然會有這樣不自信的一面。「你快點去把事情解決吧，別亂想這些有的沒有的。」

謝承文聽她這樣說，終於笑了開來，他高興地把酒抱起來。「阿酒，妳等著我，我已經叫平兒把院子重新裝修了，如果妳還有什麼要求，就直接跟他說，我明日就讓他把裝修的圖紙拿過來。」

阿酒忍不住翻白眼。他的臉色也變得太快了些。

就在阿酒去廚房拿糕點的時候，路過院子，劉翔把她叫住了。「妳和那位公子……是不是遇到什麼麻煩事？」

阿酒沈默了一下，就把事情的來龍去脈說一遍，然後看向劉翔，希望他能夠給他們一點建議。

「倒也不是大事，大皇子跟皇上一樣，是個十分賢明的人，只要向大皇子說明原委，讓大皇子知道謝家不是故意的，想來一定能夠保住謝家人的性命。只是謝家要再進獻貢酒，是不可能了，宮裡的人是不會把這麼重要的事，交給如此不可靠的人。」劉翔認真地分析道。

「只要性命能保住，其他也無所謂了。」阿酒這時才真正放下心來。

「這樣吧，我幫妳寫封信，妳讓人送去公主府，讓公主去為謝家說說話。」劉翔沈思後，緩緩說道。

「太感謝你了！」阿酒沒想到劉翔竟會插手管這件事。

謝承文就這樣拿著劉翔的信，心情複雜地離開姜家，而劉翔則是留了下來，說是要陪陪劉詩秀，並一直在勸劉詩秀和他一起到京城去玩玩，順道見見公主。

「不必了，只要你過得好就行，免得我在公主面前丟了你的臉，倒是有機會的話，你可以帶公主過來散散心。」劉詩秀連連搖頭道。

劉翔又在姜家待上幾天，然後才在劉詩秀依依不捨的目光中翻身上馬，離開了姜家。

姜家的日子又恢復平靜。家裡前幾天買了幾個下人，阿香他們有人照顧後，阿酒更加悠閒了，除了偶爾聽劉詩秀念叨幾句，讓她該繡一繡嫁妝之類的，其他的一切都很平順。

這一日，阿美突然心事重重的跑來找阿酒。

「阿酒，我真羨慕妳。」阿美在一旁坐了下來，嘆口氣說道。

阿美這個平時笑容不離臉的小娘子，此時卻滿面愁容，讓阿酒驚訝不已，不明白到底是發生了什麼事？

「阿美，怎麼了？」阿酒擔心地問。

阿美一臉生無可戀地說：「阿酒，妳說我每天被關在這溪石村，娘親說快要及笄了，不能亂跑，而等到明年及笄後，成親的日子就會定下來，那我更加不能亂跑了。之後嫁了人，每天都要做家務和管家，等有了孩子，又一天到晚得顧著他們，我怎麼覺得這日子過得如此枯燥呢？」

阿美的話一說完，兩人都陷入沈默中。

在這古代，女人的一生就是像這樣過著一成不變的生活，可是像阿美這種愛熱鬧的性子，肯定忍受不了這樣過日子，如今姜五嬸他們對她也是睜一隻眼、閉一隻眼，可真要嫁人了，誰知道她的婆婆是否能容忍得了她的性子呢？

「阿美，無論什麼時候，妳都要笑著面對一切，不能讓這些煩惱占據妳的生活，那樣就不是妳了。」阿酒並不大會安慰人，只能把自己的心聲說出來。

「哈哈，阿酒妳真好，妳放心吧，我一定會過得很好的。」阿美的情緒來得快，去得也快。

謝承文終於見到張大人，並把事情的來龍去脈解釋清楚，張大人也答應幫他跟大皇子求情，再加上他已經把信送去公主府，想來不會有問題了。

辦妥一切後，謝承文回到謝府，在路過唐氏的院子時，裡面的對話聲讓他不禁停住了腳步。

「老爺，志兒都關了這麼多天，他肯定受不了……謝承文到底跑哪裡去了？也不想想辦法，我看他就是個白眼狼，根本帶不親。」唐氏越說越氣。「都是那老巫婆，硬是逼著咱們把長子的位置讓給他，還讓咱們立下毒誓。老爺，難道你就甘心嗎？」

「閉嘴！他現在可是咱們的兒子，就算妳不顧念跟他之間的母子情分，他總歸還是大哥留在這世上最後的一點骨肉。」謝長初呵斥道：「再說承文並沒有像妳說的那麼壞，他離開之時就跟我說過，是去想辦法了。」

謝長初經過謝承志這件事之後，想開了很多，覺得謝家最後還是得靠謝承文來拯救才行，他不像唐氏一樣目光短淺。

「哈哈，這真不像老爺你說的話，反正我是不會認那個兒子的，是他奪走了屬於志兒的一切。」唐氏憤憤不平地道。

謝承文只覺得自己就像落入冰窖中，全身上下都涼透了。難怪母親對自己一直都是冷言冷語，沒有好臉色；而父親看自己的目光總是那樣複雜，對他有所防備……原來這就是原因，他果真不是他們的兒子。

「老爺，要是大皇子真要處罰志兒，你就想辦法把謝承文送去吧，咱們養他這麼多年，他總要給咱們一些回報的。」唐氏的聲音再度響了起來，她的聲音不大，卻足以把謝承文震得跌坐在地上。

謝長初心裡很是猶豫。如果把謝承文送進去，能換回志兒，那當然好。只是謝家的生意還得靠謝承文才能撐起來，如今貢酒資格被取消，酒肆的生意肯定會受影響，況且從這些日子就可以看得出來，以前的那些靠山也都靠不住了。再說志兒根本沒有經商的才能，如果酒肆落到他手裡，只怕不用多久就全變成別人家的了。

謝長初還在左右為難，卻聽見平貴的聲音在外面響起。「大少爺，您怎麼坐在地上？發生什麼事了？」

謝承文在平貴的攙扶下，緩緩地站起來，他的心從沒有像此刻這般清明過，以前一切想不明白的事情，他在這一刻都明白了，原來他跟他們根本就不是一家人。

「承文，你回來了？想到辦法沒有？」謝長初裝作一副什麼也沒發生過的樣子，態度出奇得好。

謝承文深深地看著謝長初，他臉上的表情無懈可擊，根本看不出有什麼異樣，可正是因為如此，謝承文才更覺得心寒。他對自己居然連一點點愧疚都沒有！

「父親，剛才母親說的那些……都是真的吧。」謝承文不願意再傻下去，他想把事情弄清楚。

「你到底想到辦法沒有？志兒可還關在牢裡呢。」謝長初不禁惱羞成怒，大聲地問道。

謝承文的視線還是緊盯著謝長初，大有「不弄明白，絕不罷休」的架式。

「等志兒回來後，我就把真相告訴你。」謝長初僵持了一會兒，最終狼狽地說道。

謝承文挺直身子，冷冷地道：「那我就靜候佳音。」

這次謝承文從頭到尾都沒看向唐氏，直接走了出去。

唐氏氣得滿臉通紅，手指著他的背影大罵起來。「你這像什麼樣子？難不成是翅膀硬了，想要飛？我告訴你，沒門！」

謝長初看著如同潑婦罵街的唐氏，頭更痛了。他一直迴避著謝承文的問話，她倒好，硬是要把這件事情鬧大，也不想想志兒那個樣子，真能把謝家撐起來嘛？

消息來得比想像中還要快，隔天對謝承志跟謝啟初的處罰就下來了，罪責倒是不重，但謝家卻永遠失去進獻貢酒的資格，以後也都不能再參加鬥酒大賽了。

這是意料之中的事，謝長初很平靜地接受了。

唐氏自從聽到消息後，就派人去大牢外接人，自己則早早就站在家門前等著謝承志。

謝承志跟謝啟初被關在大牢之中，倒也沒有人刻意為難他們，只是待在那樣的環境下，吃也吃不飽，睡也睡不好，又總是在擔心自己的人頭是否會不保，因此兩人都迅速地瘦了下來。

「我的志兒，你怎麼瘦成這樣了？」唐氏一見到謝承志，就緊緊地抱住了，大聲的哭了起來。

「行了，回來就好，進去再說。」謝長初見路邊的人都伸長脖子朝這邊看了過來，不禁面色難看地說道。

唐氏馬上緊緊地抓住謝承志的手，拉著他進到院子裡，生怕一轉眼又看不見他了。

「志兒，你先去沖洗一下，再吃些東西，然後到書房來。」謝長初吩咐道。

唐氏心中雖有不滿，卻不敢多說些什麼，畢竟從昨日開始，謝長初就再也沒有跟她說過一句話了，她可不想再惹他生氣。

謝承文從昨日回到自己的院子後，就一直在思考，自己的親生父母究竟是誰？又為什麼要讓謝長初他們養著自己？唐氏口中的老巫婆是誰？還有謝長初說的大哥又是誰？他迫切的想弄清楚這一切，可他知道必須等謝承志回來，這些謎底才有辦法解開。

「大少爺，老爺、二老爺和二少爺他們，都在書房等著您。」平貴此時在門外恭敬地說道。

謝承文立即站了起來，迅速地朝書房走過去，他想謝長初會給他一個解釋的。

等謝承文來到書房時，謝啟初跟謝承志都滿懷感激地看著他，他們知道之所以能夠從大牢裡出來，都是謝承文的功勞。

「快說吧。」謝承文直直地盯著謝長初，如今他一刻也不願意等，只想知道真相。

謝啟初和謝承志這才發現有些不對勁。以前謝承文跟謝長初的關係也不好，但謝承文對謝長初的態度一直都很恭敬，今日怎麼有些反常？

「啟初、承志，你們先出去吧，好好休息。」謝長初無奈地說道。他之所以找來謝啟初和謝承志，本來是想藉此拖延一下時間，誰知道謝承文竟連一刻也不願多給他。

謝承志迫不及待地離開書房，謝啟初倒是想留下來聽一聽，但謝長初不同意，他只好不情不願地離開了。

「承文，你是謝家的孩子沒錯。」謝長初猶豫一下後，就把一切都說了出來。

原來，謝承文的奶奶是謝老太爺的原配，不過她只生了一個兒子，而且還是個體弱之人，也就是謝承文的父親。後來謝老太爺又娶了一個二夫人，而二夫人進門後，三年抱兩，生下了謝長初和謝啟初。

本來二夫人對大夫人也是很尊敬的，可有了兩個孩子後，她的心就大了，就開始貪圖那些不屬於自己的東西。

謝老太爺的生意越做越大，家業也越來越大，謝承文的父親雖然體弱，卻有才能，每每出的點子，總能讓謝老太爺的生意得到更好的發展，謝老太爺對他很是看重。

二夫人卻把他看成是眼中釘，恨不得將他拔掉，可大夫人把他保護得很好，別人根本無法輕易接近他。

日子過得很快，他也娶妻生子了，誰知道就在這時候，大夫人得了重病。

二夫人覺得機會來了，她收買了大夫人跟前的一個丫鬟，讓丫鬟把一種與謝承文父親所服用的藥物相剋的東西，放在大夫人的病房裡。他是個孝子，只要一有空就會到大夫人面前盡孝，這也讓他的病情一下子加重許多。

等大夫人的病好了，他的生命也走到盡頭，而謝承文的母親受不了這樣的打擊，竟跟著他一同去了。

謝老太爺在迎娶二夫人之時，就怕兩位夫人碰在一起會鬧事，所以一直以來，大夫人住在老宅，而二夫人則住在松靈府的新宅。

謝承文父親去世之時，謝長初跟唐氏成親已有兩年，唐氏更是懷過一次孕，可惜的是，一個不小心落了胎。

二夫人本就有些不喜歡唐氏，見她連一個胎兒都保不住，就以要她好好休養為由，將她送進了老宅，這也是為什麼唐氏後來不願再回老宅的緣故。

而謝承文的父母離世後，就剩下一個尚在襁褓中的孤兒，大夫人為此操碎了心，同時大夫人身邊的丫鬟受不住良心的譴責，終於把二夫人讓自己所做之事全說了出來。

大夫人氣極了，可就算這時再鬧起來，兒子也回不來了。她就逼著謝老太爺，讓謝老太爺把謝承文送到謝長初膝下當長子，還必須讓謝長初發下毒誓，保證謝承文一輩子都是他的兒子，並且不能苛待謝承文。

謝老太爺一向看重謝承文的父親，知道他竟是被二夫人給害死的之後，頓時怒火沖天。

謝老太爺原本是想把二夫人休棄，甚至連謝長初跟謝啟初都不要了，只是在大夫人的勸說下，謝老太爺終於同意她的建議。

就這樣，二夫人、謝長初以及唐氏被叫到了謝家的祠堂中，還讓他們同時發下毒誓。二夫人對自己所做一切早已後悔，她覺得都是她的錯，便哀求謝長初跟唐氏一定要好好地對待謝承文。

事已至此，謝長初的名下就多了一個兒子，而且是長子。

唐氏知道後，大鬧了一番，後來還是二夫人威脅要把她休棄，才讓她不情不願地答應下來。

謝承文並沒有立即跟他們生活在一起，而是跟著大夫人住在老宅，而新宅根本沒人知道鄉下還有一位大夫人，甚至曾經有位大少爺，他們都以為謝長初就是大少爺，而二夫人就謝老太爺唯一的女人。

就這樣過去兩年，大夫人離世，謝承文又跟著謝老太爺在老宅生活了兩年，在這兩年之間，二夫人也因為一場大病而逝世。二夫人走後，謝老太爺過沒多久，也跟著去了。

謝長初無奈，只好把謝承文接到了新宅。

而唐氏也終於生下了一個男孩，就是謝承志，她對長子這位置被謝承文奪走，一直耿耿於懷，因此謝承文被接過來後，她對他的態度一直都很冷淡。

謝承文聽完這一切，心中五味雜陳，根本不知道該用什麼樣的態度去面對謝長初？就像謝長初一開始說的，不管他父母是誰，他都是謝家的人，這一點是怎麼也逃避不了的。

「承文，我知道以前讓你受了很多委屈，可你也要體諒一下咱們。過去被逼著要接受你成為長子，我心中一直有埋怨，而你娘本就因為落胎後心情不好，這讓她把所有的怒氣都轉到你身上，這對你有些不公平，可對她來說，同樣也是不公平的。」謝長初嘆息道。

「我先走了。」謝承文一刻也待不下去，只想馬上離開。

他知道謝長初說的是事實，但如果二夫人不是為了他們，他的父親也不會那麼早就過世，自己也不會成為孤兒，而謝家長孫的身分，同樣是他的，他並沒有搶任何人的東西，也不曾虧欠任何人。

阿酒看著被塞得越來越滿的房間，眼前是紅豔豔的一片，她終於有了一些即將嫁人的感覺。離成親的日子越來越近，她越忐忑不安，一天到晚都心慌慌的，總覺得好像會發生什麼不好的事。

劉詩秀瞧見她這個樣子，卻是哈哈大笑起來，還跟她說每個小娘子在嫁人之前，都是這個樣子的。不過她可比一般小娘子幸運許多，畢竟謝承文對她很好，兩人又相識這麼久了，對彼此很是熟悉，哪像別的小娘子，都是結婚後才跟丈夫熟識的。

阿酒只得苦笑，並在心中安慰自己，難道自己這般活了兩世的人，還會害怕什麼嗎？反正兵來將擋、水來土掩，沒什麼好怕的。

第七十章

臘月，雪白的梅花倒映在雪地上，顯得更加皎潔，而紅色的梅花，則帶給人們視覺上的衝擊。

不同顏色的梅花傲立於雪中，散發著梅花特有的香氣。

阿酒真捨不得去破壞眼前如畫的景色，不過最終釀酒的念頭還是戰勝了一切。她緩緩伸出手，採下花枝上頭的一朵朵梅花。

隨著來幫忙的人逐漸增加，山裡頭也越來越熱鬧，到處都充滿笑鬧聲，而那樹枝上的梅花卻是一朵朵減少。

「小姐，咱們是不是太殘忍啊？這麼好看的花，咱們居然全摘了下來。」竹枝輕輕地用水沖洗著花瓣，小聲地對阿酒說道。

「竹枝，妳這樣想就錯了，妳看那花掛在枝頭上，沒幾天就會凋落，可咱們摘下來釀成酒，卻能夠保存很久，而且那酒中的梅花可好看了，比掛在枝頭上更好看。」阿酒笑著說道。

竹枝用崇拜的眼神看著阿酒。「小姐，梅花酒真有那麼好喝嗎？」

「梅花酒有著優雅且濃郁的梅香，一口喝下去，梅香立即在鼻尖飄散開來，既柔和又清爽，讓人回味無窮。」阿酒閉起眼，回味著說道。

竹枝一臉的嚮往，小心翼翼地說：「小姐，等梅花酒釀好了，能給我喝一點嗎？」

「當然可以，如果妳想的話，也可以自己釀一罈啊！釀梅花酒的秘訣，就是要在最後加上一點雪水，這樣酒喝起來會更爽口。」阿酒笑著說道。

竹枝笑著跑進屋去，找了一個酒罈子出來，準備泡酒。

阿酒含笑地看著她。自己就喜歡她這種簡簡單單的快樂，平凡而知足。

梅花酒的酒期跟其他的花酒差不多，如果是用米酒釀的，那保存的時間就比較短；但如果是用大麴酒釀的，那就放越久，越好喝。阿酒一般都是各釀一半，這樣便能保證長期都有酒喝。

謝承文站在遠處，看著阿酒穿梭在梅林之中，就像一個仙女一般，在梅林中翩翩起舞，散發著柔和的光芒。

阿酒採滿一籃子的花，正準備下山，卻發現謝承文站在不遠處，一動也不動地看著她。

「你怎麼來了？」阿酒情不自禁地來到他面前，神情有些不自然。

「來看看美景，沒想到卻看到了一幅美人畫。」謝承文的眼神中充滿溫柔，嘴角挑得高高的，那帶笑的桃花眼直直地望著阿酒。

「好看嗎？」阿酒喃喃地問道。

「好看，花美人更美。」謝承文低喃道。

阿酒一聽，馬上垂下頭，她的臉滾燙著，心又亂跳了起來。「就知道說這些好聽的，你真不害臊。」

謝承文不再說話，只是傻傻地看著她。多少次午夜醒來，他都幻想著她可以出現在自己眼前，如今她活生生地站在這裡，他當然要看個夠。

「真是個傻子，你不冷嗎？」阿酒受不了這種曖昧的氣氛，出聲打破眼前的寧靜。

「不冷，一點也不。」謝承文笑了開來，視線一直沒有離開過阿酒。

阿酒看著他那呆呆的樣子，不禁跺了跺腳，提著花籃子朝山下走去。

「阿酒，妳等等我。」謝承文回過神來，才發現阿酒已經走遠，他連忙叫道。

阿酒故意加快了腳步，因為她忽然想起劉詩秀叮囑她的話，讓她在成親前的這段日子裡，儘量別跟謝承文見面，否則會招來噩運。如今謝承文就這樣跑過來找她，也不知道有沒有人告訴過他這個禮俗？

她想了想，覺得自己得跟他說清楚才行，便停下腳步，等著氣喘吁吁的謝承文跑過來。

「阿酒，妳怎麼走得那麼快？」

「不是說成親之前不能見面嗎？」阿酒認真地說。

「什麼？」謝承文沒想到阿酒停下來等他，就是為了說這麼一句話。「為什麼不能見面啊？」

「難道你不知道？」阿酒疑惑地問道。

謝承文搖搖頭，一看就是從沒聽說過這個禮俗。「算了，反正我也不迷信，咱們不說這個了，我剛好有事要跟你商量。」

上次見面時發生太多的事，讓阿酒把要在他山頭建酒窖的事都忘了，如今看到他，才想了起來。

「什麼事？」謝承文問道。

阿酒把自己的想法說出來，謝承文則靜靜地看著她自信飛揚的樣子。

她是那麼的耀眼，他總覺得她越來越漂亮、越來越吸引人，他恨不得明天就能把她娶回家，他多想要把她藏起來，不讓別人看到她的好。

「你到底有沒有在聽我說話？」阿酒說完後，半天都等不到謝承文的回應，不由得抱怨道。

「有、有，都按妳說的來做。往後像這樣的事，妳自己拿主意就行，反正我的東西全是妳的，妳不必再問過我。」謝承文尷尬地不敢再看她，怕自己會做出更失態的事情來。

「你怎麼瘦了這麼多？是你家的事情還沒有解決嗎？」阿酒忽然發現他雙頰有些凹陷，一看就是沒有好好吃飯。

謝承文沈默了。他這段時間吃不好、睡不好，一直都待在家裡，連出去的興致都沒有，還是平兒悄悄地打探到阿酒來了莊園，硬是把他騙過來。他也是做了好久的心理準備才過來看她的，如今被她這樣一問，一時間又不知該從何說起了？

阿酒見謝承文沈默不語，臉上的表情也很嚴肅，就知道他的心情很不好，她只是默默地陪伴著他，直到他願意說為止。

「從小我跟承志在謝家的待遇就不一樣，我一直以為那是因為我身為長子的緣故，直到前些日子，我才知道事情根本就不是我想的那樣，原來我是個孤兒，我根本不是謝長初的兒子。」謝承文猶豫好一陣子，才開口說道。他又接著把謝長初和他說的一切，全告訴阿酒，一點隱瞞也沒有。

阿酒沒想到謝承文的身世竟如此曲折，難怪唐氏會那樣針對他，也許在她的心中，是謝承文奪走了屬於謝承志的一切吧，可這一切又不是謝承文願意的，他是何其無辜，因為長輩們的恩恩怨怨，害他從小就得不到一絲疼愛。

「阿酒，妳會不會嫌棄我？」謝承文忐忑地看著她，眼裡有著從沒有過的惶恐。他什麼都沒有了，只剩下她，如果連她都捨棄自己，他不知道活著還有什麼意義？

「你在亂想什麼呢？這樣不是更好嘛。」阿酒真恨不得敲開他的頭，看看他都在想些什麼亂七八糟的。「如今真相大白，唐氏還會管你嗎？」

阿酒最介意的是這一點，畢竟上次她在唐氏面前裝瘋賣傻，這件事情總會被揭穿的，到時她都不知道該怎麼面對唐氏了。

「應該不會了吧，她恨不得我離那個家離得遠遠的。」謝承文不大肯定地說道。

然而阿酒卻有不好的預感。也許唐氏並不會那麼輕易地放過他們，而且唐氏若是想為難自己，可以有很多理由，畢竟如今外界都知道謝承文是謝長初的長子、是唐氏的兒子，也是她將來的婆婆。

「行了，你一個大男人，少在那裡傷春悲秋。咱們貢酒的資格都下來了，你不是想把休閒酒莊開遍整個梁國嗎？如今你才開了兩家吧。」阿酒給了他一個鄙視的眼光。

壓在心中的事說出來後，謝承文頓時覺得神清氣爽，他深深地吐了一口氣，豪氣地說：

「阿酒妳等著，不出五年，我一定要讓世人都知道妳釀的酒。」

阿酒笑了，看著眼前意氣風發的謝承文，似乎又回到他們第一次見面的時候，那時他就是這個樣子的。「好，那我就等著。」

「阿酒，既然要讓人們知道是妳釀的酒，我覺得咱們應該在酒罈子上面留下個標記，這樣人家一看，就知道那酒是出自咱們酒莊。」謝承文腦袋飛速地轉著，把自己的想法說出來跟阿酒討論。

阿酒拍了拍自己的腦袋。虧她還是從現代來的，居然連品牌效應都忘了。「你說得對，以後咱們酒莊用的酒瓶，就都去窯裡特別訂製，然後印上咱們酒莊的標誌。」

「這主意不錯，那咱們要用一個什麼樣的標誌呢？」謝承文點點頭，又問道。

阿酒陷入了沈思。她本來很想把前世家裡的商標拿來用，可隨後就把這個想法拋開了，這裡是她嶄新的生活，還是想一個新的吧。

「你看這個怎麼樣？」阿酒在紙上畫了一個由梅花、菊花和桃花組成的圖案。「你看這幾種花代表著咱們的花酒，而這個酒字既代表我的名，又表示咱們賣的是酒。」

「好、好，就用這個，我馬上命人去做。以後咱們酒莊的酒都用統一的酒瓶來裝，不過酒瓶底部不再另外上色，只印上標誌。而像妳這梅花酒，可以在標誌周圍再添些梅花，同樣桃花酒、菊花酒也這樣做。」謝承文補充道。

就這樣，兩人又商量好一些細節，就把標誌定了下來。

快過年了，阿酒一改以往的懶散，認真地拿出細棉布，按謝承文的尺寸裁布。她不會做外衣，那麼就親手為他做一套中衣吧。

劉詩秀也帶著新買來的下人蔡婆子忙開了。今年不比往年，家裡的親戚多了不少，需要好好地準備年禮。為了京城的年禮，她想破腦袋，直到姜老二提醒讓她多送幾罈子酒，然後再加上她親手做的糕點，還有阿酒託人買來的一些山珍，也就夠了。

「阿酒，妳說公主會不會嫌棄這些東西啊？是不是寒酸了些？」劉詩秀看著放在馬車裡的年禮，心中有些不安。

「劉姨，您放心，這些一點也不寒酸。」那馬車裡堆了好幾罈酒，甚至還有一罈快三年的陳釀，那可是連皇宮裡都沒有的，這樣還寒酸，那只能說明收禮的人不懂酒了。

謝承文早早就送來年禮，大到南邊的珍珠、外邦的毛皮，小到簪子和首飾，要不是那馬車已經堆滿，阿酒相信還會比這些更多。

「嘖嘖，謝少東家這手筆真是不同凡響，妳看看，這個真漂亮。」阿美、春草和春花她們一起圍著謝承文送來的年禮，打趣道。

「別光說我，聽說妳那未婚夫可是親自送年禮來了，妳是不是也該拿出來給咱們看看啊？」阿酒挑起眉，頂了回去。

「他送的哪裡能跟謝少東家送的比。」阿美嘟著嘴，沒有了剛才的放肆，臉上還泛起紅暈。

「阿美姊的臉紅了！大姊、阿酒姊，妳們快看呀。」春花唯恐天下不亂，大叫起來。

阿美馬上舉起手，作勢要打春花，房間裡頓時傳出一陣陣的笑鬧聲。

一早溪石村就熱鬧非凡，村酒坊今年的生意不錯，賺了不少錢，今天剛好是分帳的日子，村民們都圍在了祠堂前，每個人臉上都帶著笑容。

在祠堂的另一頭，有人正在殺一頭肥豬，等一下全村的村民會聚在一起吃飯，還有很多女人正在那裡準備著飯菜。

「姜老二，來、來，你坐這裡。」村長臉上的皺紋全都舒展開來，他高興地拉著姜老二一起坐下，然後說道：「姜老三、鐵柱，你們把帳本擺在這裡就行，快說說今年咱們一共賺了多少錢？扣除花費，每家又能分多少？」

「是。」姜老三把幾本厚厚的帳本放在祠堂的正中央，拿出一本唸了起來。

村長越聽，那眼睛越瞇，直到聽見每家所能分到的銀子時，他的眼睛根本笑得快要睜不開了，只看到他那一口白牙閃亮亮的。

祠堂裡的村民們每一個都笑開了花。沒想到竟能分到這麼多銀子，這都是托了姜老二一家的福。

「好了，都靜下來，聽我說幾句。」過一會兒，村長敲了敲煙桿子說道。

眾人都靜了下來，朝村長那邊看過去。

「今年是村酒坊的頭一年，就讓你們都分到這麼多的銀子，想來等明年，在姜老三、鐵柱，以及眾位村民的努力下會更好。然而，這一切幕後最大的功臣，就是姜老二，你們說咱們是不是應該好好地謝謝他？」村長笑著宣佈。
「是。」響亮的聲音迴繞在祠堂裡。
姜老二沒想到村長會這麼說，頓時有些不安地站起身來。「這都是大家的努力，我也沒有出什麼力，不用謝、不用謝的。」
眾人都被姜老二那老實的樣子給逗樂了。
「姜老二，別的不說，等一下可要多喝幾杯、多吃幾塊肉。」
「就是啊，姜老二，你家的日子是越過越好，你看看你今日這身打扮，遠遠一看，還以為是哪個大老爺來了呢。」
眾人你一句、我一句地打趣著，姜老二更是笑得分不清天南地北了。
阿酒帶著阿香站在祠堂外，看著村裡的男人圍著姜老二，開著善意的玩笑，不禁也跟著開心起來。
「阿酒，聽說你們家買下了一座山頭，真的假的？」一旁的梅寡婦忽然開口問道。
正在準備飯菜的人都靜了下來，豎起耳朵聽著。
阿酒愣了一下，不知道這消息是被誰洩漏出去的，她點點頭。「我想吃桔子，所以就買下一個小山頭種果樹，等結了果子，再請各位嬸子們都過來嚐嚐。」
見阿酒大大方方地承認，她們反而覺得沒有什麼了，況且只是一個小山頭，大家心裡都明白，山可比田地要便宜不少。
女人們做飯的動作很快，祠堂前已經準備好一桌桌的飯菜，各種菜香撲鼻而來。

村長帶著各家的男人們開始就座，阿酒硬是被村長奶奶拉著，坐到了她的身邊。

「阿酒，來、來，吃塊野兔肉，大家能坐在這裡一起吃飯，都是多虧了妳。」村長奶奶熱情地說道。

「是呀、是呀，阿酒妳不要客氣，多吃點，這魚好吃。」村裡的其他婦人也都幫著阿酒挾菜。

一眨眼的時間，妳一筷子、她一筷子，阿酒的碗裡瞬間堆滿了菜，讓她有些哭笑不得。她怎麼吃得完呀！

男人們那邊已經敬起了酒，這些酒都是村酒坊所產的酒，平時可是喝不到的。

阿酒的酒量不好，多喝一點就會醉，反而是阿美，她在她們幾個好姊妹之中，酒量是最好的，每次喝酒都沒見阿美醉過。

眼見女人這邊也笑著喝起酒來，阿酒有些害怕，可還沒等她想出對策擋酒，那酒已經來到她面前。

阿酒回到家時，頭昏腦脹的，她還是喝多了，幸虧劉詩秀早早就準備好解酒湯，讓她喝上一碗，喝完之後，她立即躺在床上，呼呼大睡起來。

第七十一章

唐氏自從知道謝承文是拿酒去請禮部的大人幫忙，才得以讓謝承志他們回來，便起了疑心。

她假惺惺地跟謝長初說要先回流水鎮一趟，好替謝承文籌備婚禮。謝長初不疑有他，一口答應了。

唐氏來到流水鎮後，馬上派人去溪石村探聽消息。

在得知真相後，她氣得咬牙切齒，想也沒想就去找謝長初告狀。

「老爺，你不知道那兔崽子都幹了些什麼事？他竟然聯合那個臭丫頭來捉弄我！老爺，你可千萬不能被他騙了，他根本不安好心。你可知道志兒這次為什麼能輕易被放出來？我打聽到是他送了一種好酒給禮部的大人，讓那個大人去幫忙求情的，你可聽他說過這件事？」唐氏挑撥道。

「酒？」謝長初一聽到酒，那貪婪的心馬上又活了起來。

「老爺，我還打聽到那種酒就是那個臭丫頭釀的。」唐氏恨恨地道。

謝長初有些為難。倒不是他對謝承文有什麼感情，而是他知道除了謝承文，家裡沒有誰能撐得起謝家酒肆的生意，因此並不想跟他撕破臉。

「老爺，你一定要把那酒方子給搶過來！」唐氏知道，只要有了方子，謝承志就能過著衣食無憂的日子。

「這件事就交給我來辦，妳不要插手。」謝長初下定決心。「至於承文的婚禮，就交給啟初去籌備吧。」

姜老二家這些天特別忙碌，阿酒從沒感覺到溪石村的人這麼熱情過。一大早起來，就有人在外面等著，說是要請他們去吃殺豬菜，以至於他們家這些天廚房都沒再生過火，每天都在村民家裡吃飯，而且一家人還得分開吃，要不這家去了，那家沒去，該多不好意思。

「阿姊，我每天吃肉，吃得都想吐了，我要吃青菜。」阿釀痛苦地向阿酒抱怨。

阿酒哈哈大笑起來。可能是村裡人都有錢了，這殺豬菜也特別豐盛，滿桌子除了豬雜以外，那大片大片的肥肉更是家家戶戶都少不了，往往阿酒他們一上桌，碗裡就被堆滿肉，看著那些白花花的肥肉，還沒吃就已經飽了。

阿釀他們已經習慣葷素搭配的飲食，如今餐餐全是肉，還真是吃到有些害怕。

「阿姊，我跟妳說正經的呢，妳還笑。」阿釀去鎮學堂之後，就越來越沈穩，也只有在這時候才像一個孩子。

「別人想天天吃肉，還不一定吃得到呢，你還抱怨。你想想，這種每天吃肉的日子要是放在三年前，你是不是會高興得跳起來呢？」阿酒笑著說道。

阿釀沈默了。那時候一年到頭連一片肉都吃不到，能天天吃肉肯定開心，可如今家裡的條件不是變好了嗎？就算是在學堂，也從沒有少過肉，他現在還真不敢吃肥肉了，最多吃一些瘦肉。

「行了，別苦著一張臉，最多再過兩日，村裡的豬就殺完了，那時候你想吃也沒有了。」阿酒摸摸他的頭。「你要是實在吃不下，就在上桌之前先跟村民們說一聲。」

「那就聽阿姊的。」阿釀懂事地點點頭。

「對了，你身邊的青志用得如何？」阿酒關心地問道。

「是挺好的……不過阿姊，我能照顧自己，不需要有人伺候。」阿釀有些不習慣地說。

「阿釀，明年你就要考秀才，如果考得不錯，之後就要去松靈府上學了，到時候咱們都不在你身邊，要是出了事該怎麼辦？有青志在你身邊，咱們也能放心，他還能幫你處理一些生活上的事；再說青志也識字，還會一點武功，用處可大了呢。」

「他是很好，但我覺得我能照顧好自己的。」阿釀低聲地說。

「阿釀，你想想，如果你以後考取功名，可能還會進京，你對京城不熟悉，獨自去打聽消息也不方便，但如果有個下人跟在身邊，那就不同了，你的下人會把你想知道的消息，一一打聽回來。」阿酒耐心地分析道。

阿釀是個聰明的，一點就通，他信服地說：「阿姊，妳懂得真多，比哥哥懂得還多。」

聽阿釀拍自己的馬屁，阿酒笑了，這時阿曲正靠在門檻上，冷冷地看著阿釀。

阿釀忙縮了縮頭，躲在阿酒身後。「慘了，大哥肯定聽到了。」

阿酒被阿釀的動作給逗笑。看樣子阿釀在鎮學堂裡，沒少被阿曲「虐待」啊。

「剛剛不是有人來請了嗎？你怎麼還沒出去？」阿酒笑著問道，還朝阿曲招了招手。

阿曲現在比阿酒高了不少，每次跟阿曲說話都得仰著頭，而且他臉上的表情越來越少，越發的沈默寡言。可不知道為什麼，就算阿曲變成這樣，幾個弟妹還是特別喜歡黏著他，一看見他就非要讓他抱。

「爹已經帶著阿醇過去了。阿姊，妳一切都好吧？」阿曲關心地問道。

阿酒握著阿曲的手，他的手掌足以把她那小小的手包起來，他的十指修長，特別好看，手掌卻有好幾個繭，一看就是長期寫字摩成的。

「放心吧，阿姊很好，你也不要繃得太緊。過年後，你就得去松靈府的府學了吧？」阿酒問道。

他們三姊弟好久都沒有像這樣坐在一起談心了，這讓阿酒不禁又想起她初來的時候，就是因為有兩個弟弟的陪伴，她才可以那麼快地融入這個地方。

「沒錯，先生說年後就可以去松靈府入學，還讓我有機會的話就去外面遊學，好見一見世面。」阿曲沈穩地說道。

「好，那你記得把青雲帶上，他的規矩還不錯，以後你對他要是有什麼不滿的地方，就要指正，如果發現他這個人不可靠，那也別繼續留在身邊。」阿酒叮囑道。

「放心吧，阿姊。」阿曲的臉色變得柔和許多。

「阿姊，謝少東家對妳好嗎？」阿曲遲疑半天，最終還是問道。

「阿曲，你不用擔心阿姊，你看阿姊像是那種會讓自己受委屈的人嗎？」阿酒笑了一下，又看著阿曲，認真地說道：「阿曲，你要記住，只有你變得越強大，阿姊的日子才能過得更自由。」

阿曲重重地點點頭。這個道理他早就明白了，只是他捨不得讓阿姊嫁人，阿姊嫁人以後，他們想見一面都難。

「阿曲，你不用擔心會見不到我，我以後多半會住在流水鎮，要不就是去莊園住，你隨時都能見到我。當然，如果你以後有出息了，想帶著阿姊四處去看看，阿姊也非常樂意。」

阿酒明白阿曲的心思，直言道。

「阿姊，妳偏心，怎麼都不安慰我？」阿釀本來躲在阿酒身後，這時也不顧阿曲就在前面，一臉委屈地指責道。

「我家阿釀最懂事了，什麼都懂，不需要阿姊多說。」阿酒捏了捏阿釀的臉說道。

「我就知道，妳每次都來這一套。」阿釀氣得撇過頭去。

他的話一說完，阿酒馬上哈哈大笑起來，就連阿曲都忍不住笑出聲。

阿釀的臉更紅了，忍不住跺起腳來。

「大哥、二哥，你們在嗎？」外面響起康兒那特有的跑步聲。

「你慢點，咱們不就在這裡嗎？」阿釀顧不上委屈，忙走過去牽起康兒，還輕輕地拉了拉他那因為奔跑而凌亂的衣裳。

「二哥，我找你好久了，今天還要出去嗎？我想跟你們在一起。」康兒最喜歡阿釀，只要他回來，就會寸步不離地跟在阿釀身後，可這幾天四處吃飯，害他不能一直跟阿釀在一起，這讓他很是難過。

「那你今天就跟著我吧。」阿釀對康兒也特別有耐心。

康兒聽阿釀這樣說，頓時樂得跳了起來。

「阿姊，過完這個年，康兒就要三歲了吧？不如早點讓他啟蒙，以後也不會那麼累。」阿曲忽然說道。

「會不會太快了？」阿酒知道前世這麼小的孩子都是去幼兒園，可這個時代的學堂跟幼兒園可不能比。

「那麼我再跟阿爹商量一下吧。」阿曲像是忽然想到什麼，馬上改口說道。

姜老二家今年過年熱鬧極了，一家人圍在桌前說說笑笑，吃了一頓豐盛的團圓飯。吃完飯後，阿釀拿出早已經準備好的煙火，帶著康兒他們去外面玩了。

「阿香，妳別去，外面很冷。」劉詩秀見阿香邁著小腿，也要跟哥哥們一起去玩，不禁叫道。

「娘，我已經穿很多衣裳了，一點也不冷。」阿香嘟起嘴道。

「那也不行，哥哥他們都是男孩子，妳是女孩子。」劉詩秀不怎麼管阿醇，但對阿香管得倒是有些嚴。

「娘……」阿香有些委屈地看著劉詩秀，眼睛裡充滿渴望。

劉詩秀還想說什麼，一旁的阿曲便站了起來說：「劉姨，我帶她去吧。」

阿香高興地跑到阿曲面前，把兩手伸開。她知道大哥出面的話，娘肯定會同意。

果然劉詩秀見阿曲這樣說，就點點頭道：「你多看著她一點，別讓她太靠近那些煙火。」

阿曲抱著阿香出去後，外面很快就傳來了阿香那銀鈴般的笑聲。

「劉姨，您對阿香是不是太嚴了？」孩子們出去後，阿酒便陪著劉詩秀在做年糕。

「阿酒，阿香是個女孩，管得嚴一些，對她將來有好處。」劉詩秀語重心長地說道。

「劉姨，阿香有那麼多的兄弟，以後誰敢欺負她？可以等她大一些，再教她該有的禮儀即可，如今不需要管得太嚴。」阿酒不贊成地說。

劉詩秀無奈地看著阿酒。就是因為阿香的兄長們太多，個個都寵著她，她才會對阿香如此嚴格，要不然長大成了一個女霸王可怎麼辦？

阿酒卻一點也沒有這樣的危機感，她只覺得前世自己很孤單，每天待在那大大的屋子裡，想出去玩也沒有人陪。

林宥之大婚，阿酒早早就來到林家。只見宋氏既高興又有些緊張，畢竟對方是知府之女，阿酒只得一邊陪著宋氏，一邊安慰著她。

村裡成親一般都是中午擺酒席，而官家卻是選在晚上。昏同婚，他們更講究這些，因此林宥之成親的吉時就選在酉時。

歡樂的鑼鼓聲和喇叭聲很快就來到門前，外面的人頓時都安靜下來，只聽到有人在門外高喊著。「新娘子下轎嘍。」

阿酒看著滿院子的紅燈籠，散發出柔和的光芒，看起來特別喜慶，不禁想著幾個月後自己的新婚之夜會是怎麼樣？想著想著，她的臉就紅了，卻更多了一些傷感。離婚期的時間越近，留在姜家的日子也就越短，而她也即將融入另一個家庭之中。

「阿姊，妳在想什麼呢？」阿曲溫柔而緊張的聲音，終於讓阿酒回過神來。

「阿曲，你怎麼在這裡？」阿酒拋開心中的憂愁，笑著問。

阿曲不知道阿姊剛剛到底想到什麼，看起來竟如此憂傷和孤獨，讓他看著心裡很難受。

「外面冷，咱們進去。」阿曲更加溫柔地說道。

「好。」阿酒忽然感嘆地說：「阿曲，有你們在，我真的很幸福。」她看到阿曲的時候，忽然醒悟過來，就算她嫁人了又怎麼樣？自己的親人總是在她身後守著，是她強硬的後盾，她一點也不用害怕。

阿曲看著她那笑得燦爛的神情，終於放心下來。他的阿姊又回來了。

而林宥之成親之後，馬上就要回他的任地，不過他卻打算把新娘子留在家裡。

宋氏覺得他們小倆口新婚燕爾的就要分開，自然不同意，可見林宥之堅持，也就沒有再反對。不過等林宥之離開後，宋氏馬上拉著梅氏的手說道：「等過幾天，我再派人送妳過去，如今他趕著回去，妳一同去也是跟著受累而已。」

梅氏感動極了，對宋氏更是親近不少。

阿酒不由得佩服宋氏收攏人心的本事。不過這麼一件小事，就順利地收穫了梅氏的心。

第七十二章

元宵節一過，姜老二就請了木匠過來，為阿酒做嫁妝。

「爹，不用做這麼多吧？」阿酒看著堆在院子裡的大量木材，其中還有一些黃梨木，是林有之特地為她找來的。這是打算做多少家具啊？

「這些妳不用管，好好跟著妳劉姨做女紅吧。」姜老二聽多了劉詩秀的抱怨，也就順勢碎唸起阿酒。

阿酒忙找藉口開溜。她的手就是因為做了幾件中衣，被針扎出不少洞，她可不想再找罪受。

而劉詩秀早就已經替她繡好嫁衣，上面的一對鴛鴦戲水，看起來活靈活現，阿酒看一眼就喜歡上了。

「試試，看有沒有要改的地方？」劉詩秀滿意地說道。

「不用了吧。」阿酒嫌麻煩。這嫁衣可不只是一件外衫，裡裡外外十多件呢，穿要半天，脫又要半天。

「少囉嗦，快點。」沒想到凡事好商量的劉詩秀，卻對她板起了臉。

阿酒只得認命地拿起衣裳去試穿。等她把一套嫁衣穿在身上，銅鏡裡瞬間出現一位美豔無比的小娘子。果然是人要衣裝呀！

「阿酒，穿好了嗎？」劉詩秀半天不見阿酒出來，就走進屋裡，結果卻被她的美貌給驚住了。阿酒長得好看誰都知道，沒想到這一身新嫁衣，更是將她的美襯托出來，恍如天仙。

「真漂亮。」阿美不知道什麼時候也進來了，她驚豔地看著阿酒，眼裡有著羨慕。

阿酒有些不好意思，忙躲回裡屋，把衣裳換了下來。

姜家院子外頭來了一大隊馬車，一問之下，竟是劉翔與公主一同前來。

阿酒和劉詩秀連忙安排起來，並讓下人去把客房打掃乾淨。

劉詩秀對即將見面的公主充滿畏懼，阿酒只得安慰她。「公主也是人，再說她不是還得叫妳一聲姊姊嗎？」

劉詩秀白著臉，壯膽似地說道：「嗯，公主也要講理的，是吧？」

阿酒笑著點點頭。理當然是這個理，只怕等公主一來，劉詩秀就沒有現在的膽子了。

等那些丫鬟和小廝終於把幾輛馬車的東西都搬得差不多，一輛更大、更氣派的馬車緩緩地駛進了院子。

劉詩秀倏地站起來，急急忙忙就要出去。

阿酒趕緊把她拉住，讓一旁的丫鬟書琴扶好她，並整理了一下她的衣著，這才讓她放慢腳步出去。

劉詩秀的雙腿有些發顫，幸虧書琴就在她身邊扶著，才沒因此而失態。

阿酒也跟在劉詩秀的後面，一起來到院子裡。

劉翔已經下了馬車，他打開車簾，伸出手扶住正要從馬車裡下來的人。

阿酒首先見到的，就是一雙白嫩的纖纖玉手，然後才瞧見一個梳著普通的九鬟髻，頭上插著一支白玉嵌紅珊瑚珠的雙結如意釵，身穿一襲妃色織錦鑲狐狸毛斗篷，腳上則是一雙鹿皮靴子的女子下了馬車。

那女子的五官清秀，皮膚白皙，特別是在那純白色狐狸毛的襯托之下，顯得更加瑩白如玉，她的一雙鳳眼微微地往上挑，此刻正帶笑打量著這農家小院。

「民婦參見公主。」劉詩秀低下頭，就要朝公主行大禮。

公主見了，忙讓身邊的丫鬟扶住劉詩秀，不讓她跪下去，並和氣地說道：「妳就是二姊吧？咱們親人之間無須如此客氣，妳就把我當成是一般的弟媳婦就行。」

阿酒在旁邊鬆一口氣。她還真怕要跪著行禮，畢竟她兩世為人還沒有跪過誰呢；再說要是家裡真來了一尊神，動不動就要下跪，她還真受不了。

劉詩秀聽見公主的話，激動地抬起了頭。「公主說笑了，您身分高貴，屈尊來到咱們這農家小院，已經很是委屈。」

劉詩秀強撐著說完這些話，就慌得不知道該做些什麼了。

阿酒只好上前朝劉翔和公主行了一個晚輩禮，然後輕輕地拉一拉劉詩秀。「劉姨，咱們進去說話吧。」

劉詩秀這才恍然大悟，忙朝公主說道：「對、對，咱們進去說話。」

公主臉色如常，對劉詩秀並無責怪，只是朝劉翔微微一笑，邁起腳步往屋裡走去。

等公主落坐，劉詩秀才一臉拘謹地在主人座上坐下來，卻頻頻朝阿酒望過來。

阿酒無奈，只得讓書琴先去準備好茶水和糕點，自己則是站在劉詩秀身後，跟公主攀談起來。

公主與她們想像中有很大的出入，不但性格好，不會擺架子，跟阿酒聊天也是輕聲細語的，就跟一般的小娘子差不多，只是那自然散發出來的貴氣，讓人無法忽略。

劉詩秀聽著她們交談，又在劉翔有意的營造氣氛下，她總算是放鬆一些。

「劉姨，您看公主和舅舅他們經過長途跋涉，肯定累了，要不先讓下人帶他們去休息一會兒吧？」阿酒見公主神情之間有些疲倦，忙小聲地問道。

劉詩秀立即讓劉翔帶著公主去休息，而公主可能真的有些累了，便朝劉詩秀有禮地笑了笑，就順從地跟著劉翔去了東廂房。

「緊張死我了。」劉詩秀等公主他們走出正廳，馬上癱坐在椅子上，鬆了一口氣。

阿酒很能理解她的感覺，畢竟她們是普通人，連鎮長都很難見到，更不要說是公主了。不過劉詩秀已經算是表現得很好，要是換成別人，也許連話都說不出來。

「舅舅他們怎麼說來就來，您有接到信嗎？」阿酒幫她捏一捏肩膀，輕聲地問道。

「哪有接到信，我剛才看到那陣勢，整個人都嚇懵了。」劉詩秀不禁埋怨道。都怪劉翔做事不仔細，要是他提早來信，她也可以好好地準備一下。

阿酒只得又安慰劉詩秀幾句，然後才回到自己房間。她想著，公主帶來不少車的東西，只怕不會只住一、兩天，看來之後有得忙了。

阿酒家門前來了很多輛馬車的消息，很快就在村裡傳開，村民們紛紛來打探消息。

劉詩秀笑盈盈地把公主帶來的一些糕點，分送給村民們，只是卻沒說出公主的身分，只說是自己的弟弟跟弟媳婦來了，而弟媳婦是京城大戶人家的女兒。

村民們雖然好奇，但也知道京城貴人的規矩一向多，因此都說笑幾句就離開了。

姜老二傍晚回來，見家裡來了客人，倒也不覺得拘束，畢竟公主是女客，跟他接觸不多，因此他也就是一開始見面的時候有幾分緊張，一見公主是個和善的，他交談幾句就忙自己的事去了。

阿香跟阿醇則是特別喜歡公主，總是邁著小腿跟在公主身後，連阿酒這個姊姊都不要了，幸好公主對他們也很有耐心。

劉詩秀看在眼裡，喜在心裡。「以前聽妳舅舅說尚了公主，我就沒睡過一個安穩覺，總想著他那臭脾氣，要是得罪了公主可怎麼辦？如今終於可以放心了。」

「劉姨，您就是愛操心，公主的教養肯定不錯，又怎麼會隨意生氣？再說舅舅可是將軍，他的魅力不是誰都能比得上的。」阿酒笑著說道。

劉詩秀聽阿酒這樣說，心裡歡喜之餘，也知道她這是變相的在安慰自己。不過小弟確實是有本事，他肯定得皇上看重，要不然也不會把公主嫁給他。

又過了幾天，阿酒跟公主越來越熟悉，兩人之間也沒有之前那樣的客氣與生疏，阿酒這才知道，原來是公主先看上劉翔，求皇上賜的婚。

劉翔長得本就不錯，又上過戰場，自有一股難言的氣勢，用公主的話來說，就是書生氣中帶著豪氣，人又樸實不浮誇，她第一眼就覺得這樣的男人可以託付終身。再說她在宮裡的身分也不是很高，母親只是一個嬪，宮裡像她這樣的公主可不少。

她這次之所以會來阿酒家，還是劉翔見她根本沒出過京，特地帶她出來散心的，而她也是滿懷誠意而來。

劉詩秀知道公主的想法後，對她又多了一分喜愛，便精心地從公主帶來的絲綢中，挑了一疋精緻的五彩絹，想為她做一件外衫。

公主已在姜家住上好幾天，她忍不住問起阿酒。「聽說妳有個特別漂亮的莊園，咱們什麼時候過去看看？」

阿酒想了想，應該是劉翔跟公主提起過吧，便說道：「如今已開春，想來桃花也開了，咱們就過去看看吧。不過，得先讓我準備一下。」

公主出行，肯定不像阿酒平時那麼隨便，再說阿酒的莊園雖然已經蓋了新的宅院，可那裡靠近酒坊，出入的人多。她只得打發陳勝去跟謝承文商量一下，等他們過去後，暫時先住在他那座院子裡。

謝承文當然沒意見，很爽快地答應了。

阿酒就讓陳勝先帶公主的兩個侍衛過去收拾一下，而他們一行人則等過兩日再出發。

剛好這一晚鐵柱添丁，這對姜老二和姜老三來說可是大事。

姜老三吃過晚飯後，就跑過來跟姜老二喝起酒來，兩人也不知道說了些什麼，竟忍不住流淚，最後雙雙都喝醉了。

等阿酒他們來到莊園時，陳勝已經把一切都打理好了。
阿酒往山頭看過去，只見山上的桃花被採下不少，而姜五正在為釀桃花酒作準備。
今年的桃花比去年結得還要多，再加上謝承文那片山頭的桃樹也已經開花，能採的花瓣就更多了。
公主一早就在劉翔的陪同下去看桃花，阿酒則跟陳三順一起忙碌開來。
阿酒看著已經初具規模的果園，心中滿意極了，遠遠看過去，這個地方就像一幅絕美的山水畫。
「小姐，您看看這些葡萄藤，長得特別好，想來再過一年就能結果了。」陳三順再也不是當日那個靦覥的漢子，他早已成為一個精明的管家。
這一日，阿酒跟公主兩人興高采烈地跟著村民們在桃花林裡摘著花，公主特意讓丫鬟給她做了一套衣裳，這樣上山會更方便。
公主在桃林裡大呼小叫的，跟平日裡大不相同，頗有野丫頭的架勢，不過這樣的她卻充滿生氣，不像阿酒一開始看到的那樣，像個瓷娃娃似的。
阿酒提著已經裝滿桃花的籃子下了山，只見劉翔正跟陳三順站在那裡說著些什麼，見阿酒過來，劉翔就先打發陳三順離開了。
「阿酒。」劉翔叫住了她。
「舅舅。」阿酒跟著阿醇他們，一起叫劉翔為舅舅。

「京城休閒酒莊裡的酒，是妳釀的吧？」劉翔了然地問道。

阿酒知道這件事瞞不住了，便朝他點點頭。

「那些酒都很不錯，只是樹大招風，以貢酒的名頭雖然能暫時擋一擋別有用心的人，只怕也擋不了太久。」劉翔神情凝重地說道。

阿酒的心咯噔一下，想來他肯定是聽到什麼風聲，才會說出這些話，她不禁有些急了。

「舅舅，您是不是聽到些什麼？」

「妳把那酒莊的一切，詳細跟我說一說。」劉翔沒有回答她，只是問道。

阿酒就把酒莊的事細細地跟他說了一遍，也把張大人的名號說給他聽。也不知道那張大人可不可靠，別一出事就跑了，那謝承文真是想哭都找不到人。

「張大人倒還不錯，只不過這次想要休閒酒莊的，位高權重，估計連張大人也拿那個人沒辦法。」劉翔雖一語帶過，阿酒卻馬上明白過來，肯定是哪位皇子看中了這門生意。

謝承文在京城開酒莊，就是想著那裡住了不少有權有勢的人，能賺到錢，可他卻漏算了財利動人心，當他們酒莊沒有絕對的權力，所得的利潤卻又豐厚時，危險就會更大。

阿酒的臉色變得慘白。不是她怕事，而是在這個皇權至上的年代，如果哪個皇子想要占下這酒莊，他們這些普通人又能拿什麼去拒絕？

「妳不用怕，這件事既然被我知道了，就不會讓那個人隨意亂來，只不過……總是得犧牲一些。」劉翔有些無奈地道。

「舅舅，您有什麼好辦法？」阿酒像是抓到救命稻草，迫不及待地問道。

「這件事就交給我，妳別管了。妳只要幫我多準備一些酒，等我回去的時候，會順道帶走。還有，妳一定要特別小心那兩種貢酒，千萬別被人找到機會動什麼手腳。」劉翔認真地說道。

「好，我知道了。那需要銀子嗎？」阿酒直覺有錢好辦事，不禁問道。

「妳想到哪裡去了？妳覺得我是那種人嗎？我說的犧牲並不是要讓妳拿錢出來。妳一直沒在休閒酒莊出現過，這樣很好，記得以後也不要出面，至於妳日後若是要運酒到休閒酒莊的話，我給妳派一些人來好了。」劉翔細心地說道。

阿酒聽了連連點頭。她知道劉翔這是把自己當成了親人，才會替她打算，她把這個恩情默默地記在心裡。

劉翔又叮囑她一些事，然後才對她說道：「阿酒，只要有我在，絕不會有人找你們麻煩的，總歸咱們現在是一家人了。」

阿酒感激地看著他，想來他這次回來，肯定跟這件事脫不了關係。

「舅舅，您是將軍，之後還得去邊關嗎？」阿酒忽然好奇地道。

「舅舅不能去，前年受傷後，我就再也拿不起弓箭了。」劉翔嘆了口氣，看得出來他很是遺憾。

「如今邊關不穩嗎？還經常打仗？」這裡可沒有什麼報紙，對於這樣的政事，一般都只有那些當官的人知道，而他們這些小老百姓聽到的，不過是一些道聽塗說的謠言，根本不能當真。

「別的地方倒還好，就是大成國一直蠢蠢欲動，不斷挑事，每年都會發生幾次戰爭。」劉翔說到戰事，眉頭緊鎖。對於一個將軍來說，上不了戰場是讓他最難受的一件事。

「我一個表哥想去軍隊，如今適合嗎？」阿酒想起林茂之一直吵著要去軍隊，若不是宋氏的阻攔，只怕他早就去了。

「想去軍隊？妳叫他過來讓我看看。」劉翔有些詫異，很少有人會主動要去軍隊，畢竟那裡離死亡最近，沒想到居然有與自己志向相同的人。

「好，那等咱們回去溪石村，我再讓他過來。」阿酒高興地說道。

有劉翔的指點，對林茂之來說肯定有很大幫助，到時候就算他真的去了軍隊，宋氏也可以放心不少了。

第七十三章

「夫君、阿酒，你們看，這是我摘的桃花。」公主高興地飛奔過來，她的丫鬟則跟在後面緊張地叫著。

公主也不過十七、八歲的年紀，她在姜家時，一直都儀態端莊、舉止優雅，讓阿酒都忘了她的實際年齡。可如今公主這般有活力，倒是挺符合她這年紀該有的樣子，散發出青春無敵的氣息。

阿酒朝劉翔看過去，只見他正寵溺地看著公主，想來這也是他特地帶她一起過來的原因吧。

「開心嗎？」劉翔小心地將公主那有些亂的頭髮整理了一下，柔聲問道。

「開心！夫君，以後你再帶我來。」公主笑得像個孩子，她用充滿愛意的雙眼，期待地看著他。

「行，以後咱們每年都來。」劉翔寵溺地說道。

公主聽他這樣說，馬上笑得更加開心。她轉過身拉住阿酒的手，說起剛剛在桃花林裡發生的事。「阿酒，以後要是結了桃子，妳一定要給我送一些到京城來。」

公主一行人又在莊園待了好幾天，這才回到溪石村。他們的馬車路過朱雀鎮的時候，阿酒順道捎了信去林家。

第二天一早，林松就帶著林茂之來到姜家。

林茂之現在差不多有林松一般高了，這些日子以來又一直在習武，身體十分健壯，再加上林松對他的要求，因此書本上的知識也沒有落下，他並不像一般習武之人那樣心直口快，整個人更添一些儒雅。

「你就是林茂之？聽阿酒說，你想去軍隊？」劉翔先是打量林茂之一番，才問道。

林茂之聽說劉翔是位將軍，對他也是充滿好奇，不過仔細看看，卻發現他跟自己想像中的不大一樣，不禁有些傲慢。

劉翔把林茂之的表情都看在眼裡，眼底有了笑意。他們武人並不像那些文人，他們就喜歡這般自信且自傲的人，這樣的人若是調教好了，可會是一個好軍官，甚至有可能成為一名好將軍。

劉翔把林茂之叫到書房去談話，過了好半天兩人才走出來，他們出來的時候，林茂之很恭敬地跟在劉翔身後，一點也不像進去之前的不屑了。

阿酒疑惑地看著林茂之，不明白他的態度怎麼會發生如此大的變化？

林茂之瞧見阿酒一臉的疑問，他卻不願多說，只是別過頭去。

劉翔又跟林松聊了一會兒，才對林松說道：「貴公子我就帶走了。你放心吧，只要他聽我的話，保證不會出事。」

林松歡喜地連連道謝，這可比由著林茂之自己去闖蕩要好多了。

當天下午，劉翔跟公主終於辭別回京，一同離開的還有林茂之。

公主他們離開後，姜家又恢復平靜無波的日子，而阿美及笄的日子就要到了，阿酒則是阿美的贊者。

阿美的及笄禮雖然沒有阿酒的那麼盛大隆重，卻也是姜五嬸精心為她準備的。

姜五嬸特意請來阿美的姨媽當正賓，更讓媳婦朱氏替阿美縫製禮服。

朱氏的繡功比起劉詩秀，是有過之而無不及，而阿美的禮服又是朱氏一針一線精心繡成的，更是華美得沒話說。

阿美的未來婆婆還特地來參加她的及笄禮，並為她戴上玉簪。

姜五嬸一直笑得合不攏嘴，那種吾家有女初長成的喜悅，全寫在她臉上了。

阿美則是嬌羞地謝過父母，又謝過眾人，那小女人的姿態，一點也不像平時大剌剌的阿美，卻別有一番韻味。

阿酒看著長相越發動人的阿美，心中激動不已。阿酒還特地送給她一套首飾，她馬上開心地接了過去，兩人相視一笑，不用多說話，自有一種默契存在。

阿美的及笄禮一過，離阿酒的婚禮就沒剩多少日子了。

阿酒的嫁妝一直在持續打造之中，代表著百子千孫的梨花木床經過師傅們的連日趕工，總算已經成形，只要再精心雕上花紋即可。

謝家的媒婆也在這時候前來送聘禮，以及和姜家商量成親的細節，而劉詩秀聽完謝家的打算，很是滿意。

「那事情就這樣說定，我等著喝喜酒呢。」媒婆瞬間鬆一口氣，謝家公子可是答應給她一個大紅包的。

而自從聘禮送出後，謝承文的心情極好。終於離成親的日子又近了一些，再過一些日子，他就能每天見到阿酒了。

這一日劉詩秀開心地從廟裡回來，跟阿酒說道：「我替妳算了命，那高僧說妳的命盤千年難遇，是個有福氣的，跟謝承文的婚姻也是天作之合。」

雖然阿酒不大相信那高僧說的話，但人都希望能聽到好話，特別是在這樣的時刻，阿酒當然也不例外。

不知不覺，離婚禮只剩幾天了，親朋好友紛紛來給阿酒添妝。

阿美送來了她親自繡的鴛鴦戲水枕套，那紅色的綢緞上面用銀線繡著一對鴛鴦，看著的人都能感受到牠們之間的依戀。

春草等人也送來自己的繡品，有手帕以及各式荷包，上面都繡著精緻的圖案，正是阿酒所需要的。

姜五嬸及張氏也送來她們的心意，她們一人送了一套首飾給阿酒。

村裡的婦人也都送來了禮物，大到被單，小到手帕，她們對阿酒的心意都深深地藏在這些東西裡。

阿酒沒想到自己居然能收到這麼多祝福，不禁感動得有點想哭。

劉詩秀看著來送禮的人不斷，本是開心的事，她心中卻有一絲惆悵。

「以前沒人來提親，我天天盼著人來，好不容易有人來提親、訂下親事，我又開始忙著給阿酒準備嫁妝。等嫁妝準備好，成親的日子也就到了，以後阿酒就是別人家的人，但怎麼我這心裡會那麼難受呢？」劉詩秀看向阿酒，心裡突然傳來一陣酸意，她終於忍不住把心底的話說了出來。

「誰說不是呢？以前我也總擔心阿酒嫁不出去，如今又擔心她嫁到別人家去，會過得不如意，總有操不完的心。」宋氏感嘆地道。

而姜老二這些天一直冷著一張臉，像是誰欠了他的錢一樣，他一有空就坐在阿酒面前，也不說話，只是用傷感的眼神看著她。

阿酒的心被他弄得酸酸的。姜老二明明最疼愛她，卻一直都不愛把話說出口，只是無聲地支持著她，讓她無所顧忌地去做自己想做的事。如今她就要離開他身邊了，看他這般難受，阿酒心裡又怎麼會好過？

「爹，阿曲明年就要參加考試，以他的聰明，想來肯定能夠帶回好消息；而阿釀下半年也可以去松靈府求學了。至於他們將來要用到的錢，您不需要操心。」阿酒輕聲說道：「以後那果園就留給他們兄弟倆，其他的就交給爹。」

阿酒手中的銀錢不少，送兩個弟弟讀書不成問題，可她還是想在出嫁之前，把家中的產業都安排好。那幾百畝田就留給姜老二，還有村裡酒坊的分紅，這些已經足夠讓他們過著豐衣足食的日子。

「阿酒，我跟阿曲商量好了，果園是妳一手打理的，就給妳當嫁妝，可不能留給阿曲他們。」姜老二不贊同地說道。

阿酒聽他這樣說，心中激動不已。

她看過很多村民平時也挺疼女兒的，但在女兒出嫁的時候，不過是替女兒縫製幾套新衣、買幾件首飾，這樣的嫁妝，在村子裡已經算是很多了。不像姜老二這樣，明知道那果園的收入不菲，還堅持留給她。

阿酒搖搖頭。「爹，還是留給阿曲他們吧，他們以後用錢的地方可多著呢。像咱們這樣的寒門，就算是中舉，最多也不過是一方縣令。如果運氣好，還可以分配到一個好地方；要是運氣不好，還不知道會被派到哪個偏遠地方，沒錢可不好做事。況且要做好官就不能貪，既然不能貪，手中可不能沒有錢。眼看這果園裡的樹很快就能結果，日後賣掉果子的銀錢，供他們花用，應該也是綽綽有餘。爹不必為我擔心，我不是還有酒坊嗎？再說謝承文那裡也還有一座那麼大的山頭呢。」阿酒見姜老二一臉的不情願，還想說話，她馬上打斷道：「不然這樣吧，果園還是由我來替他們打理，不過具體該怎麼分錢，我得再想一想。」

阿酒忽然發現只是用說的，有些理不清，便打算拿紙筆寫下來。畢竟果園跟酒坊是連在一起的，那乾脆把那裡的收入分成三份，一人一份得了。

「也好，妳決定就好。」姜老二看阿酒的神色就知道，這件事沒有反駁的機會，只得點頭答應。

阿酒一回到屋裡，就把家中的經濟來源全部列了出來，並把該怎麼分配寫得明明白白，然後她把阿曲、阿釀、姜老二和劉詩秀都叫了進來，並且把自己的意思跟他們說一遍。

「阿姊，我不要，以後我會自己掙錢。」阿曲頭一個反對。

「阿姊，我也不要，我以後也會自己掙錢，我還要賺錢給妳花。」阿釀越來越懂事，長得也越來越像阿酒。

「行了，你們兩兄弟的心意我懂，但事情就這樣定下來了。劉姨，您有沒有意見？」阿酒堅決地道。她本就不是要徵求他們的同意，只不過是通知他們而已。

劉詩秀沒想到那麼多的地，他們三姊弟竟不分一畝，就連村酒坊的分紅也不要任何一分，而且阿酒分得很公平，就連康兒都有一份。一直以來，她都擔心著要是阿酒出嫁後，日後該如何分家？她怕因為錢的問題，影響幾個兄弟的感情，看來她擔心得太多了。

劉詩秀搖搖頭道：「阿酒，這樣對你們姊弟三個來說，會不會太不公平了？哪有長子一點田地都不分的？」

「好了，如果沒有其他問題，就按我說的去分。還有，以後阿醇上學堂的花費，以及阿香的嫁妝，就由阿曲和阿釀出。」阿酒可不想聽他們互相推來推去的。

「不行，我還在呢，怎麼就要他們出？」姜老二生氣地說道。

「他們是兄弟，再說家裡送他們去讀書，他們總不能一點回報也沒有。這件事就這樣定了，爹不必多說。」阿酒也是用心良苦，想讓阿曲他們學會承擔責任。

姜老二還想再說些什麼，不過他瞧見阿酒滿臉嚴肅，而阿曲、阿釀也是一副贊成的表情，只得把話咽下去。

家裡的財產就這樣分好了，這也是日後姜家一眾姊弟，從沒有因為金錢而有什麼矛盾的緣故。

阿酒見家裡的事一件件都已安排妥當，她這才安心地坐在自己的閨房中，打量著眼前熟悉的一切。

這屋裡的一切都是她自己裝飾的，很是溫馨舒適，不過才住沒幾年，以後這裡就不再是她的閨房，再次回來這個家的時候，她就是客人了……一股傷感的情緒，逐漸在她心中蔓延開來。

書棋見阿酒坐在那裡發呆，眼睛紅紅的，就知道她又在難過了，這幾天她一直都是如此，動不動就傷心起來。

「小姐，您也不要太傷感，反正嫁得不遠，以後見面的機會還很多；再說您要是這般難過，只怕老爺他們看見會更不放心。」書棋小聲地勸道。

阿酒聽了書棋的話，忙收斂情緒，儘量讓自己看起來平靜一些。

時間就是這樣，你想它快的時候，它走得非常慢；而你想它慢的時候，卻偏偏過得很快。

阿酒一早就被宋氏叫醒，今天是她成親的日子，哪怕阿酒一家子都盼著這個日子可以慢些到來，可它始終還是來了。

阿酒坐在銅鏡前，看著自己在宋氏溫暖的雙手下，慢慢地變得溫婉動人，她有些詫異自己原來也有這麼溫柔的一面。

「阿酒，妳以後就是人妻了，一定要謹言慎行，不能再像做小娘子時一樣隨意了。」宋氏輕聲說道，話語間滿是擔憂。

「舅媽，我記住了。」阿酒順從地說道。

不久後，劉詩秀、張氏、姜五嬸和阿美她們都進來了，每個人的眼睛都紅紅的，不過怕影響氣氛，因此她們都強顏歡笑著。

「阿酒，我捨不得妳。」阿美抱住阿酒，哽咽地說道。

「阿美，我也捨不得妳。」阿酒一直壓抑著的傷感，在此時達到最高點。她看著眼前一張張熟悉的笑臉，眼淚終於還是掉了下來。

「新娘子可不能哭，眼睛要是哭腫，可就不好看了。」喜娘在一旁急急地說道。

阿酒可不管這些，她的眼淚流得更快了。她真的很捨不得大家，就連前世也沒有這般難受過，因為前世沒有太多牽掛，而現在她卻牽掛著她們每一個人。

「阿姊、阿姊，妳以後是不是就不跟咱們住了？」阿香著急且帶著哭音的說話聲，從門口處傳了過來。

「阿香，妳跑慢點，妳這是怎麼了？」阿酒擔心地說道。

「阿姊，他們都說妳出嫁以後，就不會跟咱們住在一起了。阿姊，這是不是真的？妳不要咱們了嗎？」阿香傷心地哭道。

「阿姊，妳不要我了嗎？」緊跟著進來的阿醇，也是一臉的難過，他睜著兩隻圓圓的眼睛盯著阿酒看。

「阿姊怎麼會不要你們呢？你們可是阿姊的寶貝。」阿酒一手一個，把他們兩人一起抱到懷裡。

「那阿姊妳不嫁人好嗎？等我長大以後，妳再嫁給我吧，這樣的話，咱們就可以一直住在一起了。」阿醇難得說了這麼長的一句話，他滿眼期盼地看著阿酒。

阿酒一時之間不知該怎麼回他，而屋裡眾人卻都被他的話給逗樂了，紛紛哈哈大笑起來，那傷感的氣氛總算是吹散了幾分。

阿香在劉詩秀的勸哄下停止了哭泣，阿釀也進來把阿醇帶走了，喜娘則忙指揮著眾人幫阿酒打扮好。

阿酒穿上一襲紅豔豔的新娘服，頭上戴著及笄禮那天謝承文送來的鳳冠。

「新娘子真美呀。」喜娘感嘆地說道。

她送嫁的小娘子沒有一千，也有幾百了，還真沒有哪個小娘子比眼前的新嫁娘好看的。那一雙水靈靈的眼睛，笑起來彎彎的，就像那初升的月牙兒；還有小巧而挺直的鼻梁、紅豔豔的嘴唇，再加上那嫩白的皮膚，簡直完美極了，一點也不像鄉下的小娘子，今天的新郎還真是好福氣。

聽見喜娘的話，眾人也都跟著讚美起阿酒來，讓阿酒有些不好意思地低下了頭。

第七十四章

謝承文今天也是一大早就起來了，他昨晚興奮得難以入睡，只要想到以後的日子可以和阿酒兩人一起過下去，他就恨不得立即飛到阿酒身邊，和她分享他的快樂。

謝長初把謝承文的親事全交給謝啟初來辦，而謝啟初從大牢出來後，便對謝承文感激不已，因此也將謝承文的婚禮安排得十分妥當。

謝承文帶著迎親的隊伍，浩浩蕩蕩地從謝家老宅出發，鑼鼓聲一路響個不停。

「新郎來了、新郎來了。」姜家的院子外頭傳來一陣歡快的叫聲。

「阿酒，快把紅蓋頭蓋上。」宋氏緊張地叫道。

阿酒緊緊地握住手中的帕子，心中慌張。她真的要嫁人了，以後陪在她身邊的不再是姜家人，而是謝承文了。

不一會兒，謝承文一行人來到姜家院子外，而謝承文也從馬上一躍而下，敲起院門。

姜家的兄弟們全都站在門後，興致高昂地準備為難一下新郎。他們找來一個身強體壯的漢子，要跟新郎比手勁。

謝承文看著眼前的壯漢，不禁有些傻眼，幸而他迎親的隊伍中也有個力氣大的，然而最終還是輸了。

歡樂的笑鬧聲不斷地傳了過來，阿酒知道謝承文就在外面，他來接她了。

等謝承文來到正堂，姜老二跟劉詩秀已經坐在上面，阿曲他們則分別站在兩旁，看向謝承文的眼光明顯不大友善。

阿醇本來是被阿釀抱著，他一見到謝承文，馬上掙扎著下了地，邁開小短腿來到謝承文面前。「你是不是來迎娶我阿姊的？」

以前謝承文到姜家來的時候，阿醇是很喜歡跟著謝承文的，可如今他看向謝承文的眼光，卻是滿滿的敵意。

「是啊，小弟，以後我就是你姊夫，咱們是一家人了。」謝承文笑著說道。

「你回去吧，我阿姊不嫁了，她以後可是要嫁給我的。」阿醇一點也不在意謝承文說了些什麼，只是不耐煩地說道。

「哈哈哈——」聽著阿醇奶聲奶氣的話，眾人毫不客氣地笑了起來。

謝承文滿臉黑線。他的好舅子怎麼跟他搶起新娘來了？

阿釀笑著走到謝承文面前。「要是你敢對阿姊不好，阿醇的話就是咱們兄弟的意思。」

謝承文看向阿釀，見阿釀身旁的阿曲也是一臉的警告，便朝他們重重地點點頭。「不會有那一天的。」

阿釀這才把阿醇抱起來，小聲地哄著他，而阿醇明顯不買帳，對謝承文要帶走阿酒這件事，依舊很不滿。

此時，阿酒已經被喜娘扶著一步步走出房間，來到正廳。

謝承文見到穿著一身新嫁衣的阿酒，正婀娜多姿地朝他走來，他的心不禁跳得飛快，根本顧不上禮節，急忙上前去牽住阿酒。

看到謝承文那猴急的模樣，眾人都笑了起來，而阿酒的手被謝承文牽住後，還來不及感受他的暖意，就被眾人的笑聲嚇得想甩開他。

謝承文卻不願意放手。他朝思暮想的人兒就在眼前，以前他一直想對她做的事，如今能正大光明的做了，他當然不會放過。

阿酒掙脫不了謝承文，只得在他的牽引下，來到姜老二的面前。只見地上放了兩個紅墊子，是特地為阿酒要拜別父母時所準備的。

隨著謝承文的動作，阿酒也一起跪了下去，她跪得心甘情願，重重地朝姜老二磕上三個頭。

磕完頭後，謝承文小心地把阿酒扶起來。

阿曲默默地走到阿酒面前，沈聲說道：「阿姊，我揹妳。」

阿酒趴在阿曲那已經有些寬廣的背上，眼淚情不自禁地落了下來。

「阿姊，要是他敢欺負妳，妳一定要告訴我。」阿曲的聲音帶著哽咽。

「放心吧，以後咱們家就交給你了。」阿酒傷感地道。

阿曲沒有再回話，他只是一步一步走得極穩，似乎在告訴她，他已經長大了，能夠挑起家裡的擔子，她不需要再操心了。

就算阿曲走得再慢，也還是來到花轎前。他把阿酒放在花轎上，笑著說道：「阿姊，妳一定要幸福。」簡單的話卻有著他濃濃的心意。

阿酒點點頭。雖然隔著紅蓋頭，阿酒還是看到阿曲流淚了。

「阿姊，妳別走，我以後一定會很聽妳的話！」阿香在後面大哭起來。有了她的帶領，連一向不愛哭的阿醇也放開嗓門哭了起來。

阿酒本來已經停下的眼淚，又一次湧上來。她真想掀起蓋頭，離開這花轎，乾脆不嫁人算了。

「阿酒。」謝承文似乎感覺到阿酒的情緒波動，緊張地叫道。

恰好此刻喜娘大喚一聲「起轎」，迎親的隊伍馬上動了起來。

阿酒是頭次坐轎子，這一搖一晃的，讓她差點沒掉出去。她連忙扶著轎身，讓自己得以平衡，在一陣手忙腳亂後，她總算是坐穩了，傷感的心也漸漸地平靜下來。

溪石村離流水鎮距離不遠，不一會兒就到了，阿酒聽見轎子外面傳來陣陣歡笑聲，不由得再度緊張起來。

當轎子穩穩地停在謝家正門前，謝承文下馬後，就馬上來到花轎前，並沒有按謝啟初教的那樣踢轎門，而是迅速地掀起轎簾，伸出他那修長的手。「阿酒，我扶妳下轎。」

在出嫁之前，劉詩秀也跟她說了不少成親的細節，她是知道在下轎之前，謝承文必須踢轎的，然後她再踢回去，沒想到謝承文根本沒按套路走，害阿酒差點踢到他的手。

本來該是由喜娘扶新娘下轎，見謝承文不按常理走，喜娘只得讓在一旁唱著喜慶的歌，跟著新人一起走進謝家。

「新娘子來嘍。」小孩子的歡笑聲和大人的說笑聲，頓時夾雜在一塊兒。

阿酒一步步跟著謝承文，慢慢地走入正堂。

謝長初跟唐氏早已坐好，只見謝長初笑容滿面地看著謝承文他們走來，而唐氏卻是面無表情，嘴角甚至還露出一個嘲諷的笑容。

等謝承文扶著阿酒站好，司儀便開始喊了起來，當聽到「一拜天地」時，阿酒隨著謝承文一起跪了下去，在喜娘的幫助下拜起天地來。

好不容易聽到「禮成」兩個字，阿酒跟著謝承文走進他們的新房，她的臉慢慢地紅了起來，那緊張的心終於安定下來。

謝承文自揭開紅蓋頭後，就一直呆呆地看著阿酒。一段時間沒見，她似乎又好看了些，在紅衣鳳冠的襯托下，顯得如此嬌美可人。

「大哥，你以後有的是時間可以看大嫂，現在你可要陪咱們去喝酒了。」謝家兄弟來到謝承文身後，見謝承文那呆愣的模樣，不由得打趣道。

「大哥，今晚可要不醉不歸。」

「走、走，慶祝咱們大哥終於抱得美人歸，痛快地喝吧！」

謝承文被一眾兄弟拉著往外面走去，他在快要走出房門的時候，回過頭對阿酒說道：「阿酒，我去去就來，妳等我。」

他話音一落，眾人先是一愣，怎麼也沒想到他會來這麼一句，等回過神後，眾人都哈哈大笑起來。

「小心點，大哥，你酒量本就不好，怎麼能喝那麼多？等一下大嫂要是看到你醉成這樣子，肯定有你好受的。」從迴廊的一端，傳來謝承志的抱怨聲。

「二哥，要不咱們先給大哥喝一些醒酒湯？」謝承學輕輕地問道。

「算了，還是把他交給大嫂吧，呵呵。」謝承志很想看謝承文出醜，於是樂呵呵地道。

不一會兒，新房的門被人推開，一股濃濃的酒氣撲鼻而來，只見謝承文醉得連眼睛都睜不開，是謝承志跟謝承學扶著回來的。

「嫂子，大哥就交給妳了。」謝承志笑嘻嘻地說道。

阿酒皺起眉，看著一臉醉意的謝承文，朝他們點點頭。「麻煩你們了。」

眼見房間裡就剩下自己，還有一個醉得不醒人事的謝承文，阿酒有些慌亂起來，她朝外面叫道：「書棋、書棋。」

「別叫了，我已經讓書棋去休息了。」謝承文不知何時睜開了眼，正笑咪咪地看著阿酒。

「你醒了？」阿酒詫異地看著他。剛才不是還一副醉醺醺的樣子嗎？

「阿酒，妳終於嫁給我了。」謝承文深情地看著她。

阿酒在他那炙熱的眼神下，臉慢慢地變燙，她不自在地退了退，輕聲說道：「你好大的酒味。」

謝承文看著她那小女人的姿態，開心一笑。「一會兒我先去洗一洗，再來陪妳，不過我還是先幫妳把鳳冠取下來吧。」

阿酒早就想把那鳳冠拿下來了，聽他這樣一說，她連忙把頭伸到他面前。「快點把它取下來，我的脖子都要歪了。」

「真有那麼嚴重？我幫妳揉揉吧。」謝承文小心地把鳳冠拿下來，笑著說道。

「你快去洗洗吧。」他的手指一碰到她，彷彿有一股電流在她的身體裡散開，傳到四肢百骸，她害怕這種感覺，忙躲開他的觸碰，輕聲說道。

謝承文深深地看了她一眼，便朝裡屋走去，很快就傳來嘩啦啦的水聲。

阿酒有些不自在，她全身都熱呼呼的。

謝承文洗好後，只穿著一件白色中衣就走了出來。他見阿酒已經把嫁衣脫掉，只穿著一套桃紅色的細棉衣裙坐在床沿，連他出來也沒注意到，不知道在想些什麼？

「阿酒。」謝承文從後面摟住阿酒，頭搭在她的肩膀上，輕輕地呼喚著她的名字。

阿酒只覺得全身一麻，腦袋裡一片空白，一股不屬於她的氣息瞬間圍繞在她身旁。

「你別這樣。」阿酒還是頭一次跟男人靠得這麼近，她每一根汗毛都豎了起來。

謝承文看出阿酒的不自在，雖然捨不得，卻還是鬆開了她，轉而將她的手放在自己的掌心裡，和她十指交握，緩緩地揉捏著。

「阿酒，咱們說說話。」謝承文溫柔地說道。

阿酒感激地看了他一眼，然後試著放鬆自己，等緊繃的感覺緩和一些後，她才細細地打量起謝承文來。她發現他今晚特別帥氣，看起來既性感，又迷人，她的眼神不禁越來越迷離，連她都不知道自己的身子已經越來越靠近他。

謝承文滿意地看著阿酒對他的親近，小聲和她說著近日發生的一些小事。

不知道是那些小事讓阿酒放鬆了，還是謝承文的聲音太迷人，不知何時，阿酒已完全靠在謝承文的身上。

「阿酒，我想妳想得好辛苦。」謝承文忽然將阿酒摟在懷裡，他的嘴貼著她的耳，溫柔而深情地說道。

阿酒只覺得一股陌生的電流從她的小腹擴散，酥酥麻麻的。

這一夜紅燭搖曳，良宵美景。

第七十五章

當天空翻白的時候，阿酒睜開雙眼，她的大腦出現短暫的空白，看著陌生的床頂，竟有種不知身處何地的感覺。

「早。」謝承文在阿酒醒來之前就醒了，他含笑地看著她迷糊的樣子，只覺特別可愛。

「早。」阿酒傻傻地回了一句，然後大腦才恢復運轉。昨天她嫁人了，如今她正躺在新房裡，而眼前這張俊臉的主人是謝承文。想到這裡，阿酒的臉一下子變得通紅，昨晚的事再度浮現在她腦海中。

謝承文看著阿酒的小臉上變化莫測，他想也知道她那小腦袋裡都在想些什麼，不禁失笑。她在外頭一直是精明幹練的形象，沒想到在夫妻生活上卻那麼害羞，真是有趣極了。

「阿酒，妳別再動了，再動我可就不客氣了。」兩人的身體本就是緊貼著，又都沒有穿衣裳，阿酒這樣動來動去，讓謝承文覺得他的精力又充沛起來。

阿酒這時才後知後覺的發現，自己竟然一絲不掛。

「啊！」她驚叫出聲，想用被子把自己包住，謝承文卻搶先一步將她一把抱住。

「你鬆開。」阿酒小聲地說道。

「阿酒。」謝承文的氣息越來越急促，他壓抑地叫道。

阿酒光顧著遮住自己的身子，根本沒有發現身邊男人的氣息和語調已經完全變了，聽起來壓抑又粗重。

謝承文本想著阿酒初經人事，早上不想為難她的，結果她卻一直在撩撥自己。雖然她是無意的，但他再也忍不住了，直接就翻身壓在她身上。

阿酒的身子瞬間僵硬，她艱難地伸出雙手，想要推開謝承文。「走開，天都亮了。」

「時辰還早。」他話一說完，根本不顧阿酒的反對，就在她身上四處點火，阿酒很快分不清東西南北，沈浸在其中。

等兩人一番雲雨過後，這才紛紛穿戴整齊。

阿酒看那天色已接近正午，不由得對謝承文抱怨道：「都怪你，都快要正午了呢。」

謝承文不自然地摸摸鼻子。誰叫她的滋味太美妙，讓他欲罷不能，他看著她那水靈靈的樣子，身下又在蠢蠢欲動。

「別再動手動腳的，咱們快點出發吧，要不然該去晚了。」阿酒甩開謝承文的手，不滿地說。

謝承文無奈，只得把書棋叫進來，讓書棋幫阿酒梳理頭髮，自己則是先去了前院。

等謝承文他們回到謝家老宅的時候，謝長初和唐氏已經坐在正廳，本家的親戚也都早就到了。

阿酒一踏進門，眾人的目光頓時都落在她身上。她穿著一身紅色的軟煙羅，上面用銀線繡上幾朵臘梅，下面是一身同色的水霧裙，還有一雙做工精細的紅色繡花鞋。她整個人看起來喜慶且華麗，再加上她那張精緻的小臉，讓眾人不禁都露出驚豔的神情。

謝承文跟阿酒一同站在謝長初和唐氏的面前，只見謝長初笑容滿面，任誰都能感受到他的好心情，而唐氏看向阿酒的眼神卻不大友善，甚至還冷著一張臉。

「爹，請吃茶。」阿酒先是在謝承文的帶領下，朝謝長初行了大禮。她把茶舉到齊眉的地方，恭敬地說道。

「好、好，妳進了謝家之後，就要相夫教子、遵守婦德，跟承文好好過日子。」謝長初心情複雜地看著阿酒，以長輩的口吻說道。

阿酒低著頭地聽謝長初說話，神情認真而嚴肅。

等謝長初說完，又喝了一口茶後，便掏出一個紅包遞給阿酒。

謝承文又領著阿酒來到唐氏面前。不管阿酒心中有多麼不情願敬這杯茶，卻還是在唐氏的面前跪了下來，用同樣的禮節把茶端給唐氏。

唐氏心有不甘地看著眼前嬌豔的阿酒，她伸手去接茶的時候，故意裝作沒拿穩，想讓阿酒出糗。

阿酒早有防備，硬是把茶杯端得穩穩的，笑意盈盈地道：「母親，這茶水的溫度剛剛好，請您喝茶。」

唐氏氣得恨不得一巴掌打過去，可身邊的謝長初正虎視眈眈地看著她，屋裡眾人的視線也全落在她們兩人身上，她只得無奈地把茶水接過來，再順手從頭上拿下一根銀簪，粗魯地遞給阿酒。

阿酒一點也不介意她的態度，恭順地接過簪子。兩相對照下來，眾人都有些看不過去唐氏的態度，覺得她沒有長輩該有的樣子。

而在阿酒認完親戚後，謝長初便帶著謝承文跟阿酒來到謝家的祠堂前，這裡擺著謝家列祖列宗的牌位。

謝長初點燃了香，朝那些牌位恭敬地鞠躬三次，才讓謝承文跟阿酒一同跪下，最後他親自把阿酒的名字寫進族譜內。

這一天下來，阿酒覺得疲憊不已，等回到新房後，謝承文馬上摟著她躺到床上，兩人就這樣睡了過去。

等阿酒睡醒後，床上已經不見謝承文的身影。她把書棋叫進來，在書棋的幫助下，換上一套衣裳，這才走出新房。

「少夫人，這邊是內院，從那條迴廊可以通往外院。」書棋小聲地道。

阿酒點點頭。謝承文這個院子並不是很大，也就三進，不過卻讓人感覺很舒適。院子裡種滿各種花草，中央還有一個小池塘，裡頭建了一座假山，還有流水自假山上流下來，看起來十分雅致。

「起來了?妳餓了吧，我馬上讓人送吃的過來。」謝承文遠遠就看到阿酒，他一邊急急地來到她面前，一邊吩咐平兒擺飯。

這院子裡也就他們兩個主人，廚房準備了三菜一湯，端上來時還熱氣騰騰的，看起來很美味。

「快嚐嚐，這廚娘可是我費了不少功夫才請來的。」謝承文挾起菜就往阿酒的碗裡放，得意地說道。

阿酒吃了一口，味道確實不錯，她笑著說道：「不錯，好吃。」

謝承文寵溺地看著她，就知道她會喜歡。阿酒的口味比較重，而且嗜辣，他們兩人的口味很相似，因此他在挑廚娘時，特地選了一個會做重口味菜色的，果然沒令他失望。

兩人情意綿綿地吃完飯後，謝承文陪著阿酒逛起院子，並把家裡的一些事物說給她聽，等逛一圈下來，阿酒對這個家基本都清楚了。

因為沒和長輩住在一起，阿酒倒是過得跟在娘家時沒多大區別，唯一的不同就是，這裡沒有姜家熱鬧，很是冷清。

明天是三朝回門的日子，阿酒跟書棋正在庫房裡忙碌地整理著，順道準備明天要帶回去的東西。

「阿酒，妳這是在做什麼？」謝承文有事出去了一會兒，沒想到回來就不見阿酒的人，聽丫鬟說她在庫房裡，他便找了過來。

「整理東西啊，你看你這些綢緞就這樣放著，可是會壞掉的。」阿酒忍不住在心中暗罵他是個敗家子。

謝承文笑著拉起她的手說：「這些事交給丫鬟去做就好，妳怎麼親自動手呢？」

阿酒忍不住翻了一個白眼。她又不是嬌生慣養的大小姐，做這一點事又怎麼了？

「阿酒，妳以後只要照顧好我就行，這些事就交給丫鬟們去做。要是覺得人手不夠，我再去買幾個下人回來。」謝承文見阿酒一臉不同意，又道：「我知道妳做得了這些事，但我捨不得，要是妳覺得太閒，可以看看書，或者釀釀酒，這些粗活就別做了。」

看著謝承文認真的樣子，阿酒拒絕的話怎麼也說不出來，心裡感覺甜甜的。

「嗯，都聽你的。對了，你看我挑了這些東西，打算明天帶回娘家，你覺得怎麼樣？」阿酒指著她精心挑出來的一堆東西，笑著說道。

「哎呀，都怪我忘了告訴妳，明天要帶回去的禮物，我早已準備好了。走吧，我帶妳去看看。」謝承文興奮地說道。

阿酒讓書棋帶著小丫鬟把庫房整理好，就跟著謝承文來到外院。

「妳看看。」謝承文指著堆滿一桌子的東西說道：「妳要是不滿意，咱們可以再換成別的東西。」

桌子上有綾羅綢緞，還有人參、藥材，更有一些可愛的玩具和文房四寶，想來他是把要給姜家每個人的禮物都想周全了。阿酒越看越滿意，這些禮物比自己挑選的那些更適合。

「謝謝你。」阿酒看著謝承文，激動地說。

「真要謝我？」謝承文的眼睛頓時發出異樣的光芒，嘴角勾起一個有點邪惡的笑容。

阿酒看著他壞笑的俊臉，不禁看呆了。

謝承文滿意地看著阿酒為他癡迷的模樣，他乘機把她擁在懷裡，輕輕地咬上她的耳垂。

突然間，一陣酥酥麻麻的感覺隨即在阿酒的身體裡擴散開來。

「你別亂來。」阿酒羞紅了臉。這裡可是外院，要是有人進來怎麼辦？

謝承文心情極好，他愛死了阿酒這般小女人的模樣。「妳還沒有謝我呢。」

「不謝了。」阿酒傲嬌地說道。

三朝回門，阿酒一大早就起來了，甚至連飯都不願吃，就催著謝承文。「動作快點，爹他們肯定等急了。」

謝承文無奈地看著一臉焦急的阿酒。天才剛亮呢。

剛到溪石村，阿酒就把車簾拉開。明明才過了兩天，阿酒卻感覺已經很久沒見到這裡的景色般，她看著眼前的一草一木，覺得親切無比。

「阿姊回來了、阿姊回來了！」康兒歡樂的聲音在前方響起，只見他飛快地朝院子裡跑去，緊接著一大群人便走了出來。

「快點！」阿酒恨不得飛到他們面前，只好著急地催促著平兒，讓他把車趕得更快些。

馬車還沒停穩，阿酒就跳了下去，嚇得謝承文馬上跟下去要扶她，她卻已經跑開了。

「阿姊，我好想妳。」

「阿姊，妳到哪裡去了？」

雙胞胎撲過來一人抱一條腿，淚眼汪汪地看著阿酒，惹得阿酒心酸不已，有種想落淚的感覺。直到阿酒再三保證不會馬上離開，阿香跟阿醇才沒有繼續緊緊地黏著她不放。

「行了，先進屋吧。」姜老二神情如常地看著阿酒，出聲道。

謝承文作為姑爺，第一次上門，竟被忽視得如此徹底，最後還是姜老三跟鐵柱陪著他進到屋裡。

「阿姊，怎麼樣，謝家沒人欺負妳吧？」阿曲緊張地問道。

「放心吧，整個院子裡就你姊夫跟我一起住，謝家的其他人都住在老宅，還有誰能欺負我？」阿酒笑著說道。

阿曲見阿酒一臉幸福的樣子，就知道她沒有說假話。

阿酒轉過身看向阿釀，叮囑道：「阿釀，以後要是覺得鎮學堂的飯不好吃，就來阿姊那裡吃，你姊夫找的廚娘手藝不錯，我讓她給你做好吃的。」

姜老二裝作一臉不在乎地抽著煙斗，卻又時不時朝阿酒看過去，阿酒見他這樣，覺得此時的姜老二真是可愛，明明想她，卻又不好意思問她話。

「爹。」阿酒坐到姜老二身邊，拿走他的煙斗。「少抽一點，對身體不好。」

「他有沒有欺負妳？他們謝家人對妳好不好？」姜老二粗聲地問道。

阿酒有些哭笑不得。明明她就不是個好欺負的人，為何他們總是擔心她會被欺負呢？

姜老二在聽見阿酒肯定的回答，又瞧見她眉宇間藏都藏不住的笑意，一顆心才真正放下。

劉詩秀準備了豐盛的飯菜，都是她親自下廚做的。

阿酒吃著這熟悉的味道，心中滿足不已。

不管有再多的留戀，阿酒還是要離開這個生活了好幾年的院子，開始她新的生活。

就這樣，在姜家眾人不捨的目光下，阿酒坐上馬車，離開了姜家，直到馬車走了好遠，都還能聽到阿香他們那傷心的哭聲。

阿酒很快就融入新生活，她每天早上都會去老宅那邊請安，唐氏與她兩看相厭，自然不會留她。

這天唐氏也不知道發什麼瘋，竟同她講起謝承文跟唐青梅的事情來。

阿酒明明知道唐氏是想挑撥離間，卻還是不開心了，她回到家後，越想越不自在，越想心裡越難受。

晚上謝承文回來後，親暱地想抱抱阿酒，沒想到她卻冷著一張臉，甚至還推開他。

謝承文有些不敢置信地看著阿酒。明明早上出門前她還好好的，甚至親了他，怎麼不過一天的工夫，她就完全變了一個樣呢？

「阿酒，妳怎麼了？是誰欺負妳了嗎？」謝承文擔心地問。

「沒有人。」阿酒冷冷地說道。她明知道自己這樣是不對的，她不該憑著自己的想像就定他的罪，可她卻控制不了自己。

謝承文不相信，卻沒再逼問阿酒，而是把書棋叫到一旁，問起阿酒去老宅請安時，是否有發生什麼事？

書棋把老宅發生的事告訴謝承文後，他一下子就找到阿酒所糾結的點。他來到阿酒面前，認真地看著她。「阿酒，除了妳，我從未喜歡過別人。」

見阿酒的神情有著懷疑，謝承文又解釋道：「我曾想過唐青梅會是那個能陪伴我一生的人，直到她訂親後，我才明白，自己只是習慣了她的陪伴，而我對她也只是親人之間的情感。阿酒，難道我不值得妳相信嗎？」謝承文覺得受傷，他以為阿酒是最懂他的。

謝承文責問的話，重重地敲在阿酒心上。

是啊，她怎能因為唐氏的話，就懷疑他呢？明明他的行動已經告訴她，他真正在意的是誰，為什麼她不能相信他？

阿酒一顆心亂糟糟的，不知道該怎麼面對謝承文，只好一言不發。

謝承文見阿酒這般冷淡的模樣，心裡更加難受。他以為他們會過得很幸福，卻沒想到只是旁人的幾句話，就輕易打破了她對他的信任……

謝承文轉身離開，沒再看阿酒一眼，而阿酒想開口留他，卻怎麼也出不了聲。

到了晚飯時間，阿酒坐在飯桌前，卻不見謝承文。「書棋，去看看少爺怎麼還沒來？」

「少爺出去了，說是不回來吃飯了。」書棋低著頭回道。

阿酒愣了一下，她拿起筷子，卻發現胃口全無，一粒飯也嚥不下去。

她回到新房後，躺在床上翻來覆去的，根本無法入眠，她不禁坐了起來。「書棋，妳去看看少爺回來了沒有？」

書棋應聲出去後，不一會兒傳來腳步，阿酒馬上凝神聽著門口的動靜。

「少夫人，少爺還沒回來。」是書棋的聲音，並不是阿酒要等的人。

阿酒失望地再度躺回床上，她睜大眼睛看著大紅色的床帳，腦袋一片空白。

而此刻的謝承文躺在酒肆後廳。明明喝了那麼多酒，卻覺得此時的腦袋無比清醒，他眼前似乎又浮起阿酒那冷漠的神情。

夜已深，阿酒躺在床上卻無法入睡。好你個謝承文，她不過是生氣多說幾句，他居然跑得無影無蹤。

阿酒越想越傷心，越想越委屈，抱著被子哭了起來。

書棋站在門口，擔心地聽著屋裡的動靜，還不時朝外面看，此刻，她對少爺也有些埋怨。明知道少夫人生氣，怎麼就不知哄一哄呢？

「書棋、書棋。」平兒來到內院找書棋。「少夫人呢？少爺喝醉了，正在書房呢。」

書棋馬上推開房門，走到床前，隔著床帳小聲地對阿酒說：「少夫人，少爺回來了，聽平兒說他喝醉了，如今人在書房。」

阿酒在平兒過來時，就已停止哭泣，也聽到了他們之間的對話，一聽說謝承文喝醉了，她心裡更惱。

書棋等上好一會兒，也沒聽到阿酒的回應，只得來到屋外，朝平兒搖搖頭。

等外頭安靜下來，阿酒的情緒才漸漸緩和，也開始為謝承文擔心起來。

不知道平兒有沒有照顧好他？有沒有會餵他喝醒酒湯？他身上有沒有蓋被子，會不會著涼？

她想要起身去看看他，卻又覺得面子拉不下，只好在床上翻來覆去的。

謝承文雖然醉了，大腦卻很清醒，他知道自己躺在書房，也知道平兒去找阿酒，他的心裡期盼著她能夠出現。

可平兒卻是一個人回來，他失望極了。

他閉眼躺著，頭痛無比，可心裡卻更加痛苦。

第七十六章

這天，謝承文回到家裡，就見平兒站在門口等著，神情很是焦急。

「怎麼了？」謝承文黑著臉，冷冷地問道。

「少爺，您可回來了，少夫人正在整理東西，說是要回娘家去。」平兒這幾天也難受極了，兩位主子不開心，他們這些下人個個都心驚膽戰的。

謝承文一聽，馬上怒氣沖沖地來到內院，果然見書棋正在整理阿酒的嫁妝。

「少夫人呢？」謝承文沈聲問道。

書棋見謝承文終於來了，立即回道：「少夫人在屋裡。」

阿酒見這幾天變暖了，她的薄衫都還裝在箱子裡，就讓書棋去拿出來，自己則是無聊地坐在桌前把玩著首飾。

再過幾天就是春草的及笄禮，該送什麼禮物才好呢？春草不像阿美，男方只是一般村民，雖然條件不錯，但到底是在村裡，平時佩帶首飾也不大方便，倒是鐲子還不錯。

阿酒想著，就拿出筆來，想畫個鐲子讓人拿去打製。

門忽然被用力地推開，只見謝承文臉色難看，直直地走到她面前。「怎麼，想走了？」

阿酒這幾天雖然都沒跟他說話，但其實心裡已經沒那麼生氣了，只是見謝承文也不跟自己說話，礙於面子，她才不肯主動。沒想到他一出現就黑著臉，活像她犯了什麼罪一樣，她頓時怒火中燒，連看都不看他。「我想怎麼樣，都與你無關。」

謝承文氣得失去理智，乾脆把她抱起來，直接往床邊走去。

阿酒被謝承文的舉動嚇到，使勁地推著他，甚至狠狠地咬住他的手。

謝承文卻像沒事一樣，把阿酒往床上一放，直接壓在她身上。

阿酒被壓得動彈不得，突然覺得委屈不已，眼淚就像斷了線的珍珠，落個不停。

謝承文本來只是想留住她，不讓她離開，等看到她的眼淚，才發現自己做了什麼。

「阿酒，別哭。」謝承文見阿酒無聲的哭泣著，頓時覺得自己的五臟六腑都扭在一起，疼得說不出話來。

本來阿酒只是默默地流著眼淚，聽謝承文這麼一說，她頓時放聲大哭。

謝承文被嚇得臉都白了，一陣手忙腳亂，根本不知道該如何哄她？

「阿酒，妳別哭，都是我不好，我不該凶妳、不該不理妳，應該好好跟妳解釋的。」謝承文抱著她，低聲說道。

阿酒哭得上氣不接下氣，她從未感到如此委屈過。明明就是他惹她生氣，竟然還好幾日不進屋，如今一進屋就欺負人。

「阿酒，不哭，妳再哭的話，我也要哭了。」看阿酒哭，比打他、罵他還難受千萬倍。

過了好久，阿酒才慢慢地停下眼淚，這時她已冷靜下來，卻覺得太丟人，便把頭埋在被窩裡，不肯看他。

「阿酒，別生氣了好不好？咱們和好，好好過日子吧。」謝承文抱著她，手輕輕地撫摸著她的頭髮，輕聲道：「都是我不好，我以後不會再惹妳生氣了。」

謝承文這段日子一點也不好過，他其實每晚都有回屋，看著她連睡覺都皺著眉，他心疼不已，可又不知道該怎麼面對她，所以都是趁她醒來之前就離開了。

「你好討厭，就只知道凶我。」阿酒指責道。

「好，都是我不好，可妳也不該不相信我。」對於她的不信任，謝承文覺得有必要好好跟她說一說，否則要是以後再出現類似這樣的事，肯定又會鬧起來。

阿酒沈默一會兒，覺得自己確實有錯，可那唐青梅在她心中就是一個結。「你真的沒有喜歡過唐青梅？」

「阿酒，妳怎麼就不相信我呢？難道妳覺得自己比不上她嗎？」謝承文有些無力地回道。怎麼她平時那麼精明的一個人，遇上唐青梅就不冷靜了呢。

「當然不是。」阿酒連想都沒想，馬上反駁道。說完之後，她不禁陷入了沈思。為什麼自己會如此介意唐青梅？大抵跟唐青梅的美貌有關，她長得實在太好看。

男人都是喜歡貌美的女人，這是她前世對男人最深刻的瞭解，要不然也不會有那麼多男人拋棄糟糠之妻，去找那些年輕美貌的女人了。而阿酒心裡深處覺得，他總有一天會被唐青梅的美麗所吸引，說到底，其實是她不夠自信，覺得自己比不上唐青梅。

「阿酒，咱們好好談談。」謝承文知道，要是不解開阿酒心中的結，他們以後還會為這件事吵架。

阿酒不自在地坐在一旁，低著頭，不敢看謝承文。她覺得自己太丟人了，居然因為那麼一點小事，鬧成這樣子。

謝承文跟阿酒聊了很多小時候的事，最後，他拉著她的手，認真地說道：「阿酒，那些都過去了，妳以後有什麼不明白的，就直接問我，不要自己在那裡胡亂猜測。」

阿酒點點頭。「那你也不能像前幾天一樣，對我不理不睬的，我很難受。」

「再也不會了。不理妳，我的心裡更難受。」謝承文抱著阿酒，輕輕親著她的臉頰。

阿酒依偎在他懷裡，心裡不再像前幾天一樣空空的，無所著落。

謝承文見阿酒沒有拒絕他的親近，動作就越來越大，手也越來越不規矩。

阿酒的身子漸漸發軟，最後整個人癱在床上。

書棋一直都在外面緊張地關注著屋裡的動靜，聽到裡面平靜下來，她終於放下心，緊接著卻聽見裡面傳來一些讓人心跳加速的動靜，她馬上紅著臉離開屋前。

謝承文跟阿酒和好如初，圍繞在謝家的陰暗氣氛終於散去，又恢復往日的歡笑。

阿酒一睜開眼，就看到謝承文躺在一旁溫柔地看著她，她有些弄不清自己身在何處。

「醒了？」謝承文早已習慣阿酒剛起床的迷糊勁，笑著說道。

阿酒不滿地捶他一下，把頭埋在他懷裡輕輕哼了聲，卻見謝承文的手中多了個桃子。

「不是說還沒成熟嗎？」阿酒驚喜地問道。

「那方喬派人來說，山上有不少桃子可以吃了，便摘一些送過來，他還想問妳那麼一大片桃子要怎麼處理呢。」謝承文笑著問道。

「摘下來拿去松靈府賣掉，也可以送一些去流水鎮賣，要是賣不掉的，我再想辦法。」

阿酒沒想到這麼快就能吃到桃子。

那桃子一口咬下去，脆脆的、甜甜的，味道還真不錯，汁也多，跟前世吃的也差不多，只是沒那麼好看而已。

沒想到不久後，陳三順就過來了，說山頭的桃子不等人，讓她想辦法解決。

此時阿酒終於想起，她可是答應公主，等桃子一熟，就給她送去的。還有上次劉翔說的那些話，她一直都忘了要問謝承文，也不知道這些日子裡，京城的酒莊有沒有什麼異常的情況發生？

阿酒讓陳三順等著，便先去找謝承文，把劉翔之前跟自己的談話跟他說一遍。「這件事舅舅肯定費了很大的心思，你覺得如何？」雖說劉翔已經說過這件事全交給他來處理，但他們也不能什麼都不做吧。

「這件事妳就別擔心了，還是想想那麼多桃子該怎麼辦？」謝承文摸摸她的頭，笑著說道。

阿酒跟著陳三順一起回到莊園，想要先看看桃子的長勢。她看著山頭上越結越多的桃子，有的都已經過熟了，她一直在思考，可一時半會兒卻沒想到什麼好方法。

「要是這桃子可以曬乾就好了，這樣想吃就能吃到。」一旁的竹枝感嘆地道。

阿酒一聽，驚喜若狂。這桃子可以製成桃脯啊，可好吃呢。她趕緊讓大春回去把姜五嬸接來，姜五嬸做的梅乾味道極好，只是不知道那方法能不能用來做桃脯？

姜五嬸來得很快，一起前來的還有劉詩秀及雙胞胎們。
「阿酒，我能幫妳什麼？」姜五嬸才跳下馬車，就迫不及待地問道。
「咱們來做桃脯吧。」阿酒方才翻了書，對桃脯的製作方法也有一定的瞭解，雖然書中寫的是野果的做法，但想來用在桃子上也差不多。
最後阿酒把姜五嬸及劉詩秀的意見集中起來，定下一個製作方案。「那咱們先弄一些試試，要是不行，再想別的辦法。」
阿酒和劉詩秀摘來一筐桃子，把它洗乾淨，再切成塊，並去掉核。
姜五嬸則帶著竹枝去找一種野草，說是做梅乾需要的。她弄來後，就把草洗淨，再煮出水來，而後將桃子肉放到煮出的水裡浸泡，大約半個時辰後用清水洗淨。
接著在鍋裡放冷水，加入白糖和一點野草水煮開，再把桃肉放進去。等水滾後續煮上半刻鐘，再次加糖、加水，這樣反覆三次，直到熬得糖漿看起來濃濃的，就可以停火，然後放在一旁浸泡一夜，再曬乾即成。
經過一日的曝曬，桃脯已經半乾，阿酒拿起一片嚐嚐，發現味道還不錯，就是顏色太難看，自己吃還不錯，若要送人或拿出去賣就不適合了。
「若都是這個樣子的就不錯，色澤金黃，吃起來清香，柔軟中帶著微脆，甜中有酸，很爽口。」阿酒挑出顏色不錯的說道。
「可能是有些果子熟透了、有些沒熟的緣故。」姜五嬸畢竟有做梅乾的經驗，提醒道。
「那咱們就不要那些不熟的，太熟的也不要。」阿酒說道。

第二天她們又做了一筐，這次因為有經驗，做得快一點，經日頭一曬，果然好看，跟阿酒挑出來的那些一模一樣了，而且味道不錯。她滿意極了，馬上命人做起桃脯。

忙碌了十幾天，山頭上的桃子已所剩無幾，而莊園的院子裡則堆滿一罈罈的桃脯。

至於桃脯的銷路也不用擔心，謝承文來看過後，直接說送入休閒酒莊就行。

送貢酒的人回來後，還帶來謝雲飛的一封信。

謝承文看完信，臉色有些不好。幸虧有劉翔，要不休閒酒莊只怕要易主了，看來自己還是得去一趟京城。

「怎麼了？」阿酒明顯感覺到謝承文的異樣。

「阿酒，我要去一趟京城。」謝承文從阿酒身後抱住她，低聲在她耳邊說道。

「出事了嗎？要不要我跟你一起去？」阿酒擔心地道。

「沒事，對方沒有得逞。我這次去京城是想好好地謝一謝舅舅，並跟他商量一下日後的貢酒該怎麼送過去。」謝承文儘量說得輕鬆些，他不想讓阿酒擔心。

「真的？你沒騙我？」阿酒懷疑地問道。

「真的，沒騙妳。」謝承文停頓一下，又認真地道：「對了，金州那邊現在已穩定下來，我之後打算去江南一帶看看，到時妳跟我一同去？」

阿酒對京城一點也不好奇，倒是對去江南有些興趣。她見他信誓旦旦的樣子，又想著劉翔在，應該出不了什麼大事，就點點頭。「好，咱們再一起去江南。不過你要去京城之前，記得帶上一些桃脯，送去給公主。」

謝承文想到要跟阿酒分開，心裡就不好受，他的手已經迫不及待地伸進她的衣裳裡。

「阿酒，妳會不會想我？」謝承文看著雙頰已呈粉色的阿酒問道。

阿酒全身都軟綿綿的，已被他挑起情慾，正期待著他的下個動作，他卻在這個關鍵時刻停了下來。她只覺得空虛不已，雙手緊緊地抱住他的腰，身子緊貼住他的堅硬。

「當然想，你可不能在外面沾花惹草，要是被我知道，你就慘了。」阿酒一個翻身坐在他身上，化被動為主動。

謝承文被她的動作驚住，卻更加興奮，期待著她接下來的動作，而阿酒果然沒有讓他失望，兩人陷入一番纏綿之中。

溫存過後，謝承文馬上準備出發去京城。

「妳要是覺得一個人在家寂寞，就回溪石村住幾天，等我回來再去接妳。」謝承文撫摸著阿酒如綢緞般滑順的烏絲，溫柔地說道。

「嗯，你路上小心些。」阿酒緊緊地摟住他。

「我很快就會回來。」謝承文心疼地說道。

阿酒看著謝承文騎在馬上的身影越走越遠，直到人影不見了，她才戀戀不捨地回到院子裡，只覺得心裡空空的，人剛走她就開始思念了。

第七十七章

謝承文走了已經有兩天，阿酒卻覺得像過了兩個月那麼久，做什麼事都沒有精神，整個人無精打采的。

恰好此時，山上的酒窖已經建好，阿酒總算提起一點興趣，來到謝承文買下的山頭看新酒窖。

新的酒窖裡有著整整齊齊的架子、寬闊的空間，讓她很滿意。

阿酒想把這裡建成她的大本營，因此又將幾個該注意的地方都告訴姜五，讓他再找人把這酒窖四周好好地修整一番。

看完酒窖後，阿酒便回到家，再度漫不經心地等起謝承文。

她每晚都躺在床上數著日子，想著謝承文已經到哪裡了？什麼時候會回來？她從來沒有如此為一個人牽腸掛肚過，頭一次明白相思的痛苦。

一個人的生活真冷清，幸虧阿酒也不是個特別愛熱鬧的，要不然真受不了。

謝承文出去的日子越長，阿酒的精神就越差，明明睏得很，她卻總在床上翻來覆去，難以入睡。

這晚她睡得迷迷糊糊，忽然有人鑽進她的被窩，嚇得她差點沒大叫出聲。

「是我。」一見阿酒受到驚嚇，謝承文立即小聲地說。

這時阿酒也反應過來，聞著那熟悉的味道，她知道真的是謝承文，於是把身子靠向他。

「你終於回來了。」

從這一句簡單的話裡，謝承文感受到濃濃的思念，忽然覺得自己日夜兼程地趕回來是值得的。

「阿酒。」謝承文的唇輕輕地落在她的額上、唇上，慢慢地來到胸前。

阿酒不再言語，只是用身體表達她的思念，她熱情地回應著他，告訴他自己有多想念他。

而謝承文回來的這幾天，兩人都沒有再出去，整天膩在一起，一起看書或是下棋。

阿酒的棋下得很爛，還總是下了又後悔。

謝承文一邊下棋，一邊笑著看她，任她胡作非為，卻又在最後贏了她，惹得阿酒老是驚叫連連，整個房屋充滿歡聲笑語。

謝承志要成親了，阿酒他們得去松靈府一趟。

阿酒忙把一些精緻的衣裳拿出來。劉詩秀知道她不擅女紅，所以替她做了不少衣裳放在嫁妝裡，而做衣裳的布料都是公主送來的，有很多是連在松靈府也難見到的布料，就像上次她穿的軟羅煙一樣，而且每件衣裳都繡有精美的圖案。

「妳多戴一些首飾，要是挑不到喜歡的，就再去打一些回來。」謝承文站在一旁說道。

阿酒斜睨他一眼。她的首飾已經夠多了。

之前她特意去打造一些，謝承文又給她一盒子珠光寶氣的首飾，再加上公主送給她的一套紅珊瑚頭面，走到哪兒她都不會落於人後。

「對了，我有件事想跟你商量一下。我村長爺爺家的山子，你有印象吧？他想跟著你出去學一學本事，你覺得如何？」阿酒忽然想起上次回村時，村長爺爺找她說過這件事，便問道。

謝承文回想一下，對山子有些印象，想著自己以後還要去各地開酒莊，身邊確實缺少人幫忙，若是個能幹的，那帶在身邊培養也無防。

「行，就先讓他跟在我身邊吧。」謝承文點頭道。

阿酒坐在馬車上，想著自己去過松靈府兩次，不過都是來匆匆、去匆匆，可這次不一樣，他們得在松靈府住上一段日子。

「妳不用緊張，我在松靈府也有個院子，咱們就住在那兒，不用回謝府住。」謝承文見阿酒沈默不語，以為她在擔心這一點，便溫柔地說道。

「我倒不是緊張，只是平時我野慣了，若要我時時刻刻都一本正經的，想想還真有些不自在。」阿酒笑著說道。她前世又不是沒見過大場面，不至於因為這點事而緊張。

謝承文卻還是為她擔心，畢竟她從未接觸過那些大戶人家出來的女子，不知道她們的厲害。

那些人心眼多，說一句話都不知道要繞上幾個彎，而在他眼中，阿酒一直都是直來直往的，他生怕她會受委屈。

「咱們等他們成親時再過去謝府吧，等認完親，就可以不用再過去了。」謝承文說道。反正如今他跟謝家也沒多少聯繫，根本就不在意他們是怎麼說、怎麼看的，只要自己過得自在就好。

阿酒明白謝承文都是在為自己著想，可她卻不能那麼自私，畢竟這一次謝承志成親，謝長初肯定請來不少貴客，不像謝承文是在老宅成親，沒有宴請松靈府的親朋好友。

再說，上次本家只來了幾個婦人，這次可能會來更多人，阿酒可不想讓謝承文在那些人面前矮上一截。

「放心吧，我可不是一般的女人。」阿酒拍拍自己的胸口說道。

謝承文忍不住笑了，他就喜歡她鬥志昂揚的樣子。

「妳也不要表現得太優秀，我怕太多人看到妳的好。」謝承文吻著阿酒的紅唇，喃喃地道。

阿酒的臉瞬間變紅。這男人還真是不分場合，一言不發就親她，可她的心裡怎麼就甜滋滋的呢？

等謝承文一行人來到他在松靈府的小院子。說是小院子，還真是小院子，就只有兩進，院子也不大，不過對他們來說卻剛剛好，就兩個主人，再加上兩、三個下人，足夠了。

「這裡是小了些，等有時間，咱們再找個大的。」謝承文當時買下這個院子，只有自己一個人住，他又不想讓謝府的人知道，所以沒買太大的院落，位置也有些偏僻。

「這裡很不錯，咱們又不經常住在這，不需要再買新的吧。」阿酒搖搖頭道。這院子一大，下人就要多，很難管理，阿酒可不喜歡麻煩事。

謝承文跟阿酒歇息一會兒，就來到謝府。

謝府的院子從外面看起來很是宏偉，高高的青磚牆，大門口還有兩尊石獅子守著，此時紅色大門緊閉，旁邊的一個側門開著，不時有人進出。

謝家院子裡種滿常青樹，還有假山亭臺、迴廊樓閣，看起來富麗堂皇，再加上到處貼滿紅色的喜字，更是增添不少喜氣。

丫鬟和小廝急匆匆地來回穿梭著，見到謝承文也是停下腳步行個禮，就去忙了，看得出來他們對謝承文雖然表面恭敬，卻不怕他。

謝承文帶著阿酒來到正院，只聽見裡面傳來陣陣歡笑聲，想來裡頭的人心情都還不錯。

阿酒整理一下衣裳，提起精神，跟在謝承文身後走了過去。

碧雪就站在門口，一見謝承文他們回來，忙過來行禮。「大少爺、大少夫人，請您們稍等一下，我這就去通報夫人。」

謝承文點點頭，便不動聲色地站在原地；阿酒也學著他的樣子，只是她的眼珠子一直迅速地轉動著，默默打量起屋裡的裝飾。

謝家不愧是生意人，屋裡的裝飾都和別人不一樣，就連那椅子上的坐墊也是金光閃閃的，也不知道這一切都是誰佈置的？

「這裡的一切，都是我爺爺的主意。」似乎明白阿酒所想，謝承文忽然低下頭來，快速地說道，然後又馬上站好。

要不是阿酒確實聽到他說話，還以為他一直沒動呢。她忽然覺得這樣很有趣，也很想笑，幸虧她還記得自己是在哪裡，沒有笑出聲來。

「大少爺、大少夫人，這邊請。」碧雪很快地退出來，恭敬地說道。

謝承文抬起腳就走，阿酒則跟在他後面，沒一會兒他們就進到偏廳。

屋裡有不少人，阿酒微微抬頭看了一眼，有幾個面熟的，都是在認親那天見過，當然也有一些她根本沒見過的。

謝承文他們一進來，眾人的目光隨即都落在他們身上，有人還小聲地討論起來。

唐氏坐在主位上，見謝承文他們進來，臉上的笑容一僵。要是可以，她一刻也不想再看到這兩人。

「母親。」謝承文跟阿酒朝唐氏行了禮。

唐氏不冷不淡地對謝承文道：「讓你媳婦留下，你去書房找你父親吧。」

阿酒知道這裡都是女客，謝承文若繼續留在這裡，確實不適合。

謝承文自然也明白這道理，他擔心地看了阿酒一眼，阿酒則心領意會朝他搖搖頭。

「看來承文是怕媳婦被欺負，都捨不得走呢。」忽然一道女聲打破了屋裡的沈默，說完還咯咯地笑起來。

「各位嬸嬸，我媳婦是頭一次見妳們，可別把她給嚇壞了。」謝承文微微一笑，順勢說道。

「放心吧，一會兒肯定還你一個完整的媳婦。」眾人被他的話逗樂，紛紛打趣地說。

謝承志的婚禮自然熱鬧，而唐氏也沒有在這樣的日子裡找阿酒麻煩。

到了新婚第二天，只見謝承志臉上一點新郎倌的喜氣都沒有，而新娘子似乎也不大在意他，自顧自地走了進來。

當阿酒一瞧見新娘子的臉，就明白為什麼了。

唐氏對柳氏一直都很滿意，此時紅光滿面的，就連看到謝承文跟阿酒，也沒有影響她的好心情。直到看見謝承志跟柳氏走進來，她臉上的笑容瞬間凝結，再也笑不出來了。

謝承志站在原地不動，柳氏倒是不慌不忙地端起茶水，跪在謝長初的面前敬茶。

謝長初當然也看出不對勁，可都到這個時候了，他只能接下柳氏的這杯茶，然後賞給她一個紅包。

柳氏敬完了謝長初，轉身過來又端起一杯茶，跪在唐氏面前。

唐氏雖然看出謝承志的不滿，但柳氏是她親自求回來的，自然不會不給柳氏面子。她忙接過柳氏手中的茶，然後拿出一把玉如意，放在她手裡。「妳是個好的，以後跟承志好好過日子。」

當柳氏認親認到謝承文面前時，他瞥見謝承志正委屈地看著他，他不禁皺了皺眉，卻還是接過柳氏手裡的東西。

來到阿酒這裡，柳氏送給她一個精緻的荷包，看得出來這荷包是下過功夫的，阿酒也拿出早已準備好的金步搖遞給她。

「謝謝大嫂。」柳氏恭敬地朝阿酒行禮，並沒有因為她農家的身分就看不起她。

阿酒此時才認真地打量柳氏一番。她是方臉，濃眉大眼的，這要是放在男人身上，那應該是一張俊臉，可放在一個小娘子身上，絕對稱不上好看。幸而她身材不錯，凹凸有致，該翹的地方翹、該瘦的地方瘦，特別是那腰細細的，看起來特別妖嬈，這應該算是她最突出的特點了。

見完新人，就沒有阿酒跟謝承文什麼事了。

他們回到自己的院子裡，阿酒馬上賴在謝承文身上，讓他替她按按肩膀。

「你說謝承志跟他媳婦昨晚是發生什麼事，竟讓他委屈成那樣，不會是他媳婦比他厲害吧？」阿酒說完，自己就先笑了起來。

謝承文沒回話，只是一巴掌拍在她的屁股上。

阿酒愣了一下，頓時翻身過來撲在他身上，直勾勾地看著他，大有他要是不說個原因，就要他好看的架式。

「粗魯。」謝承文輕輕地吐出兩個字。

阿酒不禁滿臉的委屈。她這不是在跟他說笑嗎，他幹麼一本正經的？

謝承文見她那委屈樣，覺得好笑。

他的手繼續輕輕地幫她揉著，不過揉著揉著，那動作就變了味，但阿酒這次卻不打算配合他，她還在生氣呢。

「大少爺、大少夫人，二少爺來了。」門房的聲音在外頭響了起來。

「回來再說。」謝承文無奈地起身，去了外院。

阿酒趴在床上，屁股早就不疼了，心裡卻堵著一股氣。

過了好久，謝承文才回來，看他的樣子明顯不快，阿酒也顧不上自己的委屈，擔心地問道：「怎麼了？他說了什麼？」

謝承文把剛剛謝承志說的話轉述給她聽，阿酒聽完只覺得，柳氏打破了她對這個時代女人的認識，柳氏真的太強了，竟敢直接拒絕謝承志的求歡。

「妳是不是也覺得柳氏做得不對？」阿酒見謝承文臉色難看，瞬間明白他的想法。

「難道不是嗎？哪有這樣的女子，新婚之夜居然做出這樣的事，她還要不要在謝家立足？」謝承文越說越氣，看他的樣子，彷彿柳氏要是他的女人，他可能會因此休掉柳氏。

「我倒不覺得。」阿酒認真地看著謝承文。

謝承文疑惑地看向阿酒。難道她也有這樣的想法？他的臉不禁更加黑了。

「我想柳氏肯定是看出謝承志對她的不滿意了。這夫妻生活，本就是你情我願，勉強自己去做，那根本不會有樂趣。柳氏拒絕了謝承志，雖然讓謝承志覺得沒面子，但對他們以後的生活來說，肯定是有好處的。」阿酒倒是理解柳氏。要她要跟一個才見一面的男人，而且還是個極不情願的男人去做那檔子事，她肯定也不幹。

謝承文卻是一臉的不贊成。「那可是他們的新婚之夜，再說她本就長得不怎麼樣，還不能讓人抱怨一下？」

阿酒頓時發怒。難道說那些長得醜的女人，就必須受盡委屈？他們男人不論對象是誰都無所謂，但女人卻不一樣，若不是心甘情願的，那對她來說那事就是一件痛苦的事，可誰為女人想過了？

「你不講理。你就只想著謝承志受委屈，怎麼不想想柳氏的心情？他謝承志有什麼好，肩不能挑、手不能提，還文不成、武不就的，要我說，他根本就配不上柳氏。」阿酒生氣地說道。

謝承文沒想到她竟因為這件事而生氣，而且看起來氣得還不輕。

「好了，別生氣，又不關咱們的事，妳犯得著動怒嗎？」謝承文溫柔地道。

「我怎麼就不能生氣了？那要是我長得醜一些，你是不是也會嫌棄我？是不是也覺得我一定要聽你的話，不能有我自己的想法？」阿酒氣憤難平，接連對他發問道。

「怎麼會呢？」謝承文實在不明白阿酒的思考邏輯。這件事怎麼會扯到他們身上來呢？能這樣比較的嗎？

阿酒拉過被子，包著自己就睡了，她背對著謝承文，覺得謝承文永遠也無法理解她的想法。

謝承文見阿酒這樣，想上前去抱她，又怕她會推開自己。

第七十八章

自上次吵架後，這還是頭一次兩人不是相擁而眠，阿酒一個晚上都沒睡好，發現自己已經習慣了他的懷抱和溫暖。

謝承文同樣睡得不踏實，心裡一直想著阿酒為什麼要生氣？

他見阿酒醒來，一看就是沒睡好的樣子，兩眼腫腫的，他不禁在心裡嘆息。這又是何苦呢？他默默靠近，將她摟在懷裡。「阿酒，不生氣了，咱們有事好好說，妳那麼激動，就算有事也無法溝通。」

阿酒本能地想反抗，可轉眼一想，他說得也有些道理。在這樣的社會裡，他們從小就受到傳統的思想教育，已經習慣這種思維，不說男人，就連女人都習慣了，也就這柳氏特殊一些，所以別人才會無法理解，而她雖然能夠理解，卻無法去改變別人的看法。

阿酒如同醍醐灌頂，瞬間清醒過來，她朝謝承文燦爛一笑。「我沒事了。」

謝承文呆呆地看著她，被她的笑容驚住，情不自禁地親上她的唇，喃喃說道：「阿酒，妳好美。」

一場風波就這樣過去，事後阿酒還是細細地把自己的想法跟謝承文說了，謝承文這次沒有急著否認，而是認真地思考，然後點頭認同道：「這些妳跟我說說就行，千萬不要去跟別人說。」

阿酒當然不會傻到去跟別人說，此時她覺得能夠嫁給謝承文，真是她的福氣，他可以包容她的與眾不同。

這些天謝承文每天都出去，聽他說，劉翔派來接酒的人快到了，他要把酒運到松靈府來，卻又不想讓謝家知道，所以他想在郊區買一個院子放酒，以後所有要運出去的酒，都在那裡中轉，這樣別人就很難發現他們釀酒的地方是在哪裡。

謝承文不願阿酒操這些心，阿酒也不想管這些事，因此在他忙碌的這些日子裡，阿酒除了去謝府坐坐，就是待在自己的小院子裡看看書，或帶著書棋去街上看看。

好幾天過後，謝承文終於把運酒的事情解決，貢酒也順利地送去京城，讓他鬆了一口氣。

這一日，謝承文不用出門辦事，便跟著阿酒在院子裡修剪花草。

「阿酒，妳是不是太閒了？要不再過幾天，咱們就回莊園吧，反正事情也辦得差不多了。」謝承文看著地上的一堆枝條說道。

「那就回去唄，還是鄉下的生活比較適合我。」阿酒確實覺得有些無聊。

謝承文的臉越靠越近，阿酒一見他那不正經的樣子，就知道他腦袋裡全是兒童不宜的畫面，不禁瞪他一眼。「現在可是大白天。」

「夫人的意思是大白天不可以，晚上才行？」謝承文故意曲解她的意思。

就在此時，門房進來稟報，說是謝長初讓他們過去。

自謝承志成親後，謝長初還沒單獨約見過他，也不知道是為了何事，居然還要阿酒也一起過去。

謝承文跟阿酒先是換了一身衣裳，這才坐著馬車來到謝府。

阿酒還是頭次到謝府的外院來，這外院的裝潢倒是挺樸素，並沒有像內院那樣，到處充滿銅錢的味道。

書房裡除了謝長初、謝啟初，唐氏和謝承志也都在，唐氏看向阿酒的樣子還有些得意。

謝承文跟阿酒朝他們行了禮，然後就在一旁坐了下來。

謝長初的臉色不大好。本來他對謝承文還有些愧疚，可一想起那些打探來的消息，他心中馬上泛起恨意。

唐氏見謝長初半天不說話，便冷冷地開口道：「承文，你既然已經跟姜氏成親，那姜氏就是謝家的人，那麼她釀酒的配方，是不是該拿出來了？」

「什麼配方？」謝承文全身一冷，眼神凌厲地掃向唐氏。

謝長初更加不悅，他黑著臉，遞給謝承文一疊書信。「你看看這些都是什麼？你不要以為我什麼不知道。」

謝承文隨意拿起一張紙看了看，然後冷笑道：「那又怎麼樣？那些酒確實都是阿酒釀的，配方也是姜家的。」

「如今姜氏可是謝家人了。」唐氏恨聲道。

「她是謝家人，可她跟謝家酒肆卻無半點關係。」謝承文黑著臉提醒道。

唐氏臉色一白，這時她才想起他們還有那一紙文書的事。

謝長初不甘心地看著謝承文拉起阿酒，頭也不回地離開，卻又找不到什麼辦法可以壓制他。

而謝承文跟阿酒氣沖沖地回到小院子後，謝承文馬上一臉歉意地對阿酒說道：「對不起。」

阿酒看著滿臉歉意的謝承文，根本不想指責他，反而很同情他。那唐氏跟謝長初時時刻刻都在算計著他，要不是當初大夫人讓他們發下毒誓，只怕謝承文根本無法長大成人吧。

「咱們回流水鎮吧。」阿酒輕聲說道。

謝承文疲倦地抱著阿酒，他再次受傷的心，只有抱著她才會覺得溫暖，才會覺得還有人在關心他。

又到了一年一度的考試期間，這次阿曲準備上考場，因此阿酒特地回娘家一趟。

阿曲經過半年多的遊學，人更加壯實，看起來也穩重許多，整個人既英俊又斯文儒雅。

「阿曲。」阿酒面對著這樣的弟弟，叮囑的話竟一句也說不出來，感覺不管做什麼事情他都是胸有成竹的。

「阿姊，放心吧。」阿曲知道她想說什麼，可他已經長大，不需要她再為他操心。

劉詩秀早已替阿曲準備好衣裳和乾糧，正拉著他的小廝青雲絮絮叨叨地說個不停，並且讓他們一到京城，就馬上去公主府。

姜老二也把阿曲拉到一旁，嘴拙的他說不出什麼動聽的話，只是從口袋裡拿出一疊銀票。「這些你拿著，不要怕花錢，到了京城就好好考試。」

阿曲忙把那些錢推還給姜老二。「阿姊已經給過我錢，夠花了。」

「拿著。」姜老二板起臉來。

「拿著吧。」阿酒能理解姜老二的心。在別的地方他也幫不上忙，只能多拿一點錢讓阿曲帶著。

就這樣，在家人的期盼中，阿曲背著行囊朝京城而去。

送走阿曲後，劉詩秀的心思開始放在阿酒身上。「妳還沒有動靜嗎？」

阿酒一開始沒聽懂劉詩秀在問什麼，但隨著劉詩秀的目光不斷地停留在她的小腹上，她終於明白劉詩秀想問什麼了。

阿酒的臉頓時變得通紅，不好意思地說道：「還沒有。」

「這都好幾個月了，怎麼還沒有動靜？」劉詩秀焦急地說道：「承文他沒說什麼吧？」

阿酒不知道該怎麼說。其實她是有意在避孕，並不打算那麼早要小孩，這一點連謝承文也不知道。想想她如今才十幾歲，就要生孩子，這一點讓她難以接受，再加上這個時候的醫療條件不好，她有些害怕。

到了晚上，阿酒跟謝承文躺在床上，他的手不停地在她的小腹搓揉著，力度不大卻很暖，她不禁若有所思起來。

阿酒想起劉詩秀的話。難道她真的該懷上孩子了嗎？不知道謝承文是不是也有這樣的想法……

「我今日聽劉姨說，阿美有喜了。」阿酒輕聲試探道。

謝承文沒有說話，只是放在她小腹上的手力氣加重了些。

阿酒還沒反應過來，他的人就壓在她身上，動作比以往都還要有力。

他雖然什麼都沒說，阿酒卻已經明白他的想法，她暗自下定了決心，不再避孕。

很快阿曲就捎來一封信，信中詳細地說了他進京的事。

阿曲剛進京就被劉翊接到公主府，公主早已為他安排好住宿的地方，並為他請來京城有名的先生，為他加強課業，讓他受益匪淺，對這次考試的信心更大了。

阿酒其實不大贊成他今年就去考試，主要是他現在還太年輕，要是考中，下放去做個地方官，她怕他想事情還沒那麼周全。可阿曲的先生執意讓他去試一試，說要是沒考上，就讓他留在京城的國子監。

阿酒順道讓阿曲帶一封信給劉翊，就是為了以防萬一。如果阿曲中個二甲之類的，還是乾脆讓阿曲落榜，等下一場再考，畢竟落榜對他來說，只有好處。阿酒發現他自求學以來，一直太過順利，阿曲也因此有些自滿，這對他以後的官宦生涯來說，並不是好事。

姜老二他們看了阿曲的信，這些天一直不安的心總算落了下來。

劉詩秀另外還接到劉翊的一封信，她看見信中寫著公主已有身孕，頓時笑得連眼睛都要睜不開了。

公主跟劉翔成親也有好幾年，肚子卻一直不見動靜，這可愁壞了劉詩秀，她又是求佛、又是求人，到處打聽偏方，一找到什麼偏方就往京城送去，後來還多了送去阿酒那裡。

此刻終於聽到好消息，劉詩秀不禁喜極而泣。

阿酒看著劉詩秀那喜悅的樣子，再次把手放在自己的小腹上。

而謝承文要去江南開酒莊，阿酒決定一起去，這件事被姜老二他們知道後，劉詩秀不禁拉著阿酒的手，絮絮叨叨地叮囑一番，姜老二更是問他們的錢夠不夠，要不要多帶一些？

阿酒感受著他們的關心和愛意，心裡暖暖的，就連謝承文也是一臉的感動，她甚至能從他的眼角看到淚花。

在姜家吃完晚飯後，謝承文跟阿酒便向姜家人告別。

在回流水鎮的路上，謝承文的情緒一直有些低落。

「我從十三歲起，就天南地北地到處跑，從來沒有人這樣關心過我。」坐在馬車上，謝承文把頭埋在阿酒的懷裡，小聲說道。

阿酒心疼極了，她發現他看起來雖然成熟穩重，其實也不過二十出頭，他的內心還是很渴望家人的重視。

「以後會有人嘮叨你的，可不許嫌煩。」阿酒故意道。

謝承文抬起頭，看著她眉開眼笑的樣子，還有那紅豔豔的唇，他情不自禁地俯身親了上去。

「不正經！快坐好，這可是在馬車裡。」阿酒羞紅了臉道。

以往在家裡，他想胡作非為她都會依著他，那是因為她知道書棋只要看到謝承文過來，就會馬上退出去。可現在不同，這馬車外面可都是人，她的臉皮還沒有那麼厚。

謝承文不甘心地舔一舔自己的唇，似乎在回味著她的味道。「他們又不敢看。」

阿酒乾脆扭過頭不看他。他真是被她寵壞了，竟如此不分場合。

謝承文見阿酒真的生氣了，馬上連聲道歉，只是輕輕地抱著她，不敢再有過分的舉止。

經過半月的車馬勞頓，謝承文和阿酒終於到江南。

謝雲飛早已在楊城買下一座小院，雖然只是兩進的屋子，卻很小巧精緻，院子裡有假山，假山上還有一座亭子，夏天可是個乘涼的好地方，而一到冬天，又是個看雪賞梅的好去處。

阿酒對這座小院特別滿意，這也是她頭一次見到謝雲飛，他看起來比謝承文還要老成一些，對謝承文的態度很是恭敬，說起酒莊的事情來頭頭是道，感覺十分精明。

到江南後，謝承文就開始忙碌，等過了好些日子，謝承文才把阿酒帶到已經裝潢妥當的酒莊。

阿酒看著眼前富麗堂皇的院子，有些傻眼。這裡確定不是哪個大戶人家的院子？那一座座的亭臺樓閣，以及院中的小湖，湖裡還有小舟，看起來愜意又舒適。而在這裡的每個包間裡，都有一個書架，上面擺著書、棋、琴、畫，一應俱全，甚至還在包間裡放上一張躺椅。

「京城的酒莊也是這樣的？」阿酒好奇地問道。

「京城的還要更講究，那裡的包間分成兩種，一種是為官者專用，一種是富人專屬，他們的需要不一樣。」謝承文解釋道：「不過這江南的才子多，他們更喜歡吟詩作對。」

阿酒驚奇地看著謝承文。難怪他年紀輕輕，就能把謝家酒肆打理得那麼好，他這頭腦就是跟別人不一樣。

「夫君，你真了不起。」阿酒認真地說道。

謝承文被阿酒這突如其來的誇獎，弄得面紅耳赤，不好意思地說：「這裡頭也有雲飛的想法。」

不久後，在楊城的休閒酒莊開業，這一次根本不用他們特地去打廣告，就已經有不少顧客慕名而來。這些人大都是商人，他們天南地北地做著生意，當然也聽說過這間酒莊。

來過一次，那些人就迫不及待地想來第二次。這裡真是個談生意的好地方，不但隱秘又好玩，那氛圍實在讓人覺得太舒適了。

忙碌的日子總是過得飛快，轉眼迎來初冬，阿酒他們來江南也有兩個多月了。

休閒酒莊已在楊城開上兩家分店，這些天謝承文又忙著在蘇城找店面。

這一日，阿酒一早起來覺得有些想吐，等聞到早飯的香氣，便再也忍不住，猛地朝外面跑去，接著就是一陣嘔吐聲傳來。

書棋急得跟著跑出去，一手扶著阿酒，輕輕地為她拍著後背，著急地說道：「少夫人，您這是怎麼了？」

阿酒吐得說不出一句話，等到難受的勁頭過去後，她淚眼汪汪地站起身來，嘴裡還有一股因為嘔吐而發酸的味道。

書棋緊張地扶著阿酒回到屋裡，倒上一杯溫水遞給她，只覺得她的臉色有些蒼白。「少夫人，我這就去請大夫過來？還有哪裡不舒服嗎？」

阿酒漱完口，總算緩和過來，她對自己剛剛的反應覺得奇怪，明明她人好得很，怎麼聞到那些菜的味道就想吐呢？

「沒什麼大礙，想來是受了風寒。」阿酒感覺有些累，就讓書棋退下，自己則躺在床上歇息，很快地就睡了過去。

謝承文從外面回來，就聽說了阿酒的異樣，他一邊快速地朝房間走去，一邊著人去請大夫。

阿酒醒來時，已經是掌燈時分，一抬頭就見謝承文正含笑且溫柔地看著她，眼角的喜意想藏都藏不住，不禁好奇地問道：「你怎麼那麼高興？」

謝承文發現她醒來，見她想起身，忙上前扶著她坐起來。「妳有沒有感覺哪裡不舒服？要不要喝水？餓不餓？」

阿酒被他這一連串的問題給弄糊塗了。她不過是睡上一覺，他怎麼好像很緊張她似的？

「阿酒，咱們就要有自己的孩兒了。」看阿酒一臉的迷糊樣，謝承文抱著她，激動地說道。

「孩子？你跟誰有孩子了？」阿酒只覺得當頭被敲一棒，眼睛瞬間紅了。

謝承文先是一愣，然後忍不住大笑起來，這樣子的阿酒實在是太可愛了。

「你還笑，就知道欺負我，我要回娘家。」阿酒不知道為什麼，忽然覺得委屈，她特別的想念姜老二他們。

謝承文一見她的情緒不對，忙忍住笑。「阿酒，咱們的孩子當然是妳懷上的，難不成我還能生孩子？」

阿酒終於明白他的意思，她驚喜若狂地摸著自己的小腹，有些不敢相信這個事實。

「真的？」阿酒不確定地問道。

「真的。妳真是個糊塗的娘，連自己都有了孩子都不知道。」謝承文親暱地捏了捏她的鼻子，半是抱怨、半是取笑地說道。

阿酒覺得興奮極了，她好想跳起來大喊大叫。自從上次劉詩秀說了她，她就沒有再避孕，而是積極地準備懷孕，可惜一直沒有懷上孩子。每當癸水來，她總會懷疑是不是自己的身子真有問題，要不然怎麼懷不上孩子呢？沒想到這個月她已忘記這件事的時候，卻意外地懷孕了。

「我要當媽媽了？」阿酒自言自語地道。雖然她已經活了兩世，卻還是頭一次當媽媽，她心中有著驚喜、有著期盼，更多的是不安，她不知道自己能不能當一個好媽媽？

「妳說什麼？」謝承文剛好聽見她的話。

阿酒一下就驚醒過來，忙道：「咱們真有孩兒了！但對於生孩子這件事，我什麼都不懂，咱們還是趕緊回去吧。」

阿酒從沒有如此想念過劉詩秀他們，只有在他們身邊，她才能覺得安心。

「阿酒，妳聽我說，大夫說妳現在月分太小，要是坐馬車，怕對胎兒不利，最好等過了頭三個月再說。」謝承文溫柔的聲音安撫著她那不安的心，看著他深情的雙眸，阿酒終於慢慢地平靜下來。

「那大夫還說了別的嗎？」到底看過劉詩秀懷孕，阿酒也算有一點點經驗，知道謝承文說得有理，懷孕前三個月是最要小心的時候。

「大夫還說，咱們的孩兒很好，只要妳不做劇烈的動作、不吃太過刺激的食物，就沒太大問題。」謝承文一下一下地撫摸著她的小腹，動作很輕，像是怕驚動睡在裡面的寶寶。

阿酒想著要不要去問問大夫，看有哪些食物不能吃，她可不想因為自己的粗心，而失去這個得來不易的孩兒。

「我已經向大夫問清楚妳不能吃的食物，讓書棋去跟廚房說了。以後妳要去哪裡，都讓書棋跟著妳，外面的事都交給我。」謝承文體貼地說道。

阿酒覺得心暖暖的，為謝承文的細心而感動，沒想到這些事情他都已經安排下去了。

第七十九章

接下來的日子只能用雞飛狗跳來形容，不過阿酒懷孕倒不怎麼吐，只要她面前沒有魚湯之類腥味較重的食物。

可她的味覺卻出現很大的變化，明明剛剛還想吃酸的，可當酸的放在她面前，她卻又不願吃了，甚至連看都不想看到。

過一會兒，她又想吃甜的，還沒吃到的時候，那口水都要流出來了，可當做好的甜食放在她面前時，她吃上兩口，就又不想吃了。

書棋跟廚房的人，這些日子就沒閒過，不停地換著口味做吃食。

「今天又想吃什麼？要是廚娘做不出來，我去外頭幫妳買。」

謝承文對她是越發寵溺，有時阿酒都不知道他是不是因為她有孩子，才對她這麼好的？

「你是不是因為孩子，才對我百依百順的？」阿酒忍不住嘟起嘴問道。

謝承文哭笑不得地看著連自己孩子的醋都吃的阿酒，有些不知道該怎麼回答？

「阿酒，咱們來吃酸梅吧，這可是岳父聽說妳有了孩子，特地去姜五嬸家拿來的；還有這些桃脯，是從莊園那裡送過來的。」謝承文連忙拿出今天收到的東西，對阿酒說道。

聽到有桃脯，阿酒的口水又快要流下來，也就沒空去計較他有沒有回答。

謝承文鬆了口氣，抹著額上的汗。他這段時間心力交瘁，不知道為什麼懷孕會讓人變化如此大？等那小子生出來以後，他一定要好好揍一頓。

等三個月一過，謝承文就迫不及待地把馬車重新整理好，準備送阿酒回流水鎮，看回到家裡，阿酒的脾氣是不是能好一點？

馬車走走停停，經過半個月後，阿酒他們終於回到了流水鎮。

阿酒只覺得天也藍了、草也綠了、心情也好了，她不再像前些日子那般陰晴不定，就連飯量也變大了，她現在一天有時要吃上四、五頓。

日子過得飛快，阿酒的肚子也像吹氣一樣，一天比一天大，謝承文更是一天比一天緊張。

「阿酒，還得有多久孩子才會出生啊？」自胎兒有了第一次胎動後，謝承文每天一回來，就會把手就放在她的肚皮上面。

「還早著呢，這才剛過年，還要好幾個月吧。」阿酒幾乎每天都要回答這個問題。

「那妳的肚子怎麼就這麼大呢？」謝承文擔心地問道。

阿酒看過劉詩秀懷雙胞胎的樣子，覺得自己的肚子真心不大，可謝承文卻每天都在她耳邊念叨，害得她都不敢多吃東西了。

「你就不能換個話題？」阿酒有些生氣地說道。

謝承文馬上噤聲，連大氣都不敢喘一下，只是呆呆地看著阿酒。

隨著阿酒生產的日子進入倒數計時，劉詩秀乾脆住過來陪著阿酒。

謝承文白天還算正常，一到晚上他就緊張極了，只要阿酒有一點動靜，他馬上翻身跳起，有時連阿酒都會被他嚇到。

這天阿酒在院子裡散步，肚子卻一陣陣地痛了起來。

書棋見她臉色不對，忙讓人去請劉詩秀。

阿酒看到劉詩秀後，馬上緊緊地抓住她的手。「劉姨，怎麼辦？我好像要生了。」

劉詩秀之前的難產在阿酒心中造成很大的陰影，她這時的害怕已經達到最高點。

「不怕，阿酒，妳放輕鬆點，現在才剛開始疼，這代表孩子在裡面想出來了，妳一定要幫幫他。」劉詩秀的臉色有些發白，卻還是鎮定地安慰著阿酒。

又一陣疼痛湧上來，阿酒只覺得自己的骨頭好像快要裂開，正咯咯地響著。

謝承文一聽到阿酒要生的消息，撒腿就往內院跑去，當他看到阿酒疼得大汗淋漓的模樣，他的臉色瞬間變得慘白。

此時書棋已經把產閣裡的東西準備好，穩婆也被請了回來。

「你把阿酒抱去產閣。」劉詩秀對謝承文說道。

謝承文的腳有些發軟，費了好大的力氣才將阿酒抱起來。「阿酒，別怕，有我在。」

阿酒疼得有些無力，比疼痛讓人難以承受的，是她內心的害怕，她怕自己沒有力氣把孩子生下來。

「承文，我怕。」阿酒被謝承文放在床上，她看起來蒼白無力，滿頭大汗把她那一頭秀髮濕成一團。

謝承文雙腳不停地打顫，卻還是安慰著阿酒。「阿酒，咱們就只要這個孩子，以後再也不生了。阿酒，一定要記住妳說過的話，咱們一定會白頭偕老的。」他說著說著，眼角不禁泛起淚花。

阿酒看著眼前的人，漸漸地平靜下來。是啊，他們說好要一起走到老的，她怎麼能半途而廢呢？

「放心，我一定會生下咱們的孩子。」這個時候，阿酒不再害怕，也不再徬徨，她眼神堅定地看著謝承文，向他承諾道。

穩婆在阿酒身上一陣摸摸捏捏，然後回過頭對劉詩秀道：「快生了，去準備熱水吧。」劉詩秀馬上對謝承文道：「你先出去吧。」

謝承文拉著阿酒的手。「我要在這裡陪著阿酒。」

阿酒聽他這樣說，頓時覺得身上的疼痛減輕幾分。她知道這裡的人大多顧忌產房，就算是姜老二，在劉詩秀生孩子的時候，也只是在外面看著，並未踏進產房一步，可如今他卻為了她，願意打破這些規矩。

「你出去吧。」阿酒溫柔地看著他，輕聲道。

「讓我陪著妳，我想看著妳把孩子生下來。」雖然謝承文不停地在發抖，可他卻不願意出去。

阿酒看著他那緊張的模樣，怕她生孩子的時候，產房裡的人還要分神照顧他，忙道：「你出去，我不要你看到我醜陋的樣子。」

「我不嫌棄妳醜。」謝承文認真地道。

阿酒有種有理說不清的無力感，只得要脅道：「你再不出去，我就不生了。」

謝承文從阿酒眼中看出她的堅持，只得鬆開她的手。「那我先出去了，要是有事一定得叫我，我就在外面。」說完，他才一步三回頭地走了出去。

劉詩秀感到很欣慰，從方才的事就能看出來，謝承文是真的對阿酒好。

謝承文剛走出來，房門馬上就被關緊，阿酒覺得疼痛越來越密集，一陣下墜感湧了上來。

「等等，妳現在先不要用力。」穩婆摸了摸阿酒的肚子，又探了探下身說道。

阿酒卻總想用力，感覺她的孩子似乎迫不及待地想要出來，那疼痛的感覺越來越厲害，她害怕的情緒再度湧了上來。

謝承文蒼白著一張臉，站在窗邊一動也不動，就連阿釀跟姜老二過來了，他也視而不見。

「姊夫，我阿姊怎麼樣了？」阿釀擔心地問道。

謝承文搖搖頭，根本說不出話來。

而產閣裡頭，阿酒在穩婆的指導下，開始著力，她感覺到孩子的迫切，卻發現自己竟有些無力了。

「用力！對，就是這樣。用力！孩子就要出來了。」穩婆的聲音有些急切。

阿酒只覺得穩婆的聲音越來越飄渺，而她的身子也越來越輕，思緒有些模糊。直到疼痛感再次降臨，穩婆急促的聲音又在她耳邊響起。

她倏地咬緊牙，大吸一口氣，然後覺得有東西從她身下滑了出去。

「生了、生了！」先是聽到劉詩秀驚喜的叫聲，緊接著孩子響亮的哭聲傳遍整個房間，阿酒鬆了一口氣，無力地躺在床上。

「是個男娃兒，妳看看。」穩婆抱著包好的孩子，站在阿酒面前。

孩子臉黑黑的，緊閉著眼，有一頭濃密的頭髮，他的頭看起來長長的，有些醜。

「他怎麼這麼黑，以後可怎麼辦？」阿酒輕輕地撫摸著孩子的臉，覺得滿足，卻還是有些擔心，忍不住問道。

「放心吧，等過幾天就好了。」穩婆看多了這種情況，笑著回道。

阿酒鬆一口氣。她真怕自己生了一個包公，雖然都是她的孩子，還是希望能可愛些。

等穩婆幫阿酒整理乾淨，劉詩秀這才抱著孩子出去。

謝承文一見門被打開，他只看了一眼孩子，就鑽進房裡，連劉詩秀叫他都不理。

「你怎麼進來了？」阿酒看到謝承文，有些慌張地說，現在的她一定難看極了。

「阿酒，妳感覺怎麼樣？有沒有哪裡不舒服？」謝承文緊張地問道。

「沒有，挺好的。」自從把孩子生下來後，阿酒就覺得身子輕了不少，心情也跟著好起來。

在穩婆的勸說下，謝承文終於放心地走出產閣。

劉詩秀見他出來，便笑著把孩子塞到他面前。「看看，這就是你兒子。」

「怎麼這麼醜？」謝承文嫌棄地道，只是他輕輕撫摸孩子的手，卻出賣了他。

聽見他的話，眾人都哈哈大笑起來，似乎每個剛出生的孩子都會被這樣嫌棄。

孩子洗三，謝長初跟謝啟初都來了，謝長初拿出一個長命鎖給謝承文，說是他以前佩帶的，是謝家長孫的信物。

阿酒躺在床上，沒有出去，而劉詩秀抱著孩子出去轉了一圈，收了不少的禮物回來，姜老二還特地去打一個金項圈給孩子戴著。

「兒子取名為浩然，妳覺得如何？」這些日子以來，謝承文都不知道想了多少名字，最後終於選定其中一個。

阿酒默唸幾遍，浩然、浩然，還不錯，便點點頭，名字就這樣定了下來。

劉詩秀本來還想多留一個月，好好幫阿酒坐月子，可阿酒想著家裡還有阿醇和阿香在，怕姜老二顧不過來，就讓劉詩秀回去，有書棋照顧她就行了。

因家裡沒有長輩，阿酒又是頭一次當娘，很多事都只看別人做過，自己做起來卻是手忙腳亂的。

謝承文有時也會幫忙，可他不大敢抱孩子，就算抱也是抱得緊緊的，生怕他掉下去，因此孩子一到他懷裡就哇哇大哭，不肯讓他抱。

阿酒在一旁看得哭笑不得，不明白什麼事都一看就會的他，為什麼碰到孩子卻是這般笨手笨腳的？

就在阿酒他們學著當父母的日子裡，時間過得飛快，轉眼孩子已經一個月了。

阿釀跟姜老二這天一大早就來到流水鎮，他們是來看阿酒跟孩子的。

「阿姊，浩然的變化好大，長得真像我。」阿釀歡喜地道。

剛出月子，阿酒一早就痛快地洗了個澡，換上一套美美的衣裳。她發現自己的身材並沒有太大變化，只有胸部因為充滿奶水的緣故，變得豐滿了一些。

「孩子的變化當然大，他可是天天在長大呢。」浩然現在已經變得白白嫩嫩的，有著濃密的頭髮和端正的五官，阿酒只要看到他，就覺得自己要融化了，往往坐在他面前，她就能看上一整天。

姜老二歡喜地看著孩子，想抱一抱，可看一看自己的手，卻又縮了回去。

阿酒把孩子塞進姜老二的懷裡。「爹，阿釀說浩然像他，您看看像不像？」

「像，真像，不過他比阿釀還要好看。」姜老二笨拙地抱著孩子，生怕因為太用力而傷到孩子，他笑得嘴都要咧到耳朵後面去了。

第八十章

春去秋來，謝家的院子裡發生不少變化，多了很多屬於孩子的東西，甚至還有一架木製滑梯，每天都有一個兩歲多的孩子在那裡跑來跑去。

時間是善待阿酒的，她的容顏並沒有多少變化，若真要說變化，那就是她變得更加有韻味了。

阿酒的手中拿著一封信，是從京城送來的，阿曲第一次參加考試落榜後，去年又參加一次，高中了，只等今年殿試的結果。從字裡行間可以看得出來，他信心滿滿，想來成績應該不差。

「有什麼喜事嗎？」謝承文大步走過來，手中還抱著一個小娃娃。

「阿曲來信了，眼看殿試就要放榜，也不知道這次能不能考上？」阿酒說著，就要去接他手中的娃娃。

謝承文把身子一扭。「我來抱吧，妳還是多注意一些。」

阿酒被他一提醒，才想起自己又懷孕了。

這兩年多來，謝承文一直吃著從大夫那裡討來的避子藥，說是只要一個孩子就好，他實在被阿酒生孩子的情景給嚇壞了。

阿酒卻覺得一個孩子孤單，就偷偷把他的藥換了。謝承文知道後很生氣，甚至大半天沒理她，還是阿酒哄了半天，他才開心起來。

從那天開始，他根本不讓她抱孩子，而且什麼事都不讓她動手。

「若阿曲高中，咱們乾脆去京城看看，公主不是一直寫信來，要妳去她的公主府嗎？」謝承文提議道。

「成嗎？」阿酒指著自己的肚子問道。阿酒能想像得到京城的繁榮，能去看看當然不錯，但她還懷著身孕呢，要是被姜老二他們知道，肯定不會同意。

「當然成，咱們只是去看看阿曲就回來了。」謝承文想著那一封他暗中接到的信，他無論如何都得去京城一趟，只是把阿酒放在家裡或姜家，他又不放心，要是京城的事耽擱太久，說不定她生產時，他根本無法趕回來，因此決定說服阿酒跟自己一同去京城。

「那我先問問爹他們的意見。」阿酒想著，京城又不是一天就能到的，不禁有些遲疑。

謝浩然見爹、娘只顧著說話，也不理他，心中不悅，朝阿酒伸手叫道：「娘，抱。」

謝浩然說話已經很流利，可他就是不大願意開口，能多省一字是一字，小小的年紀就學著他爹在外頭的樣子，不苟言笑，總是一本正經的，所以見到他的人都喜歡捏捏他那圓圓的小臉蛋，想看看他是否會出現不一樣的表情？

「爹抱。」謝承文朝他說道：「你娘肚子裡有妹妹，你以後可要保護你娘跟妹妹。」

自打知道阿酒再次懷孕後，謝承文就堅持說她肚子裡的是女娃兒，而且一有機會就教浩然要保護好妹妹。

果然浩然聽他這樣一說，就不再要求阿酒抱自己，而是乖乖地待在謝承文懷裡，奶聲奶氣地說道：「保護妹妹。」

幾天以後，穿著紅服的衙役敲鑼打鼓地來到溪石村姜家，恭喜姜曲考中進士。

姜老二一接到黃色榜單，開心地直掉眼淚，劉詩秀也是激動萬分，不過她到底比姜老二冷靜一些，忙進房去拿出幾個荷包，塞給每個衙役，又說了一些道謝的話。

阿酒很快就接到阿曲高中的消息，她興奮得差點沒跳起來。

謝承文的臉上也充滿笑容。既然阿曲高中，以劉翔對阿曲的器重，想來前途不差，這對他們來說都是好事。

等阿酒他們來到姜家，家裡已經擠滿了人，每個人臉上都是笑意盈盈。這可是村裡的大事，更是姜氏一族的大事，村民們如何能不興奮。

「我和幾個族裡德高望重的長輩商量了一下，決定等阿曲一回來，就擺上流水席，宴請八方來客，大家一起熱鬧幾天。這次錢由村裡出，可不要你們拿錢出來。」村長興奮地道。

「這不成，還是咱們出吧。」姜老二激動地說道。

接著兩人一番你來我往的爭執，還有一些族人在旁邊勸解著，最後決定各出一半，誰也不用再爭下去。

直到天色已晚，擠在院子裡的眾人這才散去，只剩下姜家自己人。

姜老三和鐵柱看起來比姜老二還要激動，他們興奮地拉著姜老二和謝承文一起喝酒。

阿酒她們這些女人，也圍在一起嘰嘰喳喳地聊了起來。

「二嫂，等阿曲一回來，也該替他相看媳婦了，這眼看著他都這麼大了，沒娶個媳婦怎麼行呢？」張氏忽然說道。

「誰說不是呢？只是他的親事，我可不敢替他作主，還得問問他的意思。」劉詩秀擺擺手說道。

阿酒也有些頭疼。若要在這鄉下替阿曲找媳婦，她還真不願意，主要是鄉下女人很少有識字的，她不是嫌棄她們，而是覺得她們缺少見識，而阿曲是要當官的人，肯定不能找個畏首畏尾、見識淺薄的，那樣會給他帶來很多麻煩。

看來還真得去一趟京城，好問問公主有沒有適合的小娘子？不一定要娶那些高官、貴人家中的閨女，只要找個小官、小吏的閨女就行。

阿酒暗自下定決心，只等阿曲先回來祭祖，到時他們再一同去京城。

隔天林松跟宋氏就過來了，林松還在門口，那聲音早已傳進屋裡。「哈哈，我外甥還真像我，是個聰明的。」

阿酒他們在屋裡聽見，都笑了起來。林松一點也沒變，就算宋氏在旁邊念叨著他，他還是那樣不拘小節。

宋氏這兩年來日子過得順順當當，自從有了當官的兒子和知府家的媳婦後，她看起來更加端莊，比起那些官夫人來，可是一點也不差。

「阿酒，前幾天我收到妳二表哥的信，說是再過些日子就要回京。唉，他的親事可把我愁壞了。」宋氏拉著阿酒的手就抱怨起來。

林茂之去邊疆後，升官倒是很快，從百夫長、千夫長，如今已被升為校尉，聽謝承文說，那可是六品官，比林宥之還要多上一品。

不過這其中的艱辛可不是常人能理解的，林茂之當然只報喜不報憂，但劉翔還是會暗中給謝承文一些消息。聽說在去年，林茂之還受過一次重傷，因著沒有性命之憂，也就沒告訴林松他們。

阿酒想著，自己要進京替阿曲找媳婦，便勸宋氏跟她一起去。

宋氏覺得這個主意不錯，便也同意了，只等著到時候一起進京。

幾天後，阿曲騎著白馬、穿著紅色官服，回到了溪石村。這次他的成績不錯，是一甲探花，瓊花宴上可有不少小娘子朝他拋繡花。

阿酒看著面前風流倜儻的阿曲，眼淚控制不住地流下來，她想起自己剛來到這個世界的時候，沒想到那個面黃肌瘦的小男孩會有如此飛黃騰達的一天。

「阿姊。」阿曲激動地抱住阿酒。他知道，如果沒有阿姊，別說是考上進士，就連書都無法讀，他現在的一切，都是阿姊帶來的。

「阿曲，阿姊好高興。」阿酒撫摸著幾年不見的阿曲，心中感嘆他已經完全長大，再也不需要她了。

阿曲卻像個孩子似地把頭埋進她的懷裡，眼睛有些濕潤，聲音也哽咽著。

在京城，雖然有劉翔暗地裡護著他，可對他一介寒門學子來說，能遇到的困難可想而知，不過在這一刻，他覺得一切都是值得的。

阿曲回來的消息很快就傳遍全村，姜安國跟幾位族老都來到姜老二家，跟姜老二商量明天就開祠堂祭祖，接下來就擺三天的流水席。

阿曲欲言又止，他想制止，卻看到阿酒那不贊成的眼光。

「阿姊，妳怎麼都不阻止一下爹，這三天流水席也太過了些……」阿曲並不只是待在國子監死讀書，他也會跟同窗四處去遊學，看到不少貧窮的村莊，從那之後，他用錢從來都是能省則省，也希望有一天自己能夠幫上那些窮人的忙。

「你好不容易高中，爹和村民們都高興；再說這可不是你一個人的事，是全村的事。你以後要記住，這可是你的責任。」阿酒語重心長的說道。

阿酒低下頭想了想，然後抬起頭道：「阿姊，我知道了。」

溪石村的姜老二家出了個探花，並在村裡大擺流水席的事，馬上在十里八鄉傳開了。

等阿曲他們祭完祖出來，外頭的空地上已經站滿了人，而村裡的女人們正忙著把飯菜端上桌。

三天流水席，桌上的飯菜沒有斷過，而且菜色都是葷素搭配，飯也全是乾米飯，這對溪石村的人來說很正常，可對別村的村民來說，卻是難得可以吃到的，因此都是攜兒帶女的過來吃飯。

熱熱鬧鬧地過了三天，村裡終於又恢復平靜，而阿曲的假期也沒剩幾天，他已入翰林院，再過幾日就得去報到。

「爹，我打算跟阿曲去京城。」阿酒對還沈浸在喜悅中的姜老二說道。

「去京城？妳可是懷著身子呢！」姜老二一聽，忍不住皺起眉。

「孩子都坐穩了呢，再說承文也要去，還有舅媽也要一起進京。」阿酒耐心地解釋道：「爹，您看阿曲年紀也大了，總得找個媳婦吧。」

姜老二陷入沈思，知道阿酒說得有理，只是他到底還是不放心。「那讓妳劉姨也去，正好也可以去看看劉翔。」

阿酒點點頭。要是可以的話，其實她希望姜老二也能一起去，但家裡不能沒有人，畢竟這次阿釀也要去京城，他如今已經是秀才，阿曲想讓他去國子監，就算入不了國子監，在那裡請個有名的夫子在家學習，也比待在松靈府強。

最後劉詩秀也決定要一起去京城，卻沒有讓阿醇跟阿香跟去，畢竟路途遙遠，那裡還有許多未知等著他們。

因著他們一行人多，還有孕婦，肯定走得慢，而阿曲又要趕時間，因此阿酒就讓阿曲先去京城。

謝承文讓阿曲稍信給山子，要山子先在京城買個院子，等他們一行人去到京城後，也好有個落腳的地方。

現在京城的酒莊一直都是山子在管，而謝雲飛則是四處跑，到處開酒莊，謝承文答應阿酒的把酒莊開遍梁國，如今已實現一半。

自上次謝承文跟劉翔商定後，休閒酒莊固定拿出三成利潤給劉翔，餘下的事就不需要謝承文操心，連酒都是劉翔派士兵來接，這也是酒莊越開越多間，卻沒有出現問題的緣故。

自上馬車開始，阿酒大部分時間都在睡，她生完浩然後才買的丫鬟桃花一直很擔心，直到隨行的大夫一再保證阿酒這樣很正常，桃花才放下心來。

書棋這次沒有跟著上京，她已經跟平兒成親，並懷上身孕，很快就要生了，阿酒可不敢再讓她承受這車馬奔波，再說謝家也需要有一個人守著，書棋現在可是內院的管事呢。

車隊很快就來到城門口，而山子早已站在那裡等著，一見他們到了，忙帶著他們回到剛買下的院子。

「京城的房子貴，城中的更貴，我一時之間也找不到大院子，就在外城找了一處地方，要是您不滿意，我再去找找。」山子指著前面的院子說道。

阿酒在謝承文跟桃花的攙扶下，走下馬車。只見眼前是個三進的院子，青磚黛瓦，高牆上爬滿綠色的藤蔓，正門是紅漆大門，門前立著兩隻威武的石獅，看起來相當宏偉。光看外頭，阿酒對這院子就很滿意。

「進去看看吧。」謝承文抬頭看一眼後，什麼也沒說，只是扶著阿酒進去。

一打開門，迎面而來的是一些常青樹，還有一座小小的假山，假山上面有一股流水自上往下流淌著，旁邊還有幾個花壇，種滿各色花草，而正院看起來十分莊嚴，布局大氣，走進屋裡，裡頭的佈置古色古香，讓阿酒一下就喜歡上了。

「不錯，這房子挺好。」連阿酒都讚嘆有加，更不要說劉詩秀和宋氏，她們哪裡見過這麼漂亮的屋子。

謝承文一開始還覺得這個院子所在的地點太過偏僻，可一看屋裡裡的格局，他的表情不禁放鬆一些，再看到阿酒滿意的樣子，他本來只有五分的滿意，也變成了十分。

山子一直都在注意著謝承文的神情，心裡忐忑不安，此時見他有些緊繃的臉終於放鬆開來，忙說道：「聽說這個院子原本是一位大官所有，不過後來那大官的後人沒出息，就把這屋子給賣了。」

阿酒一行人又到內院去看了看，內院裡亭臺樓閣錯落有致，連迴廊都獨具一格，甚是美侖美奐，別具匠心。

因眾人坐了好久的車馬，都有些疲累，而山子已經叫人打掃過屋子，阿酒他們便直接去休息了。

山子做事很周全，就連下人都買好了，不過幾天的時間，就把這些事都處理好，能力還真是不錯。

謝承文讓阿酒先休息，就跟著山子去了書房。阿酒躺在舒服的床上，她知道肯定是酒莊有什麼事，不過她現在不願去操心，反正謝承文也不想她為這些事而煩惱。

一覺醒來，阿酒頓時覺得精力充沛，心情格外舒暢。

桃花為阿酒梳洗完後，說道：「少夫人，京城不比咱們那小鎮，穿著是不是得改改？」

阿酒平時在家特別喜歡穿細棉布衣裳，既舒服又沒那麼麻煩，可如今畢竟不是在鄉下，確實要多注意一些，就朝桃花點點頭。「行，妳挑件柔軟且素雅些的就行。」

阿酒的衣裳不少，劉詩秀一有時間就給她做，公主又總是給她送來那些珍貴的布料。

「少夫人，這件怎麼樣？」阿酒朝桃花的手上看過去，只見桃花拿了一件綢緞外衣，而這綢緞是新出的花樣，顏色由濃至淡，做成衣裳後層次分明，走起路來特別好看，就像身上有一層層水波蕩漾著。

「就這件吧。」阿酒笑著說道。

等她打扮妥當，剛走出房門，就見劉詩秀、宋氏她們都已經聚在院子裡。

「少夫人，外面有個自稱是公主府的嬤嬤前來拜訪。」門房是山子挑的，是個三十多歲的中年人，看起來忠厚老實。謝承文跟阿酒偷偷說過，那其實是劉翔暗地裡送來的。

阿酒忙讓門房去請那嬤嬤進來，那嬤嬤很快地就被領到阿酒她們面前。

劉詩秀激動地看著那嬤嬤，想問問劉翔的消息，卻不知道該從何問起？

阿酒忙朝那嬤嬤問道：「公主讓妳過來，有順道帶什麼話嗎？」

花嬤嬤一進屋，就打量起屋裡的人。她知道這些都是駙馬的家人，從鄉下來的，本來她十分不以為意，態度也有些隨意，沒想到仔細一看，卻發現這些人與她想像中的很不一樣，她們的衣著可不是一般人穿得起的。特別是那位年輕夫人身上的綢緞，這種布料很珍貴，就連公主一年也得不到幾疋。

眼前的夫人卻一整套衣裳都是用這種布料裁製的，還當常服在穿，這讓她如何不心驚？

花嬤嬤畢竟是有見識的，心裡驚濤駭浪，面上卻滴水不露，她朝她們行了一禮，恭敬地說道：「公主請眾位夫人，去公主府小住一段時日。」

阿酒沒想到，公主居然這麼快就邀她們過去，想來肯定是在劉翔那裡得到消息。阿酒特意朝劉詩秀看了一眼，只見劉詩秀的眼睛裡滿是急切。

「煩嬤嬤回去轉告公主，咱們明天就過去拜訪。」阿酒柔聲地道。

花嬤嬤得到回信後，就要回去，阿酒忙使了個眼色給桃花，桃花是個機靈的，很快就明白阿酒的意思。

等桃花送花嬤嬤出去，劉詩秀總算是開口說話了。「咱們明天真要去公主府？要是失禮了可怎麼辦？」

宋氏忙道：「明天我就不去了，妳們去吧。」公主府中的講究可多了，自己還是別去丟人現眼。

阿酒有些頭痛。她雖然不怕去公主府，但是卻對那些禮儀一竅不通，這裡可不是溪石村，做什麼事都可以隨意自在。

「沒關係，公主既然讓咱們過去，肯定也想過這個問題，等咱們明天到公主府再說吧，一切順其自然。」阿酒安慰著劉詩秀。

劉詩秀還是有些擔心，可她又想去找劉翔，幾年不見了，她確實想念他想念得緊。

阿酒豁出去道：「劉姨，您就當是去一般的親戚家，到了公主府不要隨意張望，也別亂說話就行。」

劉詩秀見阿酒一臉輕鬆的樣子，心裡總算平靜了些。「那咱們明天要穿什麼衣裳？妳們快去幫我挑一件。」說完，她就拉著阿酒和宋氏來到房裡。

「這套不錯，看起來溫婉端莊，就這套吧。」宋氏笑著說道。

那是一套翡翠色雲綾錦做成的衣裙，上頭還繡有淡雅精緻的碎花，確實不錯，阿酒也點頭贊成。

挑好衣裙，她們又開始挑首飾。公主這些年給阿酒送來不少珍貴的首飾，阿酒也是一得空就喜歡畫一些首飾的圖樣，然後拿去打製出來，劉詩秀的首飾自然也不少。

「首飾就戴這一套吧，剛好與那衣裳上的花朵相映。」宋氏的眼光十分不錯。

那是阿酒畫的一套風鈴花首飾，上面鑲著幾顆藍寶石，在劉詩秀這個年齡戴剛剛好，顯得貴氣又大方。

第八十一章

第二天一大早，阿酒就爬起來，讓桃花為她梳妝打扮。因為懷孕，她的臉色不是很好，桃花就替她抹了一些自製的胭脂，看起來馬上紅潤許多。

今天阿酒穿了一條素羅紗的衣裙，上面只用一些銀線繡了祥雲，阿酒穿上以後，看起來清麗脫俗，偏偏舉手投足之間又透著一些豔麗與嬌媚，兩相矛盾的氣質卻在她身上完美地融合在一起。

桃花不禁有些看呆了，她一直知道少夫人好看，卻沒想到少夫人認真打扮起來，竟如此動人。

「少夫人，您真好看。」桃花不禁說道。

阿酒笑了笑，她這一身衣裳確實不錯，果然人要衣裝啊。

裝扮完後，劉詩秀帶著書琴，而阿酒帶著桃花，一行人坐上馬車。

劉詩秀一上馬車，就緊緊地抓住阿酒的手。

「劉姨，您別緊張，您不是見過公主嗎，有什麼好怕的？」其實阿酒也有些緊張，畢竟這皇家可不比尋常人家，握著生殺大權。

「聽妳的。」劉詩秀雖然竭力想讓自己平靜下來，卻發現有些困難。

他們現在的院子離公主府距離倒不是挺遠，大約兩刻鐘就到了，等馬車一停，劉詩秀就扶著阿酒一起走下馬車，此時她的手心已全是汗。
今天趕車的車夫是謝承文安排的，等阿酒她們一下車，他便上前去敲開公主府的門。
「兩位夫人請。」花嬤嬤早已等在門口，一見劉詩秀她們到了，立即迎上前來。
阿酒讓劉詩秀走在前面，並叫書琴扶著劉詩秀，怕會出什麼意外，而她則跟在後面，兩人一前一後地走入公主府。
剛一進門，就見兩座軟轎等在那裡，花嬤嬤說道：「請兩位夫人上軟轎。」
劉詩秀想拒絕，卻見阿酒朝她搖搖頭，只得順從地坐上去，阿酒則坐上另一座軟轎。
公主府真的很大，亭臺樓閣，無一不精緻，院子的一草一木都很講究，就連阿酒也不禁咋舌。
軟轎在一座亭臺前停下來，幾個丫鬟立即走過來攙扶著劉詩秀跟阿酒。
花嬤嬤笑著說道：「公主就在前面，兩位夫人請。」
她們走過迴廊，只見前方的亭臺中間坐著一個雍容華貴的女子，那女子一見到劉詩秀跟阿酒，忙站起身迎了過來。
劉詩秀跟阿酒不由得加快腳步。兩人一到亭子，劉詩秀就要朝公主行大禮，而阿酒心裡雖不願意，卻也作勢要跪下去。
兩人馬上被身邊的丫鬟扶住，只聽公主溫和地道：「都是自家人，快快請坐。」
阿酒順勢站起來，而劉詩秀一見到公主那熟悉的笑容，心中頓時輕鬆不少，她笑著拉起公主的手，一同坐下。

「阿酒，你們既然都進京了，怎麼不直接過來？還非得要我讓人去請！」公主跟劉詩秀閒聊幾句後，就揮退下人，轉過頭朝阿酒抱怨道。

「舅媽，我可是為您著想，咱們一行那麼多人，若全進到這公主府之中，那不是會吵到您休息嗎？」阿酒見沒有外人，而公主的態度跟之前一樣隨和，也就放鬆下來，順著公主的話開起了玩笑。

「我這公主府那麼大，還怕你們那一點人？我知道妳就是怕這府裡規矩多，又怕我強壓著你們住進來，乾脆就先弄個院子好堵住我的嘴吧。」公主一副了然於心的樣子。

雖然阿酒確實是這樣想的，可這話就不好接了，幸而公主並沒有在這個小問題上糾結，她很快就跟劉詩秀聊起別的。

「二姊、阿酒，妳們來了。」不一會兒，只見劉翔走了過來。比起幾年前，劉翔的氣勢更甚，也更加成熟，只是一看到劉詩秀，他還是免不了激動。

「阿翔。」劉詩秀激動地站起來，一把拉住他的手，上下打量著他。

「二姊，你們一家子都還好吧？」劉翔拉著劉詩秀坐在公主對面，柔聲地問道。

劉詩秀眼睛裡閃著淚花，一個勁兒地點頭，公主有意讓他們姊弟倆單獨聊聊，就拉著阿酒走出亭子，朝花園而去。

「妳送來的那些桃脯和酸梅真好吃，我還送了一些去宮中，母妃她們可愛吃呢，就連皇后都經常問起。」公主親暱地道。

阿酒沒想到公主居然會把桃脯送去給宮中的娘娘們享用，幸好娘娘們都很喜歡。

她們又聊了好一會兒，等她們再次回到亭子裡，劉翔跟劉詩秀的情緒都已平靜下來。

劉翔又叮囑劉詩秀幾句就離開了，阿酒見天色不早，就對公主道：「舅媽，我有些事想麻煩您。」

公主看著阿酒，示意她接著說。

阿酒直言道：「咱們剛來京城，可能還得住上一段日子，想麻煩您幫忙找個嬤嬤，教咱們一些規矩，順道告訴咱們這京城的達官貴人是否有些什麼忌諱？另外，咱們這次來京城，主要是為了阿曲跟我二表哥的婚事而來，不知公主是否能幫忙介紹一些小娘子？」她其實覺得麻煩公主這些事並不大妥當，可自己在這京城人生地不熟的，還是得靠熟人幫忙。

「這兩件事都不難辦。這樣吧，花嬤嬤妳們都見過了，她是我從宮中帶出來的，對一切禮節都很熟悉，就讓她去妳們那裡住一段日子。至於找小娘子這件事就交給我吧，等過些日子我再通知妳們。」公主連眉頭都不皺一下，馬上應承下來，阿酒這才真正安心。

見事情都解決了，阿酒跟劉詩秀起身告辭，公主倒沒有挽留她們，只是對她們說道：「等過幾天，我再去找妳們。」

劉詩秀跟阿酒並沒有把這話放在心裡，以為公主不過是說一說客套話，沒想到公主卻真的來了。

這天阿酒她們正坐在院子裡，聽花嬤嬤講著見官夫人的禮儀，宋氏跟劉詩秀兩人聽得特別專心，畢竟他們兩人的兒子如今都有官職在身，以後見那些官夫人的機會也多，自然要認真記住。

「少夫人，公主的馬車就停在外頭。」一個丫鬟慌張地跑過來道。

阿酒她們一聽，忙站起來，準備去迎接公主。

花嬤嬤對公主很是瞭解，就對阿酒說道：「少夫人您去相迎就可以了，姜夫人跟林夫人請先去正堂等待。」

阿酒來到門外後，只見公主在丫鬟的攙扶下，走下馬車。公主今日的穿著很普通，並未穿公主服，配戴的首飾也很一般，阿酒不由得在心中佩服起花嬤嬤，她還真是把公主的心思摸得透澈。

「還是你們這裡自在，我最懷念的就是當年在莊園度過的那段日子。」公主感嘆地道。

「只要舅媽願意，隨時歡迎您去莊園玩。」阿酒笑著回道。

「我倒是想啊，可如今妳舅舅忙，我可不能到處亂跑。也不知道他都在忙些什麼，一天到晚不見人影。」公主有些不滿地抱怨。

這話阿酒可不敢接，只得笑著說道：「舅媽怎麼過來了？」

「我在府裡閒得慌，連個說話的人都沒有，這不就想過來看看嘛。」公主還是那樣任性，卻不讓人討厭。「這院子不錯，不大，不像公主府那麼大，顯得空蕩蕩的。」

阿曲已經去翰林院報到，他現在是翰林院編修，主要工作就是告敕的起草和史書纂修。那些老官員有些排擠他這個新人，因此他的工作量很大，每天幾乎都要翻遍翰林院的藏書，根本沒有時間休息，直到大半個月後，眾人見他勤奮，為人大方且正直，這才慢慢地接納他，阿曲的工作也就沒那麼多了。

「你總算是露面了，咱們差點要去翰林院找人。」阿酒見阿曲終於回來，忍不住說道。

「阿姊，我累。」阿曲靠著阿酒坐下，委屈地撒著嬌。

阿酒見他果然是一臉疲憊，她滿肚子的怒氣一下子就散了，眼裡全是心疼。「很累嗎？聽說翰林院比較輕鬆啊。」

阿酒對京城的這些官職一知半解，只是偶爾聽公主提起，說翰林院的事務不多，比較清閒，按前世的解釋，就是個儲備人才的地方，相當於實習生。

實習生能做些什麼事？主要就是學習呀！阿曲怎麼會累成這樣？

「是輕鬆，但一個人要做十幾個人的事，妳說輕不輕鬆？」阿曲無力道。

阿酒馬上明白是怎麼一回事，她冷冷地道：「你覺得累了，所以不想幹了？」

阿曲見她的臉色變了，忙坐正道：「阿姊，妳放心，這點苦我還受得了，我只是想跟阿姊說說話。」

阿酒的心一下子就軟了，她柔聲對阿曲道：「不管做什麼，你一定要記住，只有付出才有回報。你想想，你如今都是坐在屋子裡做事，不過翻翻書本、動動筆罷了，可那些種田的人呢？他們可是每日頂著烈日，揮動著鋤頭，一年下來卻還是難以溫飽。」

阿曲低下頭，深思一會兒，才抬起頭對阿酒道：「阿姊，妳的話我記住了。」

想來阿曲已經明白她的意思，阿酒便換了個話題，她笑著說道：「這次劉姨進京來，是想替你找個媳婦，你對媳婦有什麼要求沒有？」

阿曲的臉瞬間紅了起來，不知道該怎麼開口？

謝承文進京這些天，一直都早出晚歸的，阿酒問他在忙什麼，他老是對她說酒莊有些事要處理，讓她不用擔心。

阿酒見他臉上有倦意，卻沒有為難之色，也就不再追問。

她懷這一胎沒有別的症狀，就是特別想睡，每次等謝承文回來，還聊不上幾句，她就睡著了，而等她早上一起來，他人又走了，她想幫忙也幫不上，還不如不操那個心。

自從上次阿酒跟公主說，要拜託她幫忙給阿曲和林茂之找媳婦後，隔沒幾天，公主就讓人送來一些畫像，說是讓她們好好看看，等選好後，她會再找個機會把那些小娘子聚在一塊兒，讓她們當面看看那些小娘子。

這兩天宋氏跟劉詩秀一直在挑選著，挑來挑去卻不知道哪個適合，就把希望全放在阿酒身上。

「阿曲的媳婦我倒還能出一點主意，但二表哥的媳婦，還是等他回來，先問問他的意見再說吧。」阿酒已經問過阿曲的意見，心裡也有了底，而林茂之是個自我意識強的，要不然也不會堅持去學武，因此還是先問過他的意見再決定比較好。

宋氏想著那個讓她頭痛的兒子，認同地道：「這樣吧，咱們先挑挑，儘量挑一些武官之女，等他回來以後，我會問一問他的意見再下定論。」畢竟是她的兒子，她對他的喜好還是能猜個八九不離十。

阿曲只是寒門學子，雖然背後有公主府，可畢竟他的出身不高這是事實，那些大戶人家肯定看不起他。再加上阿酒也不願意他娶一個高門中的小娘子，那可能會一輩子都抬不起頭來，所以阿酒都是在五、六品之間的官史中挑選。阿曲年紀輕輕就已經是編修，前途無可限量，想來那些官員很是樂意結這樣一門親事。

林宥之進京述職，帶著媳婦梅氏及女兒林靈玉一起過來，宋氏見到他們以後激動不已，抱著林靈玉笑個不停。

謝浩然一見有個跟他差不多的女娃娃，馬上從丫鬟手上掙扎著下來，跑到林靈玉的面前。「娘，這個妹妹好玩，我能跟她玩嗎？」

一屋子的人全被他的童言童語給逗笑，阿酒只得無奈地說：「那是姊姊，你們當然可以一起玩。」

林靈玉也好奇地看著謝浩然，覺得他那圓圓的大頭挺有趣，便說道：「阿奶，弟弟的頭怎麼這麼大？」

一屋子的人不禁大笑出聲，只有謝浩然嘟著嘴站在原地，他突然覺得這個小姊姊一點也不可愛，剛見面就揭他短處，他最討厭別人說他頭大了。

而林茂之則是比預計的還晚上幾天才回京，阿酒一見到林茂之，不禁愣住。幾年沒見，他的變化最大，變得更高、更壯了，阿酒想跟他說話還得抬起頭，他還留著一臉的鬍鬚，看起來比林宥之還要老上幾歲，再加上他說話聲音大，身上又帶著若隱似無的殺氣，無端給人一種壓迫感。

林靈玉一見到林茂之，竟被嚇哭了。

宋氏馬上不滿地看著林茂之。「你就不能打理一下自己嗎？都把我的寶貝給嚇哭了。」

林茂之咋舌。他在軍營每天都跟一群漢子混在一起，誰會注意這些？如今好不容易見到親人，居然還被嫌棄，他才覺得委屈呢。

阿酒好不容易從震驚中回過神，見他一個大男人委屈地噘起嘴，實在是太萌了，她忍不住哈哈大笑起來。

林茂之的假期只有三天，因此隔天宋氏就迫不及待地把他叫到房裡，而阿酒也在。「你年紀也不小了，想娶個什麼樣的媳婦？」

林茂之那麼大個人，一聽到這種事，頓時彆扭起來，他摸摸頭道：「娘拿主意就好。」

「是你要娶媳婦，又不是我，別到時替你娶回來，你又不喜歡。」宋氏嚴肅地說。

林茂之想了想，才道：「最好是聽話的。」

阿酒在一旁聽見，有些無語。他這是挑媳婦還是挑女兒啊？

宋氏也是一臉黑線地看著林茂之，想來他在這方面，根本尚未開竅。「那我就先幫你挑一個，到時你再看看。等娶回來以後，可要好好對待人家。」

「成，都聽娘的。」林茂之覺得，只要不是不讓他去軍營，啥事都好商量。

最後劉詩秀跟宋氏左挑右選，選了兩家適合的，她們正準備找人去探探消息，沒想到竟有人主動上門想要與林茂之結親，那就是與他有過一面之緣的李長風的妹妹，而阿曲也被她的閨密看中，阿曲和林茂之的親事也就這樣定了下來。

過沒幾天，林宥之的任命終於下來，又是外放，不過這次卻升了官，要去楊城做知州。

「這楊城太遠，玲兒妳就別跟去了。」宋氏為林宥之得到皇上的重用感到高興，卻又對即將到來的離別而傷感。

「好的，娘。」梅氏知道林宥之要去楊城時，就已經做好不能跟去的心理準備。

宋氏很高興梅氏的懂事，卻也更加心疼她。

第八十二章

親事一定，劉詩秀怕姜老二搞不定阿醇跟阿香，便急著回家去；而阿酒因為謝承文還在忙著別的事，她得繼續在京城待上一段日子，宋氏便決定留下來陪她。

自進京以來，謝承文就一直忙碌著，難得他今天沒有出門，阿酒開心地問道：「事情忙完了？酒莊到底出了什麼事？」

「忙完了，沒出什麼事，只是我又多開了一家酒莊。」外面的事，謝承文不想讓阿酒操心，特別是她如今懷著身子，他當然不會跟她說實話。

阿酒雖然有些不相信，可她自從懷孕後，就覺得腦子有些不夠用，因此也不再糾結。

「新酒莊的生意怎麼樣？」

「挺不錯的，妳放心吧。」謝承文見阿酒臉上又有了睏意，忙扶著她朝屋裡走去。

「既然劉姨回去了，這內院的事就都交給桃花吧。」謝承文為阿酒脫掉外紗衣。「外面的事就由我來處理，妳安心養胎。」

阿酒一沾到床，馬上就睡了過去，連他後面的話都沒聽見。

謝承文坐在床沿，溫柔地看著她，他輕輕地吻了吻她的額頭，才悄悄離開房間。

這一日阿酒正在跟浩然講著故事，哄他睡覺，謝承文忽然急急地走進來。「阿酒，我得去津城一趟，我走後，妳記得千萬不要讓任何人進來。」

阿酒有些不明白他不過是去一趟津城，為什麼會那麼緊張？不過她不想讓他擔心，忙點點頭。

「對了，妳派人去通知舅媽，讓她這幾日能不出去就別出去，一切等我回來再說。」謝承文又說道。

阿酒覺得有些不對勁，可謝承文明顯不願多說，她只得回道：「嗯，我會跟舅媽說一聲的。」

謝承文急匆匆地離開後，阿酒趕緊找來阿曲，想問問他京城最近是不是發生什麼大事？阿曲沈思了一會兒，道：「阿姊，妳別多想，姊夫既然這樣安排，自然有他的道理，妳聽姊夫的話就行。」

不久後，京城也不知道發生了什麼事，城裡大大小小的巷子，出現很多士兵，不停地巡邏著。

而謝承文自離京後，就直接來到津城，謝雲飛早就在津城等著了，而跟謝雲飛一起來的，還有另外一個人，謝承文一見到那個人，馬上行了一禮。

「找到適合的地方沒有？」謝承文看向謝雲飛。

「已經找到了，可這位兄台說要等您過來後，再作定奪。」謝雲飛有些不滿地道。以前這些事都是由他處理的，本來他看中的那個院子再好不過，可謝承文卻寫信過來讓他聽命於那個人，偏偏那個人似乎不喜歡那處院子，他無奈至極，只得等謝承文來了再作決定。

謝承文一聽就知道裡面有文章，便示意謝雲飛先出去。

「出什麼事了？」謝承文緊張地問。

「那個地方，離那裡太近了。」那個人神情凝重地說道。

謝承文一聽就知道問題出在哪裡，卻還是有些疑惑，不禁問道：「近一點不是更好？更容易打探消息。」

「行動的時候怕會出事。」那個人直言道。

謝承文不再猶豫，立即道：「我知道了，我會讓謝雲飛另選一個地方，還需要我做些什麼嗎？」

「在新的酒莊還沒開之前，你儘量多去別的酒莊坐坐，打聽一些消息。」那個人叮囑他。

謝承文點點頭，對自己接下來要怎麼做心知肚明。交代完事情後，那個人就離開了。

「少爺，那地方真的很適合開酒莊，院子夠大，而且裡面的景色也美，咱們都不用再重新整頓了。」謝雲飛一見那個人離開，馬上進來說道。

「別說了，那地方不行，你重新再找一個地方吧。」謝承文無法向謝雲飛解釋，只是吩咐道。

謝雲飛雖然不明白他為什麼要這麼做，卻沒再說話，轉身出去找院子了。

當謝雲飛又找到一處適合的地方時，謝承文把新酒莊的一切都交給謝雲飛處理，而他卻照樣早出晚歸，不知道在忙些什麼？

阿酒發現謝承文已經出去快要二十天，音訊全無，她忍不住向阿曲抱怨起來。「你說他一出門就這麼久，也不託人捎個信回來，真讓人擔心。」

阿曲心中雖然有不少猜測，卻還是安慰道：「阿姊，姊夫肯定是被什麼事給纏住，等忙完就會回來的。」

阿酒雖然心裡明白，卻還是覺得委屈，尤其是在晚上因為抽筋而睡不著的時候，她特別希望謝承文可以陪在她身邊。

而就在京城的人們以為有大動蕩的時候，街頭巷尾的士兵不見了，京城再度恢復平日的繁華。

只有眼尖的人才會發現，二皇子府出現了變化。從前二皇子府乃不少人爭相求見的地方，如今卻是門可羅雀，那大門整日緊閉，很少打開。

離生產的日期越來越近，阿酒對謝承文的思念就越來越重，她每天無數次地看著那院門口，希望能從那裡看到熟悉的身影。

「少夫人，咱們回去吧，天色已晚，等少爺忙完就會回來的。」桃花最瞭解阿酒，心裡不由得對謝承文有些怨言，可在沒見到少爺之前，還是得好好勸著夫人。

阿酒收回視線，無精打采地說：「走吧。」她的語氣中有著濃厚的失望。

桃花忙拿起一旁的披風為阿酒披好，這才扶著她慢慢地朝屋裡走去。

忽然間，她們身後響起一陣急促的腳步聲。

阿酒似乎有所感應，她回頭轉身，看著那越走越近的身影，她不禁笑了開來。

「阿酒。」謝承文一走近她，馬上一把將她抱在懷裡。

「你回來了。」阿酒緊緊地摟著謝承文，就怕一鬆手，他又不見了。

「我回來晚了，對不起。」謝承文的下巴不停地在她臉頰邊來回磨蹭著，那溫暖的身子提醒著他，自己終於見到她本人，再也不是在夢中和她相見。

「少爺、少夫人，外面有些涼，快進屋吧。」桃花見他們抱了好一會兒，她擔心阿酒站得太累，再說晚上確實有些涼，要是得了風寒可不好。

阿酒忙推開謝承文，臉紅紅的，她都忘記自己是在院子裡，下人們都看著呢。

謝承文呆呆地看著阿酒。成親這麼多年，阿酒還是改不掉那臉紅的習慣，真是可愛。

他陪著阿酒進房後，還親自為阿酒沐浴，這才扶著她上床。「阿酒，辛苦妳了。」

阿酒方才來不及好好看他，這時才發現他的頭髮有些凌亂，整個人看起來也削瘦許多，兩眼周圍有些浮腫，以及黑黑的一圈，一看就是長期沒睡好所造成的。

「你快去洗漱，咱們早些睡吧。」阿酒心疼地說。

很快地，謝承文就從浴室走了出來，他坐在阿酒身邊，將她擁在懷裡，兩人都沒說話，靜靜地享受著這難得的溫情。

「睡吧。」過了半晌，阿酒輕聲說道，卻一直沒有聽到回音。她抬著一看，謝承文竟靠在她身上睡著了。

看著他那深陷的眼下，阿酒眼睛一熱。他這次出去，一定吃了不少苦吧，要不然怎麼會把自己弄成這個樣子。

阿酒拿起被子，小心地蓋在謝承文身上，然後慢慢地伸手撫上他的眉頭。

謝承文只覺得一覺醒來，特別輕鬆自在，他許久沒睡過這樣的好覺了。一睜開眼，他就看到阿酒甜美的睡臉。

他凝視著眼前讓他日思夜想的面容，從她手中傳來的溫暖，提醒著這一切都是真實的，不是在作夢。

過了半晌，阿酒睜開眼，卻一下子就閉上了，忽地又睜開，迷糊地看著他，嘟著小嘴說道：「難道又作夢了？怎麼看到承文了……」

謝承文再也忍不住地哈哈大笑起來。沒想到阿酒還是一如既往，總在剛起床時犯迷糊。

「不對，你是真的回來了！」阿酒把眼睛睜得大大地說。

「傻丫頭。」謝承文愛憐地摸著她的頭，心裡有些難受，都怪他這次出去太久。

阿酒正想問問他事情辦得怎麼樣，浩然卻大呼小叫地跑了進來。「娘、娘，聽說爹回來了，爹呢？」

謝浩然就像一頭牛一樣，根本剎不住，直衝進謝承文的懷裡，阿酒看著他咧開了嘴。想想都疼，這小子真是。

「爹，您真的回來了！」謝浩然開心地大叫著。

「浩然，怎麼大呼小叫的？」阿酒冷著臉，看向謝浩然。

謝浩然緊緊地抱住謝承文，根本不管阿酒的黑臉。

謝承文跟兒子這麼久不見，當然也是想念得緊，他朝阿酒搖搖頭，就又跟兒子有說有笑起來。

阿酒無奈，知道浩然確實是想爹了，也就不再理這父子倆。

她自個兒起了床，讓桃花服侍好，就走出房間。

「娘呢？娘怎麼不見了？」等兩人聊得差不多，謝浩然這才發現阿酒不見了，他馬上大聲地叫起來。

「你娘去外頭了。走吧，咱們去找她。」謝承文對兒子的後知後覺，有些無奈。

阿酒已經吃完早點，坐在院子裡曬太陽，見謝承文牽著謝浩然的手走過來，她的嘴角不禁翹了起來。

「阿姊、姊夫。」阿曲一進院子，就瞧見阿酒他們一家三口在那裡有說有笑的，和樂融融。

「阿曲，你現在怎麼樣了？」謝承文刻意問道。

「挺好的。姊夫，你去津城都順利吧？」阿曲意有所指。

謝承文看了阿酒一眼，然後才回道：「很順利，我在那裡又開了兩家酒莊，只等著挑日子開張。有雲飛在那裡，想來不會有問題。」

阿酒自謝承文回來後，整個人都變得輕鬆多了。她坐在暖暖的太陽底下，聽著謝承文跟阿曲的對話，慢慢地閉上眼。

作。

「噓。」謝承文的視線一直都沒有離開阿酒，見她閉上眼睛，忙對阿曲做出噤聲的動作。

他小心地拿過身邊的披風，蓋在阿酒身上，讓桃花照顧好她，便拉著浩然的手，跟阿曲悄悄地來到書房。

謝浩然見爹只顧著跟舅舅說話，又知道爹不會再離開，就不想在書房裡待著，往外面跑去了，而他身邊的小廝連忙跟了上去。

「姊夫，你去津城真的只是為了做生意？」阿曲見只有他們兩人在，就把心中的疑惑說了出來。

謝承文張大了嘴，驚訝於他的敏感，不過倒是沒打算隱瞞他。

「其實，我這次之所以會進京，是因為接到劉將軍的消息。後來劉將軍又讓我去津城見一個神秘人，我還接下一些特殊的任務。」謝承文說得隱晦，阿曲卻聽得心驚膽戰。

「你的意思是……」阿曲小心地問道。

「有人看中咱們的酒莊，畢竟裡頭出入的都是一些高官和富商。」和聰明人談話，只要稍微點一下，想來就能馬上理解其中的意思。

阿曲終於解開心中迷團，卻不禁擔心起來。「很危險吧？」

「倒是不會，他們不過是想藉著在津城新開的酒莊，安排一些人手，而我所做的都是一些表面的事，並未深入其中。」謝承文輕鬆地說道。

阿曲卻知道這件事的風險很大，可也知道既然上面都找上門來了，想拒絕是不可能的，只能配合著把事情做好。

「京城裡的異樣，想來跟你之前在忙的事，關聯很大吧？」阿曲皺著眉，說出自己心中的猜測。

謝承文點點頭。「嗯，你沒讓你姊姊知道吧？」

「沒有，這段日子以來，我讓桃花有什麼事都別跟她說。」阿曲搖搖頭。幸虧阿酒懷孕之後就貪睡，把事情都交給桃花和宋氏處理，要不然想瞞住她還真不容易。

「那就好，至於我現在要做的事，你也別跟她說，反正我也只在暗處，不會擺到明面上去。」謝承文叮囑道。

阿曲自然知道輕重，忙點點頭。「你還會再離開嗎？」

「暫時不會，想來這段日子，上面也夠忙的了。」謝承文笑著說。

接下來的日子裡，謝承文每天都陪著阿酒。

這一日，他手裡拿著一本書，對著她的肚子唸書，以阿酒的話來說就是「胎教」，說是要讓孩子在肚子裡就會念書，不要像浩然一樣整天只知道四處跑。

如今浩然還只能禍害這個院子，只怕等回到流水鎮，他上山下河，肯定是無所不能。

謝承文這些日子也是領教了謝浩然的厲害，院子裡那些名貴花枝已經所剩無幾，全都慘遭他的毒手，就連丫鬟和小廝都被他整得叫苦連天，偏偏他才那麼點大，也不好對他生氣。

「男孩子淘氣些很正常。」每當阿酒想教訓謝浩然，他就會跑到宋氏面前，而宋氏每次都是這樣說。

「別氣了，妳肚子裡這個肯定是女兒，女孩一般都文文靜靜的，絕不會像浩然那樣。」謝承文安慰道。

阿酒本來還想著，最好肚子裡的還是男孩，她倒不是重男輕女，只是覺得男孩要比女孩過得輕鬆，可現在她卻無比期望是個女孩，要不然如果像哥哥一樣會鬧騰，那整個家都要翻了！

當阿酒生產的日子進入倒數計時，謝承文又開始緊張起來。

阿酒打趣他。「又不是第一次當爹，你怎麼還這麼緊張？」

「正因為不是第一次當爹，才會這麼緊張。」謝承文對阿酒生產的過程記憶猶新，一想起來就覺得可怕。

「阿酒，不管這一胎是男是女，等生完這一胎，咱們再也不生了。」謝承文抓著阿酒的手，認真地說道。

阿酒笑了笑。她倒是沒有生第一胎時的緊張，兩個孩子在前世說是剛剛好，如果是一男一女就更好了。可在這裡，兩個孩子卻還是少了些，不過看他這麼緊張，她不敢把心裡的話說出來。

忽然間，阿酒的肚子疼了起來。

謝承文一直注意著她，見她有異樣，馬上問道：「怎麼了？」

「孩子似乎想出來了。」一疼痛的勁兒過去後，阿酒才朝他笑著說道。

謝承文有些不知所措，馬上大叫起來。「桃花、桃花！」

阿酒已經被安排到產閣，謝承文還一無所覺，等回過神，眼前卻空無一人，著急的朝產閣跑去。

阿酒已經躺在床上準備生產，羊水都破了，感覺比第一胎要快很多。

「少夫人放鬆，現在還不要用力，肚子裡的孩子一切都好。」穩婆在她身上捏捏揉揉後，沈穩地說道。

阿曲剛到門口，就聽門房說阿酒要生孩子了，他飛也似地跑到產閣前，只見一臉蒼白的謝承文靠在牆上，一副隨時都要暈倒的樣子。

「浩然，你爹怎麼了？生病了嗎？」阿曲擔心地問道。

「妹夫這是被嚇的。阿曲，你先把他扶到一旁去。」梅氏方才見到謝承文這個模樣，也是嚇了一跳，忙叫等在一旁的大夫看看他，結果大夫卻說是被嚇的，弄得她哭笑不得。

阿曲一聽也是搖搖頭。看著謝承文那滿頭大汗的樣子，不知道的還以為是他在生孩子呢。

「就這樣，對，吸一口氣，嗯，再吐一口氣。抱著胸口，用力。」穩婆不慌不忙地指揮著阿酒。

阿酒被一陣陣疼痛衝擊，卻還是不自覺地按照穩婆的口令做，很快就有個東西從她的體內滑出來。

「生了、生了！」宋氏一直緊張地看著阿酒，孩子一出生，她馬上激動地叫了起來。

孩子的啼哭聲很快就傳到外頭，梅氏和阿曲還來不及開心，就聽到「砰」的一聲，謝承文竟倒在地上，暈了過去。

「大夫，快來看看！」阿曲指著倒在地上的謝承文，緊張地叫道。

「沒事，他只是太緊張了。」大夫探了探脈，笑著回道。

阿曲忍著笑，跟一旁的小廝一起把謝承文抬進屋裡。

「是個男孩。」穩婆把孩子包好後，就抱到床前給阿酒看。

這個孩子似乎比浩然出生的時候還要小一點，不過卻很乾淨，臉也不紅，看起來白白淨淨的，睜著眼睛也不知道在看些什麼？

阿酒的心裡很是激動。她又多了個孩子，她在這個世上，又多了一個血脈相連的親人！

穩婆只讓她看了一眼，就把孩子抱給宋氏。

宋氏喜孜孜地看著孩子，一個勁兒地說像阿酒。

第八十三章

謝承文過了好一會兒，才發現自己躺在床上，他一骨碌地爬起來，就朝外面跑。「阿酒怎麼樣了？」

「阿姊很好，已經回房歇息了，倒是姊夫覺得怎麼樣啊？」阿曲的肩膀被他捏得有些疼，不過還是擔心地問了一句。

「回房了啊……」謝承文全身一鬆，差點沒倒下去，阿曲忙扶著他。

「是女兒吧？一定是女兒。」也不知道他是問阿曲，還是自言自語？

「是個小子。」阿曲有些不忍心地說道。

「怎麼又是小子？浩然不一直說是妹妹嗎？」謝承文崩潰地問。

阿曲乾脆閉上嘴，不想跟沒有智商的人說話。

而謝浩然此時也是一臉不開心地站在阿酒床前。「娘，不是說好是妹妹的嗎，怎麼會是弟弟？」

「娘也不知道是怎麼一回事，下次一定給你生個妹妹。」阿酒無奈地說道。

謝浩然聽了還是很不滿，他用小手點了點小娃娃的臉，忽然抬起頭，閃爍著眼睛道：「娘，咱們把他塞回您的肚子裡，您再生一次吧，這樣一定會是妹妹。」

阿酒滿頭黑線。他的腦洞怎麼會這麼大？這是什麼歪理？

此時，謝承文終於見到阿酒，他拉著她的手緊張地問道：「怎麼樣？有沒有哪裡不舒服？」

阿酒早已從梅氏口中知道謝承文出醜的事，她十分感動，看著他焦急的樣子，覺得心中被填得滿滿的。

「我很好。快看看，這是咱們的兒子。」阿酒見他的注意力全放在自己身上，根本沒看到旁邊的小人兒，忙拉著他一起看。

謝承文見阿酒的精神很好，一顆心總算放下，這才看向躺在她身旁的小人兒。

「明明說好要生個女兒，怎麼會又是個小子呢。」雖然是抱怨的話，他那語氣中卻充滿喜悅。

府裡又添一個小小少爺，下人們個個喜氣洋洋。

謝承文叫來桃花，讓她這個月發給下人們雙倍的月錢，並另外賞給阿酒房裡的幾個丫鬟不少賞錢。

阿酒看著身邊的小人兒，感覺怎麼也看不夠。他的小嘴時而扁扁的，時而又嘟起，臉上的表情也是變化多端，一下子皺著眉，一下子又露出一個甜美的笑容，沒過一會兒又換成一個哭臉。

「娘，弟弟睡著了，怎麼還有那麼多表情？」不是妹妹，雖然讓謝浩然失望了一下，不過他很快就接受自己多了一個弟弟的事實。

謝浩然這幾天都沒怎麼跑到外面去玩，就待在小人兒的面前觀察著，還不時捏捏他的臉，或是握握他的手。

「他在跟土地公公學著呢，你以前也是這樣。」阿酒一時之間不知道該怎麼回答他，只得用這裡老人的說法應付過去。

日子就在不經意之中流逝，很快一個月過去，阿酒出月子了，她把自己上上下下洗個痛快，才抱著小兒子謝幕然走出房間。

阿酒還沒生產前，謝承文就已經開始取名，不過他取的都是女孩名，當知道生下的是個小子時，他只好隨意地翻了翻書，最後選定一個幕字。

阿酒唸了幾遍，覺得還算順口，就這樣定了下來。

終於要離開京城，阿酒坐在馬車上，看著路邊的房屋一點一點倒退，心中感慨萬千。雖然來這裡只待上短短幾個月，卻感覺住了很久一樣。

阿曲和阿釀看著那越來越小的車隊，心裡有濃濃的不捨，阿釀的眼中更是蘊含淚花。

有著兩個小孩，車隊走得極慢，宋氏也不知道怎麼回事，在半路突然染上風寒，幸虧謝承文一直帶著大夫，趕緊讓大夫替宋氏看病。

宋氏及時吃了藥，很快就緩和過來。

等回到流水鎮，已經是半月之後的事了，看著熟悉的房屋，阿酒頓時興奮不已。

「還是這裡舒服。」阿酒懶懶地靠在謝承文的身上，只覺得身心都特別放鬆，愜意極了。

「別人都嚮往著去京城，妳倒好，彷彿全天下只有這裡最好。」謝承文輕輕地撫摸著她的頭髮，笑著打趣道。

阿酒他們回來的消息，很快就傳到溪石村，姜老二跟劉詩秀急急地讓鐵柱過來接他們。

「你們總算回來了，二叔可想你們呢。」鐵柱坐在前頭趕著馬車，對阿酒他們說道。

阿酒這時的心早已飛回到溪石村，恨不得這馬車跑快一些。

「娘，我好想康舅舅。」浩然把頭從車窗伸出去，還興奮地拍著手，要不是謝承文眼明手快，只怕他要掉出馬車外了。

姜老二自鐵柱去鎮上後，就一直坐立不安，不時走到院門口，朝外面看看，感覺時間實在是過得太慢了。

「爹，阿姊他們怎麼還沒過來？」康兒牽著阿醇，跟在姜老二身後不斷地問。

「快來了、快來了。」姜老二有些不耐，卻又不想對孩子發脾氣。

「爹，您快看，那肯定是阿姊他們！」康兒說完，就馬上往外面跑去，還沒義氣地丟下阿醇。

「爹，咱們快過去！」阿醇跑不過康兒，只得催著姜老二，沒想到姜老二反而轉身進了屋。

而阿酒他們一到溪石村，阿酒就頻頻往外面看，果然看到一個小黑點朝馬車跑了過來，謝浩然馬上眼尖地叫了起來。「是康舅舅，娘，是康舅舅！」

阿酒牽著謝浩然的手，快步進了屋，只見姜老二坐在正堂，一本正經的模樣。

「爹，咱們回來了。」阿酒笑著說道。

「回來就好。」姜老二平靜地道，看起來一點異樣也沒有。

「阿姊，爹在裝著呢，他剛剛還在院門口不停地轉，見到你們的馬車後才回屋的。」康兒看不慣姜老二那彆扭的樣子，小聲地跟阿酒說道。

「臭小子，你在那裡嘀咕什麼？」康兒雖然特意放低音量，可這正堂就這麼大，姜老二當然也聽到了，他頓時有些尷尬，臉一黑，就大聲吼起來。

「阿姊，我去跟浩然玩了。」康兒見情勢不妙，忙拉著謝浩然跑出去。

「爹，我可想您了。」阿酒見屋裡只剩下他們兩個，就坐到姜老二面前撒起嬌。

姜老二看了她一眼，又轉過頭去，裝作沒聽到一樣。

阿酒忍著笑。姜老二如今在她面前總像個小孩一樣，時不時得哄一哄。

「爹，咱們出去這麼久，您到底有沒有想我啊？」阿酒湊到他的面前，笑嘻嘻地問道。

姜老二再也裝不下去了，伸手捏住她的臉頰。「還知道回來？一出門就那麼久。」

「爹，您可別冤枉女兒，劉姨要回來的時候，我也想跟著回來的，若不是肚子裡還懷著那個臭小子，我早就回來了。」阿酒不依地道。

「我那小孫子呢？快點抱進來讓我看看。」姜老二這才想起還有這件事。

謝承文抱著謝幕然站在外頭好一會兒了，要不是知道岳父跟阿酒還有話要說，他早就推門進去了，如今聽到岳父喊著要看孫子，他忙走進去。

「快點給我看看。」姜老二接過孩子，慈愛地看著，那嘴角笑得都合不起來了。

阿酒乘機走出去，只見劉詩秀已經準備好一大桌子的菜，還有各式糕點。

「你們可回來了，生孩子都順利吧？」劉詩秀關心地問道。

「挺順利的，比生浩然快多了。」阿酒捏起一塊紅豆糕吃了起來，心想還是劉姨做的糕點好吃。

轉眼間，又到了桔子成熟的季節，謝承文帶著阿酒他們去莊園摘桔子，卻沒想到那山頭上的桔子實在是太多了。

陳三順急得頭髮都要白了，他一瞧見阿酒過來，簡直像看到救星一樣。

阿酒爬上山頭，看著那些密密麻麻的桔子。

桔子一般只能放上六、七天，這個時代交通不便，也只能運去相近的幾個城鎮賣，但也肯定賣不了那麼多。

「少夫人，您快想想辦法吧，要是讓桔子就這樣放著爛掉，也太可惜了。」在陳三順眼中，還沒有阿酒解決不了的事。

「讓我想想。」阿酒有些頭痛地下了山。她本來還想去謝承文那個山頭看看，如今也沒力氣了。

見阿酒回來，謝承文抱著謝幕然，迎上前來。「妳怎麼才出去一趟，就唉聲嘆氣的？」

「山上的桔子太多，好些個都熟到爛掉了。」阿酒一時半會兒還真想不到解決的辦法。

「爛就爛了吧。妳先讓人摘一些下來，送給親朋好友吃，其他的就別管了，反正咱們又不缺這一點錢。」謝承文不願見到她愁眉苦臉的樣子。

「那不是浪費嘛。當初種下這些果樹，就是希望一年四季都能吃到果子，如今咱們是不愁沒果子吃，可還有好多人從來沒嚐過呢。」阿酒不同意地說。

「可妳也看到了，如今桔子是有了，但該怎麼讓更遠的人吃到它？」謝承文不相信阿酒能想出辦法來，雖然以往她總是會想出一些特別的點子。

「我就能想到辦法！」阿酒被他懷疑的眼神刺激到了，不服氣地道。

謝承文就喜歡看她生氣蓬勃的樣子，凡事都不認輸，似乎什麼不管再困難的事，她都能迎刃而解。

「這桔子真好吃，要是有東西能把它們裝起來，又不變味就好了，這樣想吃的時候就能吃到。」這一日，桃花正在一邊吃桔子，一邊感嘆地道。

阿酒先是愣了一下，接著就歡喜地跳起來。她想到該怎麼處理這些桔子了！可以把這些桔子做成罐頭，這樣就能放很久，甚至是一年都沒問題。

「桃花，妳去把竹枝叫過來，還有陳大嬸。」阿酒笑著吩咐道。

桃花不明白少夫人為什麼那麼激動，卻還是快步跑去叫人。

「少夫人，您是不是找到解決桔子過剩的方法了？」竹枝知道這幾天少夫人都為這件事操心，見桃花來喊她們，就猜測肯定是為了這件事。

「想是想到了，但不知道能不能弄得出來？我現在需要妳們的幫忙。」雖然罐頭容易做，可問題就是這裡沒有前世的那種玻璃罐，不知道用罈子來裝行不行？

「只要是少夫人想到的辦法，肯定能行。」竹枝崇拜地道。

阿酒讓竹枝去準備一些糖，自己則跟桃花剝起桔子來。「妳記住，一定要把這些白色的絲絡弄乾淨，不然會有些苦。」

阿酒前世最喜歡吃的就是各類罐頭，爺爺怕買來的不乾淨，就讓廚房阿姨幫她做。廚房阿姨的手很巧，無論是桔子、桃子、鳳梨口味的，廚房阿姨都能做出來。

她當時曾經好奇跑去看廚房阿姨弄罐頭，廚房阿姨也不藏私，見她想學，就耐心地一步一步教會她，沒想到有一天會真正派上用場。

阿酒見桔子剝得差不多了，就讓竹枝找來一個罈子，先用滾水燙過殺菌。

她另外倒一些水在鍋子裡，接著把桔子瓣全倒進去，等水燒開後，她又放一些糖一起煮，一直煮到糖水有些黏稠，就可以熄火了。最後將煮好的桔子醬倒入罈子裡，且是趁熱倒入，這樣才有利於密封與儲存，再將罈子密封好，就大功告成了。

竹枝跟陳大嬸按阿酒說的步驟，一一做好，她們看著鍋裡金黃色的桔瓣，覺得好看極了，不過卻有些擔心。「少夫人，這樣就可以了嗎？」

「應該能行，等過幾天再來嚐嚐味道，就知道有沒有成功了。」如果是前世的玻璃罐，她能打包票，因為當年廚房阿姨就是這樣弄的，好吃得很，可如今換成罈子來當容器，她就不敢肯定了。

「對了，把這罈子放到酒莊的泉水裡頭去。」前世有冰箱可以冷藏，如今沒有，放在那泉水中應該也不錯。

然而等待的時間總是緩慢的，這幾天竹枝每天都會過來問阿酒桔子罐頭做成沒有，阿酒心裡也擔心不已，連晚上都睡不好覺。

謝承文看阿酒近日睡眠不足的樣子，恨不得回流水鎮去，不讓她再管這些事。

過了三、四天以後，阿酒想著，差不多可以把桔子罐頭拿出來試一試，她有些緊張，臉色也不大好看。

「成了是好事，沒成就算了，妳別太擔心。」謝承文見阿酒看起來很不安，忙安慰道。

阿酒朝謝承文點點頭，便轉過身吩咐桃花。「桃花，妳快去把那個罈子抱過來。」

桃花的動作很快，馬上抱著罈子進來了，跟在她後面的還有竹枝跟陳三順他們。

「桃花，打開吧。」阿酒看著罈子，慎重地說。

桃花把那罈子邊緣的線一圈一圈地解開，很快一片片金黃色的桔片就出現在她眼前。

「用勺子舀出來，裝一些在碗裡。」阿酒見桃花只是盯著罈子裡看，一動也不動的，便開口吩咐道。

桃花連忙裝上一碗端到阿酒面前，眾人的眼睛都盯著阿酒不放。

阿酒見那桔子的顏色並沒有變，不禁信心大增。看來罐頭是成功了！

「味道還不錯，就是還不夠甜，想來是咱們的糖放少了。」阿酒嚐一口之後，笑著說道。

「快給我嚐嚐。」謝承文迫不及待地說。雖然這些日子他一直在安慰阿酒，其實他心中比她還緊張。

「酸酸甜甜的，特別是這糖水，味道真好。」謝承文感嘆地說。沒想到桔子經過簡單的加工，味道竟會變得這麼好，更重要的是還能夠儲存起來。

「這能放多久？」謝承文好奇地問。

「要是密封得好，放上一年半載都行。」阿酒信心滿滿地道。

接下來，整個莊園又忙碌起來，眾人忙著摘桔子、做罐頭。

陳三順一直緊鎖的眉頭也打開來，笑得合不攏嘴。有這麼多桔子，可是能做不少罐頭，少爺還說這東西賣的價格不能太低，看來今年又能大賺一筆。

第八十四章

謝承文把手悄悄地伸進阿酒的衣裳中，輕輕地捏著她那因為懷孕而有些鬆弛的肚皮肉。

「大白天的，快把手拿出去。」阿酒的身子隨著他的手而熱起來，要不是幕然就在旁邊，她都快要被他燃起情慾了。

「為夫想妳了。」謝承文看了一眼阿酒手中的小子，知道現在不是時候，便把手退出來，將他們母子倆一起抱在懷裡，貼著她耳邊深情地說道。

阿酒頓時滿臉朝霞，有些不滿地瞪謝承文一眼。他如今是越發不正經了。

謝承文卻覺得阿酒是在給他拋媚眼，他的心更是酥酥癢癢的，忍不住吸上她的紅唇。

「爹、娘，你們在玩親親嗎？我也要。」一道清脆的聲音把有些忘情的兩人拉了回來，謝浩然那清澈的雙眼直直地看著他們，其中有著好奇，又有些不滿。

阿酒的臉快要燒起來了，就連謝承文都有些尷尬，沒料到浩然會在這個時候進來。

「娘，我也要親親。」謝浩然固執地看著阿酒。

阿酒無奈，只得彎下腰，在他的小臉上親一親。「浩然，你進來怎麼不敲門？」

「門又沒關。」謝浩然理直氣壯地說。

阿酒瞪著謝承文。他進來不關門，還敢胡亂點火，幸虧進來的人是浩然，若是別人，那她的臉往該哪裡放？

謝承文自知理虧，連忙道：「我還有些事要處理，等吃飯再叫我。」

謝浩然看著有些落荒而逃的爹，不明白發生了什麼事？他把目光投向娘身上，正好看到謝幕然咧著嘴朝他笑，他便迅速地脫下鞋，爬到阿酒身邊，逗了起來。

阿酒見謝浩然不再糾結於剛才的事，頓時鬆了一口氣，心中卻下定決心，白天再也不讓謝承文胡作非為了。

就在今年的第一場大雪來臨之時，梁國終於立下太子，為慶祝有了儲君，宮裡需要一大批酒。

阿酒跟謝承文自從得到消息，就趕到莊園。這些日子他們都忙瘋了，在這個非常時期，可不能有半點差錯，否則那真是要殺頭的事。

「阿酒，我得親自把這些酒送去松靈府，交到將軍派來的人手中。」長長一列馬車裡，全裝滿了酒，謝承文生怕有意外發生，不得不親自走一趟。

「去吧，盡快回來。」阿酒也知道此事非同小可，便為他整理衣裳，溫柔地說道。

一行人馬不停蹄地趕到松靈府，順利把酒交到士兵手中後，謝承文這才放下心來。他看了看天色，想著先去自家院子過夜，等明日再回莊園。

可謝承文沒想到的是，他交酒時竟被唐氏瞧見，而唐氏自那之後就不斷地打探消息。

這一日，阿酒正哄完謝幕然睡覺，忽然想起自己去年釀的醬香型大麴酒，不知味道如何了，就從酒窖中拿出一些來嚐嚐。

「妳什麼時候又釀了新酒？」謝承文剛進院子，就聞到一陣陣酒香，而且這酒香不同於以往的任何一種酒，有點像醬香味，他加快腳步，果然瞧見阿酒正抱著一個酒罈子出來。

「幾年前就釀過，只是一直沒成功，這是去年釀的，當時覺得還不錯，就把它放在酒窖裡了。來，嚐嚐，看好不好喝？」

謝承文迫不及待地端起酒杯，放在鼻子下聞了聞，然後才慢慢地喝上一小口。「優雅細膩、酒體醇厚，且回味悠長，好酒、好酒。」他沈醉在其中，一邊品著酒，一邊讚嘆著，享受得很。

阿酒自已也倒上一小杯，嚐了嚐。倒是跟一般的大麴酒差不多，不過口感更加細膩，而且還有一股特殊的香氣。

「阿酒，這種酒妳釀了多少？」作為一個商人，謝承文品完酒的第一時間，想到的就是利益。

「這種酒比之前那種大麴酒更複雜，釀酒的周期也更長，以今日嚐的這個來說，那酒味還沒完全出來，一般要放個三、五年，味道最好。」謝承文話中的意思她明白，只是這種酒的釀製過程比較麻煩。

「沒事，這酒不放到酒莊去賣，咱們留著下次參加鬥酒。」謝承文在心中盤算好，笑著跟阿酒說。雖然現在他們家的貢酒比別家的酒還要好喝許多，可誰也不知道什麼時候會冒出更好的酒來，早作打算，才能立於不敗之地。

「你決定就好。不過如果要釀這種酒，人手肯定不夠，看來咱們還得買些下人回來。」阿酒現在已經習慣買人，主要是買來的人不怕他洩漏機密，重要的工序都安排給買來的人，這樣才能更加保密。

「這些事妳不用操心，妳只要告訴我需要些什麼，到時妳再負責教會他們該怎麼做就行。」謝承文把阿酒抱在懷裡，輕聲說道。

因為要釀新酒，必須準備的東西很多，謝承文每天都忙得腳不落地。

阿酒心疼之餘，也只能帶好孩子，每天替他準備美味的佳餚，讓他忙完回來就能好好地放鬆。

一晃眼又要過年了，釀新酒要用到的工具和下人也準備得差不多，等阿酒把工序整理出來，明年就可以開始釀新酒。

謝承文決定在流水鎮過年，並沒打算去松靈府。

雖然只有他們一家四口一起過年，阿酒還是從臘月二十就開始忙碌起來。她把要送去京城的年禮早早就準備好，不過還有溪石村各家的年禮，以及林家的年禮要準備呢。

午後，謝承文帶著兩個兒子正在院子玩鬧，謝浩然一見阿酒回來，馬上丟下玩具就跑了過去。

「娘、娘，您去哪了？我好想您。」謝浩然撒嬌道。

「娘也好想浩然哦。」阿酒笑著親了親他那有些髒的臉蛋。

「娘，我是男孩子。」謝浩然紅著臉，有些羞澀。

阿酒看著他，有些不明白他這話的意思，謝浩然接著又說：「隔壁的雲姊姊說，男孩子是不能隨意被親的。」

「哈哈。」阿酒大笑起來，他那一本正經的樣子真是有趣。

「娘！」謝浩然嘟著嘴，很是不滿地看著她。

「是、是，浩然是男子漢，不能隨意被親，那娘只好親弟弟了。」說完，她故意朝被謝承文抱在懷裡的謝幕然，重重地親了一口。

謝浩然糾結地看著娘親跟弟弟親密的樣子，心裡羨慕極了。

「浩然，怎麼了？」阿酒看著他糾結的樣子，笑著問道。

「娘，您還是親我吧，不過您可不要告訴別人哦。」最後想跟娘親親熱的念頭贏了，謝浩然故作大方地說道。

阿酒笑著又在他的臉上親了幾下，逗得他大笑起來，頓時院子裡全是母子倆的笑聲。

謝承文站在一旁帶笑地看著他們，心裡滿滿的、暖暖的。

隨著年關越來越近，謝承文也越來越忙，每天都有掌櫃帶著帳本到流水鎮找他匯報。

二十八日那天，謝雲飛竟親自來了。

謝承文的心情很好，他讓阿酒去準備一些好酒、好菜，就拉著謝雲飛去了書房。

謝雲飛把新開的幾家分店的情況，向謝承文說個清楚。「少爺，大麴酒在那邊的銷量可觀，倒是花酒銷量平淡。」

謝承文一想，馬上就明白過來。新店都是開在北方，那裡的天氣寒冷，而大麴酒濃度高，對那裡的人來說正適合，反觀花酒的濃度較低，就沒那麼受歡迎了。

「謝承文，你給我出來！」外頭突然傳來一陣怒吼聲。

謝長初怒氣沖沖地闖進院子裡，但他不知道謝承文在哪一間房，只好站在院子裡大聲叫起來。

「謝承文，你還不給我滾出來！」見喊一聲沒人應，謝長初的火氣更旺，聲音也更高了幾分。

「父親，有事？」謝承文不慌不忙地打開房門，看向一身怒火的謝長初。

「謝承文，你真有本事啊。」謝長初一見到他，就衝到面前，揚起手便揮了過去。只聽見「啪」的一聲，緊接著整個院子都安靜下來，只剩下謝長初重重的喘氣聲。

阿酒剛趕過來，就見到如此令人心驚的一幕，她呆呆地看著謝承文，都忘了要呼吸。

「您這是幹麼？」跟在謝長初身後的錢掌櫃，心疼地看著謝承文。

「父親，不知道承文犯了什麼事，惹得您這樣打他？」阿酒終於回過神來，她跑到謝承文面前，冷冷地看著謝長初。

「打得好，這個不孝子就該打！」唐氏幸災樂禍的聲音冒了出來，阿酒看向門口，就見唐氏正朝她得意地笑著。

「父親，到底是怎麼一回事？」謝承文似乎感覺不到臉上的疼痛，只是定定地看著謝長初。

「你自己看吧。」謝長初往謝承文臉上丟過去一張紙，冷漠地說道。

謝承文粗略地看一眼，頓時明白謝長初生氣的原因。雖然他心中早就知道會有這麼一天，但對謝長初的態度還是感到很意外，更多的則是失望。

「你真是謝家的好兒子，竟瞞著家裡在外面做生意，還對家中生意的落魄視而不見，真是個好兒子。」諷刺的話一句接一句地從唐氏口中說出來。

阿酒見謝承文的臉色並無多少變化，心中有些疑惑，見他已經看完那張紙，她連忙拿過來看。

「父親就為了這件事打我？」謝承文不悲不喜，看向謝長初的眼神一點溫度也沒有。

「難道你不該打？謝家怎麼會有你這樣的不孝子。」謝長初一點也不覺得自己有錯，恨恨地說道。

阿酒看完那張紙後，對謝承文說：「既然父親想知道這件事，你就跟他們說清楚吧。」

「鄉下女人就是沒教養，這樣的場合哪有妳說話的分？站開一些！謝承文，你倒是說說，你做這些事的時候，可想過謝家？」唐氏一副興師問罪的口吻，彷彿謝承文犯下什麼不可饒恕的罪一樣。

「妳又有什麼資格問這些？」謝承文側身護住阿酒，冷冷地看著唐氏，也不想再對她客氣。看來今日這一切，肯定有唐氏在背後推波助瀾。

「謝長初，你看到了，這就是他這個兒子對母親的態度。」唐氏朝謝長初大聲地叫道。

「哈哈哈，母親？妳對得起這兩個字嗎？這麼多年來，妳有把我當成是妳的兒子嗎？我根本就不是妳的兒子！」謝承文神情冷絕地說。

「你！」唐氏一時語塞，只得把目光投向謝長初。

謝長初卻連看都不看唐氏一眼，根本不把他們的爭執放在眼裡，他一心只想著該怎麼把那些好酒弄到手？謝家酒肆要是有了那些好酒，肯定不會像現在這樣經營慘澹。

「大哥，我知道母親有些地方做得不好，但你也不能說這樣的話吧。」謝承志也跟來了，他看著謝承文一身的冷酷，心裡不斷打鼓，卻又忍不住為唐氏申辯。

「我說的全是真的，你可以問一問你的好母親。」謝承文不屑地說。

謝承志驚訝地看著謝承文，發現他臉上的表情特別認真，不禁慌亂地問唐氏道：「娘，大哥說的是不是真的？」

「他就是個野種，根本不配當我的長子！」唐氏忽然歇斯底里地喊了起來。

「謝承文，你要是現在就把休閒酒莊交出來，那你仍是謝家人；要是不交出來，那麼謝家沒有你這樣的不孝子。」謝長初咄咄逼人地說。

謝承文全身散著寒氣，面上倒是很平靜，只是從他那緊握的拳頭，可以看出他心中的憤怒。

「既然這樣，乾脆一次說個清楚吧。」謝承文冷冷地道。

第八十五章

謝承文不光把謝啟初他們請來，還把謝家的族長也請了過來。

謝長初看著這陣式，有些後悔，但此時卻已無退路。

等該到的人都到了，謝承文便把謝長初查探來的消息交給族長。「這休閒酒莊確實是我的，而裡頭的酒也全是由我的夫人阿酒所釀。」

眾人都吃驚地看著他，而謝承文根本不管眾人的反應，繼續說道：「還有一事，也請大家明白，我不是他謝長初的兒子，但我卻是謝家名正言順的嫡子長孫。」

這下子連族長都沈不住氣了，眾人紛紛朝謝長初看過去。

謝長初恨不得再甩謝承文幾個耳光，可眾目睽睽之下，他只得扭過頭去，不過也相當於默認了謝承文的說法。

「今天請大家來，只是想請各位長輩作個證，從此以後，我與謝長初再無父子關係。」謝承文鄭重地宣佈。

「什麼？」這一個接一個令人震驚的消息，讓眾人不禁目瞪口呆。

「你想要跟我脫離關係？休想！要不是咱們把你養大，你能有今天？你不思養育之恩，竟還敢說出這樣的話，不孝子！」謝長初怒吼道。

謝承文直接大笑起來。「我的花費都是自己賺來的，可沒花你們一分錢，反倒是你們，吃的、住的本都該是我的，如今還敢在這裡叫囂，真是可笑。」

「放肆！」謝長初的臉色黑得不能再黑，怒不可遏地說道。

「這個你不陌生吧？是祖母交給我的。」謝承文撫摸著手中的玉佛，聲音不大，卻一字一句皆落入眾人耳中。

謝長初一看那玉佛，確實是謝承文從老宅帶到松靈府的，在跟唐氏簽下文書的那天，他帶走了玉佛，可不知道他現在拿出這個是想幹麼？

謝承文把玉佛倒過來，打開底蓋，從裡面拿出一張紙。「二叔，您看看吧。」

謝啟初從謝承文手中接過那張紙，仔細一看，上面的內容讓他震驚不已，他不敢置信地看著謝長初。「大哥，這才是真相吧？」

謝長初氣急敗壞地從他手中搶過紙條，還沒看完就撕了起來。「胡說八道，簡直是一派胡言！」

「您手中並沒有謝家老鋪子的房契，而且您也一直在尋找那些房契的下落，對吧？」謝承文的話，頓時讓謝長初面無血色。

「你、你……難道房契在你手中？」這消息太讓謝長初驚訝。他都尋了十幾年，就是沒找到那些房契，這也是他一直養著謝承文的原因。

「本來我什麼都不想說破的，怪就怪您太貪心。」謝承文沒回答他，只是冷冷地道。

「快把房契給我，那些都是我的！」謝長初扯著脖子大吼起來。「沒想到那個老太婆臨死前還耍陰招，難怪會生出一個短命鬼的兒子。」

「閉嘴！」謝承文渾身散發著寒氣，雙手握得緊緊的，連眼眶都紅了。

謝長初此時心中只有一個念頭，就是一定要把房契弄到手。「房契呢？房契在哪？」

謝承文忽然笑了，眾人只覺得全身一寒。

阿酒擔心地看著謝承文。以她對他的瞭解，此時他的憤怒已經達到頂點。

「讓我把房契給您，也不是不可以，不過我有三個條件。」謝承文的聲音聽起來格外寒冷，一絲溫度也沒有，可這些話聽在謝長初耳裡，卻十分悅耳。

「只要你把那些房契拿出來，不說三個條件，就是三十個我也答應。」謝長初迫不及待地回答。

謝承文讓人拿來紙筆，他快速地揮動著筆，很快就把寫好的紙遞給族長。「族長，麻煩您了。」

只見上面寫著三個條件：

第一，我謝承文從此與謝長初再無父子之名分。

第二，謝家酒肆交予謝長初管理，但休閒酒莊及往後我謝承文的一切，皆與謝府無關。

第三，將我謝承文的親生父母之牌位，堂堂正正地放入謝家祠堂。

「承文，你考慮清楚了？」族長看過後，問道。

謝承文點點頭。他的忍耐已經到極點，更何況早在他知道自己親生父母是如何去世時，就想恢復身分了，好讓父母的牌位可以正大光明地立於祠堂中。

謝長初這個時候卻有些猶豫，而唐氏卻一把搶過那紙。「你說的我都同意。快點！把房契拿過來。」

謝長初聽到房契二字，也馬上點頭道：「你把房契拿出來，我馬上簽字。」

謝承文把房契放在族長面前，看向謝長初。

謝長初迫不及待簽下名，又按了指印，然後抱著房契大笑起來。

謝承文露出一絲苦笑，大手一揮，「謝承文」三字就落在文書上頭。他放下筆，又按下自己的手印。

就這樣，謝承文與謝長初徹底斷絕關係，從此謝府的一切與他無關。

族裡把謝承文父母的牌位立於祠堂後，乾脆替他們分支，也是斷了謝長初再找謝承文麻煩的念頭。

一切塵埃落定，阿酒擔心謝承文會難過，抱著他溫柔地道：「承文，你不要傷心，你現在不是一個人，你還有我、有兒子，咱們都會陪著你的。」

謝承文看著阿酒擔心的樣子，只覺得心裡暖暖的，他把她抱在懷裡。「我知道這一天早晚會來臨，只是沒想到會來得那麼快。」他長嘆一聲。

阿酒從這嘆息聲中，能感受到他那複雜的心情，有失落、解脫，更多的卻是惆悵。

她見謝承文這幾天心情不好，想起莊園的桃花差不多也都開了，便拉著他一起去莊園釀桃花酒。

今年的桃花開得比往年更豔上幾分，輕風吹過，那桃枝搖動著，枝頭上的桃花就像是在跳舞般，一些穿紅帶綠的小娘子正穿梭在桃林之中，看起來特別賞心悅目。

「夫人，咱們去摘桃花了。」一群八、九歲的孩子從馬車旁跑過，他們看到阿酒，都笑著打招呼。自分支後，眾人對他們的稱呼也都改口了。

馬車來到泉水邊，更是有洗桃花的、晾花的、挑花的婦人們在那裡說說笑笑，手上的動作卻一刻也不停。

「夫人來了。」

「夫人更美了，就像是桃花仙子，人比花嬌。」

見阿酒過來，那些忙碌的婦人們都紛紛跟她打招呼，大老遠就能感受到她們的熱情。

而姜五這些日子忙得團團轉，每天馬不停蹄地在酒莊裡來回穿梭著，就怕出現什麼問題，會影響到酒的質量。

如今酒坊越來越大，人手也越來越多，出亂子的地方就更多了，有時候一天下來，還真是累人。可他累得很開心，看著一罈罈酒被釀造出來，他連作夢都在笑。

「阿酒，妳來了。」姜五剛從酒坊出來，就見到阿酒。

「姜五叔，辛苦了。」阿酒笑著看向姜五。

「不辛苦、不辛苦。」姜五擺著手。「不過阿酒，這酒坊的人手越來越多，我一個人也管不過來，妳真該多添幾個人了。」

阿酒也注意到這一點。如今酒坊裡的每件事都得由姜五親自處理，肯定忙不過來。

「姜五叔，你看這些挑花的和洗花的人，你可以把她們分成一組組的，最好五人一組，然後從裡面挑一個做事比較幹練的，讓她管好這個組，當然，她的工錢可以比別人多一些。然後，再從這些組長之中，找出一個能控制得住場面的，讓她把處理桃花這一部分管理起來，這樣要是桃花哪裡出了錯，你只要找這個人就行。酒坊裡面也一樣，一個鍋爐分成一組，再從中挑一個穩重的出來，讓他把這個組管好，然後再挑一個人把這些組長管好，你只要管好那幾個負責人就行。」阿酒提議道。

「這法子好，我先回去想想該怎麼分配，明天就交代下去。」姜五拍著手叫道。

第二天，阿酒一早就來到酒坊，她見姜五把來酒坊做事的人都聚在一塊兒，手裡還拿著幾張紙，正在分配人手。

那些做工的人對於這種分配，都感到很新鮮，特別是那幾個被提出來做組長的，更是興奮不已。

等姜五把人分配好後，便朝她看了過去，等著她向眾人說話。

「以後不管是誰，只要做事做得好，都可以當組長；組長做得好的，就可以成為負責人；而負責人做得好的，也可能成為像姜五叔這樣的管理人。如今酒坊的人越來越多，也需要更多的管理人，等不那麼忙的時候，你們都可以去識識字、學學記帳，那就更好了。」阿酒認真地說明著。

阿酒的話音一落，下面的人頓時議論開來，很多人都一副幹勁十足的樣子。果然無論在哪，有目標才更有動力。

酒坊的事解決了，阿酒便陪著謝承文上山頭去賞花。一排排整齊的桃樹上掛滿了桃花，不知道從何處飛來的蜜蜂在桃林裡飛來飛去，而小娘子摘桃花時的歡聲笑語，更是讓這座山頭充滿生機。

謝承文牽著阿酒的手，看著山頭上的美景，只覺得這些天胸中的悶氣一掃而空。

「謝謝妳，阿酒。」謝承文知道這些日子以來，自己讓她擔心了。

阿酒搖搖頭，回給他甜甜一笑。

「乾脆咱們把那幾個山頭也買下來吧，以後這裡就是屬於咱們的桃花源。」謝承文豪氣地說。從此他們又多了幾座山。

當桃花飄落，枝頭掛上小桃時，李夫人帶著李鶯柳回到朱雀鎮，跟在他們後面的是長長的嫁妝車隊。

林茂之的婚禮將如期舉行，因此他也在此時從京城回來了。

劉翊託他帶回來一封信，信不長，卻給阿酒帶來很多資訊，不過都是好消息。

上次立太子時，他們進獻的貢酒保質又保量，還讓很多來參加典禮的鄰國使臣讚嘆不已，這一點讓皇上跟太子都特別高興，就交代這兩種貢酒，將作為日後重要場合的必備酒，因此宮裡需要的酒量就更多了，劉翊提醒他們一定要做好準備。

還有另一封信是寫給謝承文的，阿酒沒有打開，想來是劉翊有事要交代他。

「將軍還說，以後送酒不需要像以前一樣躲躲藏藏的，宮裡會定期派人來拿酒。」林茂之見她看完信，又補上一句。

阿酒興奮極了。以往每次一到送貢酒的日子，謝承文就會特別忙，擔心貢酒在半路會出什麼問題，如今由宮裡的人直接來拿酒，既安全又方便。

「公主有讓你帶話來嗎？」阿酒想了想，又開口問林茂之。

「公主說，一定要多送一些桃脯過去給她，還有那些罐頭、酸梅什麼的，也記得多送一些過去。」林茂之回道。

阿酒有些頭痛。公主怎麼就只記得這些吃的呢？不過她還是把這些話記在心裡。

而林茂之成親的前一日，李鶯柳的嫁妝就被接了過來，看著一擔擔貼著喜字的紅木箱子被抬進來，來看熱鬧的村民眼睛都看直了。

李家不愧是大戶人家，很多東西是有錢也買不到的，像那些珍貴的瓷器、絕世的書畫，還有很多是家傳的珍玩。村民只知道好看，根本不知道這些東西的價值，而在一旁看著嫁妝被抬進來的阿酒跟梅氏，對這些東西都有些瞭解，不由得對看一眼。這李家的家底還真好。

最後當一柄皇上親賜的玉如意被抬進來時，熱鬧的屋裡頓時安靜下來，眾人都目不轉睛地看著那玉如意，想看看皇上送的東西到底有什麼不同？

次日，天公作美，豔陽高照，林茂之穿上新郎袍，牽著他的大白馬，後面跟著一頂大紅轎，緩緩地朝朱雀鎮而去，帶回屬於他的新娘。

第八十六章

阿酒舒服地伸了一個懶腰，感覺人又活過來，忽然有一隻手伸進她的中衣，來到她腰間，很快就來到她的小腹上。

「別鬧，時辰不早了。」阿酒拍打著那隻手，忍不住呵斥道。

「阿酒，咱們再要個女兒吧。」謝承文挨著她，沈聲說道。

「你不是說過不要孩子了嗎？」阿酒按住他的手，不讓他繼續作亂。

「可是女兒好可愛。」謝承文遺憾地道。

「那再生一個？」阿酒那一日瞧見戚氏那白白嫩嫩的女兒，也是動了心思。

「還是算了，以後讓浩然他們生吧。」謝承文聽她這樣說，想起她生孩子時的艱辛，神智馬上清醒過來。

阿酒一聽，頓時滿臉黑線。浩然這才沒幾歲呢……

此時謝承文又趁她一個不注意，把手滑進她的衣裳內，這次他的動作更大，讓她的身子不由得軟了下去。

「老爺，楊城那裡送來急信。」外面忽然響起平兒的聲音。

「什麼時候送來的？」謝承文正壓抑著火氣，任誰都聽得出來。

平兒全身一緊，卻還是回道：「就在剛剛，那送信的人還在外頭呢。」

謝承文氣呼呼地滾下床，卻見阿酒一臉笑意。「等著，晚上有妳好看。」

直到謝承文出了房門，阿酒才抱著被子大笑起來。他那憋屈的樣子實在是太搞笑了。

阿醇跟阿香越來越調皮，劉詩秀根本管不了，因此姜老二一發狠，就把他們全送到阿酒這裡來，讓阿酒幫忙管管他們。

阿酒看著精力過剩的兩人，只是交代下人看好他們，打算先觀察他們一段時日再說。

很快她就發現，阿醇雖然每天跟著他們一起玩，但他都會有計劃地先練習寫字，再看上一個時辰的書。

阿香和浩然也會練習寫字，卻不看書，剩下的時間就是各種冒險，而且他們很快就和鎮上的小孩打成一片。

玩的時候，一般是由阿香指揮，浩然執行，叫身後的幾個小跟班往前衝，而阿醇就坐在那裡當軍師，而他們每次玩遊戲時，都能贏過比他們大上許多的孩子。

阿酒跟在他們後面看得津津有味，回來就跟謝承文說起這件事，還感嘆道：「你說那些孩子們，怎麼就那麼精呢？」

「可惜阿香是個小娘子。」謝承文笑著說道。

阿酒覺得，送他們去鎮上的學堂，也學不到多少東西了，就寫了一封信去公主府，很快公主就回了信，隨信而來的還有好幾個人。

看完公主的回信，阿酒也算是明白劉翔的苦心。來的人一個是先生，一個教武功的，還有一個嬤嬤是專門教禮儀的。

從此以後，阿醇、阿香和浩然每天要做的事差不多定了下來。上午三人一起跟著先生習字識文，下午阿醇習武，阿香就跟著嬤嬤學女紅和禮儀。

一段時間後，阿酒發現他們都有不少變化，忙讓姜老二把康兒也送過來，反正一個也養，一群也是養。

而謝幕然正是在學習走路的時候，每天吃飽就要往外跑，幸虧有桃花在，要不她的腰都快斷了，也不知道他的精力怎麼就那麼好，都不知道累。

轉眼又到年底，阿酒跟劉詩秀這些日子為阿曲的親事忙開了。

姜老二決定先幫阿曲在京城買一個院子，畢竟以後阿曲大部分時間都會待在京城，因此姜老二特地讓謝承文去京城為阿曲買好院子，再把聘禮全送去京城。等阿曲成親之時，那些嫁妝就直接抬去他在京城的房子，不必送到溪石村來，省得麻煩。

為了迎接榮家一家子的到來，阿酒把鎮上比較好的酒樓都包下，到時候榮月就從這裡出嫁，榮家的親朋好友也都可以住在這裡。

離阿曲成親的日子還有十日，阿曲終於回來了，一年多未見，他似乎又有不少的變化，感覺更加內斂沈穩。

阿釀也一同回來了，他長高了，也更加穩重，雖然還是一樣愛笑，卻也讓他多了幾分親切感。

阿曲回來後，來姜家探訪的人絡繹不絕，幸虧劉詩秀又買了一些下人，要不然還真是忙不過來。

榮家的人很快就來到流水鎮，榮尚書居然也來了，不過他很是低調，並沒有張揚開來。

阿曲成親當日，熱鬧就不用說了，流水席從早到晚一直擺著，十里八鄉的村民都過來了，想看看從京城來的大家閨秀是什麼樣子？更有大大小小的官員想趁著這個機會結識一下京中的貴人，看能不能為自己提上一官半職？

阿酒跟劉詩秀忙著陪那些女客，直到晚上把客人送走後，才覺得累。

「這可比我自己成親要累多了。」阿酒躺在床上，讓謝承文替她捏著小腿，感嘆地道。

「真的？」不知何時，謝承文的手已經捏到她敏感的地方，而他的嘴更是貼在她耳邊游移著。

阿酒累得不想動，忙轉過身，不肯依他。

謝承文本來滿腔的熱情，可看著她哈欠連連，最終作罷，只能無奈地抱著她。「快睡吧。」

姜老二跟阿酒商量，乾脆就在莊園過年，等過完年再回溪石村。

這可樂壞一眾孩子，康兒帶著阿香他們放開了玩，每天穿梭在各個山頭抓雞趕鴨的，還帶上了狗，說是要去抓野兔，也不知道是那野兔的運氣太差，還是他們的運氣太好，還真讓他們抓到一隻。

三十的晚上，姜老二帶著他們圍在火爐邊，一邊吃、一邊聊著，紅紅的火光照著他的臉，他的臉上洋溢著幸福，看起來似乎年輕了好幾歲。

榮月還是頭一次在姜家過年，離開父母和兄長，她本來有些傷感，可姜家的溫馨讓她很快就從失落中走出來。她每天忙著跟劉詩秀學做糕點，或是跟著阿酒一同釀上一罈酒，她覺得這樣的日子其樂無窮。

過完年，阿曲就帶著榮月離開姜家，去了京城。他如今已是御前講讀，官職雖不高，卻能見到皇上和太子。

阿釀則打算明年上考場，因此一回京城就準備去遊學。

阿酒有種「吾家有兒初長成」的喜悅，卻又有些傷感。他們長大了，離她也更遠了。

謝承文輕輕地抓住阿酒的手。「咱們回家吧。」

阿酒看著他，輕輕地笑了。是啊，如今她有了自己的小家，身邊有一個疼她的男人，還有兩個兒子，她又有什麼好傷感的呢？

「爹、娘，你們快一點，弟弟都走得比你們快。」謝浩然站在前面，急促地催著他們，而謝幕然正邁著小腿，在丫鬟的攙扶下，朝他哥哥的方向追去。

「來了。」阿酒笑著回道，拉著謝承文的手朝他們跑去。

時間不緊不慢地流逝著，轉眼又是三年過去。

阿酒站在莊園的院子朝外面看去，如今正是桃花盛開的時候，山上除了摘花的小娘子們，更有不少文人騷客來這裡賞景。

隨著一年比一年多的遊客，阿酒乾脆規劃出一片桃林，專供人觀賞，並在桃樹下放了一些石桌和椅凳的，謝承文更在一旁開起酒莊，專賣桃花酒。

沒想到過沒多久，這裡就名聲大噪，連遠在京城的公子哥兒都專程過來飲酒賞花，外頭甚至還流傳說，不來桃園喝桃花酒，將一生遺憾。

有的村民們更是蓋起客棧，提供住宿，一年下來竟也賺了不少的錢，因此這個村子的生活水平越來越高，早已看不出幾年前窮困的模樣。

「在想什麼呢？」謝承文從身後摟住阿酒的腰，低聲問道。

「這些桃花真漂亮。」阿酒笑著回道。

「嗯，可桃花卻不及妳。」謝承文說完就在她的脖子上輕輕地咬起來。

「別鬧，等一下兒子他們就過來了。」阿酒用手擋下他的嘴，嬌羞地跺了跺腳。她發現他越來越黏人了，一逮到機會就要跟她卿卿我我的。

「妳心中只有兒子，都沒有我了。」謝承文委屈地看著她，眼底滿滿都是控訴。

「天啊。」阿酒有些受不了。怎麼感覺他越來越幼稚呢？每次不讓他胡作非為，他就來這一招，而她每次都敗在他可憐兮兮的小眼神下。

謝承文見阿酒的態度明顯軟化下來，乘機朝她的臉親了一下。

「娘、娘，您在哪？」清脆的童音由遠而近，阿酒馬上笑著推開謝承文。

謝承文無奈地朝外面看去。這臭小子似乎生來就是與他作對的，每次他想跟阿酒親熱的時候，這臭小子就來搗亂。

「娘，您怎麼又躲起來了？爹怎麼也在這裡？」謝幕然睜著那黑白分明的眼睛，看著他們。

「娘沒有躲起來。」阿酒牽起他的手，坐在桌前，替他擦了擦手，再整理好衣裳。

謝承文羨慕地看著那個小娃娃，他也好想要一個粉嫩嫩的女兒黏著自己。

當晚謝承文在阿酒身上胡作非為，那力度比平日還要大上三分，阿酒不滿地扭著身子，只聽見謝承文委屈地道：「我想要女兒。」

阿酒只得任由他胡來，倒是他自己沒多久就渾身軟下來，趴在她的身上。「還是算了，咱們去騙一個回家吧。」

阿酒聽了他的話，既好笑又好氣。誰家閨女願意給他騙啊？真是的。

其實她也好想要個女兒，可自從生下幕然之後，他就死活不肯再要孩子，每個月都按時去大夫那裡開了藥回來喝，如今幕然都快五歲了，他一次也沒有落下。

「咱們還是自己生一個吧？」阿酒的小手在他的肚皮上挑逗，一圈又一圈地畫著，他的呼吸漸漸加重。

「這可是妳自找的。」謝承文一個翻身就壓在阿酒身上，繼續默默地耕耘。

「爹、娘，你們可回來了。」阿酒和謝承文剛進屋，謝幕然就飛奔過去抱住阿酒的腳。

「兒子，想娘了吧？」阿酒把他抱起來，親了親，一臉期盼地問道。

「娘，我可想您了，您去哪裡了？」謝幕然嘟著嘴，眼睛都紅了，很是不滿地看著她。

「好兒子，娘跟爹方才出去辦事了，你有沒有聽哥哥的話？小舅舅他們呢？」阿酒笑著問道。

「他們還在上課，我有乖乖的。」謝幕然停頓一下，又道：「隔壁人家的雞不是我弄死的，阿花家的狗也不是被我打折腿的，還有小白家的豬不是我放出來的。」

見他認真地數著，阿酒忍住笑。想來這些事都是他弄出來的，因為怕她責怪，就自己先全部說出來，然後打算推到浩然身上吧。

果然等他一一說完後，就一本正經地看著她。「娘，哥哥不聽話，這些都是他做的。」

「幕然，你又在亂告狀了是吧？」謝浩然剛走進正廳，就聽到弟弟在說自己的壞話。

謝幕然把頭埋在阿酒懷裡，不肯說話了。

謝浩然踱著方步，正經地走過來。他現在越來越像阿醇，臉上的笑容也越來越少，老是裝出一副嚴肅的樣子，偏偏他又生著一張娃娃臉，看起來特別有喜感。

「爹、娘，你們回來了。」謝浩然明明很高興，卻裝出一副雲淡風輕的樣子。

阿酒不由得在他的小臉上捏了捏，頓時他臉上就出現「您怎麼那麼幼稚」的表情。

「浩然，想娘了嗎？」阿酒越看越好笑，不由得在他臉上親了幾口。

謝浩然不緊不慢地道：「娘，我已經長大了，男女授受不親。」

「哈哈哈——」阿酒忍不住大笑起來。

謝承文跟謝浩然同時搖搖頭，然後互相看一眼，他們再度看向阿酒眼神如出一轍，都是有些無奈又充滿愛意。

「夫人，先生在外面求見。」此時桃花進來稟報道。

阿酒讓謝承文先帶孩子們出去玩，才叫桃花把先生請進來。

先生坐下後，緩緩地說道：「今日過來，是想跟夫人說說幾位小公子的學習情況。」

「阿醇對書本上的知識已掌握得差不多，只是因為年齡和見識的關係，限制了他的思想，最好的辦法就是讓他到處去看看，深刻體會一下。」提起阿醇，先生一臉的自豪。他又接著說道：「康兒的話，勤奮有餘，但悟性不足，若硬是要考取功名的話，只怕難啊，最多能考上秀才。至於浩然，他聰明伶俐，反應快，難得的是能堅持去做一件事，以後肯定大有作為。」

見先生把三人各自評論一番，阿酒不解其意，不由得疑惑地看著他。

先生乾咳兩聲，有些不自然地道：「老夫當年本來已辭去官職，打算去雲遊四方，卻被劉將軍留下，並送過來替幾位小公子上課。幾年下來，老夫把一身的本事全交給他們，至於他們能學到多少，就看他們自己的造化。因此，老夫今日是來向夫人辭行的。」

阿酒忙挽留，可惜先生去意已定，不肯再留下來。

「夫人，您不必為難，我已寫信給一個學生，他不日就到，他的教學不在老夫之下，定能教好康兒和浩然的；至於阿醇，老夫打算帶他出去遊歷幾年。」先生補充道。

阿酒見先生已把事情安排妥當，只得點點頭。等先生離開後，她把阿醇跟康兒叫到跟前，將先生的話告訴他們。

「阿醇，先生想帶你出去遊學，你是什麼打算？」阿酒問道。

「就算先生不提，我也要跟著去。」阿醇毫不猶豫地回道。

阿酒知道阿醇從小就有主見，而且一但下定決心，就不會改變，只好讓他回溪石村去好好地跟爹、娘說一說。

「康兒，你還想讀書嗎？」阿酒溫和地看著這個弟弟，他從小就懂事得讓人心疼。

「阿姊，我不想讀了，我想回去幫爹。」康兒頭一次大膽地把心中的想法說出來，說完又有些不安，生怕會被責怪。

「你想清楚了？」阿酒雖然覺得念書好，可也明白並不是每個人都喜歡讀書寫字的。

「想清楚了，我喜歡種田。」康兒見阿酒並沒有責怪的意思，聲音不免放大一些。

「那行，你把東西收拾好，跟阿醇一起回家，再把你的想法跟爹說清楚。」阿酒笑道。

阿香知道阿醇要去遊學，鬧得不可開交，硬要跟著去。

阿酒勸了半天，也沒有打消阿香的念頭，只好對阿香說道：「妳也回溪石村，自己去跟爹、娘說，如果他們同意，我沒有意見。」

不過，以阿酒對劉詩秀的瞭解，她是無論如何也不會答應的。

第八十七章

阿醇經過爹、娘的同意後，準備去遊學。

劉詩秀替阿醇收拾了不少乾糧和衣裳，先生也早就打包好自己的東西，兩人一在阿酒家會合，就迅速地離開流水鎮。

「娘，我也想跟小舅舅一起去。」謝浩然拉著阿酒的手，羨慕地看著阿醇離去的背影。

「等你有小舅舅那麼大，就可以出去了。」阿酒有些傷感。她又送走一個，而牽著的這一個，也迫不及待地想離開了。

似乎感受到阿酒低落的情緒，謝浩然沒再說話，一直盯著外頭，直到看不見阿醇他們的身影。

下午，阿酒坐在院子裡，看著謝浩然帶著謝幕然在那裡玩鬧。新的先生還沒來，謝浩然暫時沒有功課，每天除了寫幾頁大字外，其他時間阿酒並未替他多作安排。

「大哥，你又耍賴，這明明就是我的。」謝幕然不滿的聲音傳來。

「笨弟弟，誰叫你每次手都那麼慢。」謝浩然有些得意地挑釁道。

「娘，大哥又欺負人。」見鬥不過哥哥，謝幕然高聲叫了起來。

阿酒已經飄遠的心思，一下子就被拉回來，她還來不及說話，就被重重的敲門嚇到了。

「阿酒、阿酒，香丫頭有沒有來妳這裡？」只見劉詩秀方寸大亂地站在門口。

「沒有啊。阿香不見了嗎？」不妙的感覺頓時從阿酒心底冒出來。

「她回家後，就被我關在房裡，這是今早我在她床上發現的，可她的人卻不見了。」劉詩秀已經有些哽咽。

阿酒搶過她手中的紙，沒幾下就看完了，大意是說，她想乘機去外面看看，讓家人不要擔心之類的。

「怎麼會這樣？」阿酒儘量讓自己平靜下來，阿香的膽子一向大，做事又是個仔細的，想來她計劃要離開，也不是一天、兩天的事了。

「她平時倒沒什麼異常，只是昨天她交給我一個香囊，說是讓我轉交給阿醇。」劉詩秀這時也平靜了一些。自己的女兒自己清楚，她從來不會做無關緊要的事。

「您是不是跟她說過，阿醇今日就要離開？」阿酒不用想，都能猜到接下來的事，果然見劉詩秀點點頭。「劉姨，您不用擔心，想來阿香是跟在阿醇他們後頭去了，我這就派人去找她。」

劉詩秀聽她這麼說，心裡總算沒那麼慌張，不過卻有些後悔讓阿香識字、念書了。

阿醇他們離開不久，阿酒本以為很快就能找到阿香，結果一天過去了，根本沒有他們的蹤影。

阿酒忙讓謝承文派人去找，幾天之後，同樣沒找到人，這可讓劉詩秀和阿酒急得團團轉。

直到十幾天後，他們接到阿醇的信後才放下心來，阿香果然是跟在他們後面，只是她喬裝打扮了一番，而且前幾天只是一路跟著，並未出現在他們面前，而他們根本沒有一定的目的地，也沒有走官道，這也是阿酒跟謝承文派出去的人，都沒找到他們的原因。

「這個死丫頭，當時就投錯了胎，明明是個男孩子。」劉詩秀終於放心，卻還是忍不住罵道。

阿酒有些自責，自己本應該想到的。從小到大，阿香就不是個規矩的人，特別是這幾年，阿酒下意識地把前世的一些思想帶給她，讓她更加叛逆。

「劉姨，都怪我。」阿酒很是愧疚地道。

「行了，她那性格我還不知道？根本和妳沒關係。讓她出去看看也好，免得不知道天高地厚。」得到消息後，劉詩秀恢復了理智，知道這件事根本與旁人無關。

隨著阿醇第二封信的到來，阿酒跟劉詩秀才算真正放下心來。

阿醇把一路所發生的事都寫下來，阿香自己也寫了封信回來，任誰都感受到她字裡行間的興奮，就像被放出去的小鳥，自由得很。

日子過得很快，這一日，阿酒收到阿醇的來信。

「終於要回來了，也不知道阿香那丫頭現在怎麼樣了？」阿酒念叨著，並讓人把信送去溪石村。

聽聞阿醇他們要回來，謝浩然每天都掰著手指頭數，阿酒則忙著讓人把他們的房間整理好。等一切準備妥當後，一輛馬車停在謝家的門前。

「阿姊，咱們回來了。」清脆的聲音由遠而近。

阿酒一聽，轉身就往外面跑。

「死丫頭，還知道要回來！」阿酒用力捏著阿香的臉，只見她的臉黑了一些，人瘦了，也長高不少，身上還穿著男裝，活脫脫就是一個小郎君的模樣。

「阿姊，我想死妳了。」阿香把阿酒抱住，撒起嬌來。

「阿姊，我回來了。」阿醇激動地看著阿酒，千言萬語卻化為一句話。

阿酒鬆開阿香，轉而拉住阿醇。他的個頭更加高大，也變得更壯實了，長得越來越像阿釀，此番遊學回來，他整個人看起來更加穩重，情緒也越來越內斂，跟阿香截然相反。

「阿姊，我跟妳說，外面可好玩呢。」阿香不甘心阿酒的注意力全放在阿醇身上，忙湊過來嘰嘰喳喳地說起外頭的趣聞。

阿酒一面聽她說著，一面問阿醇一路上的事，見他談吐有禮，對事情的見解也更透澈，心中欣慰極了。

「先生怎麼沒有一同回來？」阿酒不見先生的身影，不由得問道。

「先生訪故友去了，說是以後就靠我自己了。」阿醇有些傷感地說道。

阿酒摸摸他的頭。他要學著適應分離，畢業在以後的生活中還是會不斷遇到，得學會自我調解。

因為阿香他們回來，阿酒一家便一同回到溪石村。

劉詩秀見到阿香，是又哭又氣，還用手拍了她幾下。

阿香咧著嘴，大聲叫痛，劉詩秀揚起的手便再也落不下去，拉著她一個勁兒地流淚。

姜老二坐在一旁咧著嘴笑，捨不得說一句責怪的話，倒是問起阿醇在外遊歷的事。

今年阿釀高中狀元，姜家再次喜氣洋洋。

阿曲也跟榮月和兒子一起回到溪石村，姊弟三人聚在一塊兒，感慨萬千，特別是阿酒，她回想起當年，實在不敢想像能有今天的好日子。

「阿姊，咱們能有今天，都是因為妳。」阿曲在官場上打滾多年，越發明白阿酒對他們的影響。如今他沒了初入官場的稜角，做任何事都三思而行，經過他的努力，終於讓自己所治理的那個州的百姓，過上豐衣足食的生活。

這次能夠回來，也是皇上見到他的政績，特意把他調回京城，至於官職為何，還得等他進京才知道。

「阿姊，妳就跟咱們去京城吧。」阿曲懷念他們三姊弟以前在一起的日子，而這一次他再度入京為官，阿釀應該也會留在京城。

「是啊，阿姊，妳跟咱們一起進京吧，這樣咱們就又能在一起了。」阿釀這兩年自己一個人留在京城，最想念的就是以前他們三姊弟在一起的日子了。

「我不去，京城的生活不適合我。」阿酒搖搖頭。她還是喜歡待在這鄉下種種花、釀釀酒。

不久後，阿曲他們準備進京，姜老二跟劉詩秀也一同前往，還帶上阿醇跟阿香，家裡就留給康兒顧著。

這些天阿酒總是覺得想睡，謝承文不放心，就請大夫來看，沒想到她竟懷孕了。對這個意外而來的孩子，阿酒很是珍惜。

謝浩然跟謝幕然很快就得到消息，兩人一起來到阿酒房裡。

謝幕然小心地摸了摸阿酒的肚子。「娘，這裡頭有妹妹嗎？」

「也許是弟弟。」阿酒故意道。

「肯定是妹妹。」越來越穩重的謝浩然嚴肅地道。

阿酒看他一臉認真的樣子，忍不住笑出聲。看來他們都希望有個妹妹啊。

隨著著阿酒的肚子越來越大，謝浩然跟謝幕然陪著阿酒的時間也越來越多，不過他們很多時間是在跟妹妹說話，特別是有了胎動後，謝幕然更是一有空就把手貼在阿酒的肚子上，說是在跟妹妹玩。

就在眾人的期待中，阿酒進到產閣。

這次陪在謝承文身邊的，還有兩個小男子漢，三張相似的臉，表情一致，三人全是皺著眉、板著臉，雙手交握在身後，眼睛緊盯著產閣那緊閉的門。

不一會兒後，阿酒終於如願得了個女兒，而女兒自出生後，就是全家人的寶。

在阿酒女兒半歲的時候，姜老二他們終於從京城回來，去的時候一行人浩浩蕩蕩，回來的時候卻只有他們兩人和阿香。

讓阿酒意外的是，阿釀和阿醇的親事已經定了下來，就連阿香也不例外。

「劉姨，連阿醇都已經定下親事，也得好好替康兒挑一挑了。」康兒也有十七歲了，只是因為阿釀沒訂親，也就沒有人想到他，在村裡，像他這種年紀，孩子都該叫爹了。

「我去年就託村裡的嬸子們幫忙打探消息，但還真難找到適合的。康兒以後要留在家裡，這樣就不能找太遠的親家，而在這十里八鄉中，想要找個識字又大方講理的小娘子，真是太難了。」劉詩秀一臉的愁容。

阿酒挺贊成劉詩秀的想法。康兒早已打定主意，以後要留在溪石村，那他的媳婦性子就不能太計較，要不今日跟這個兄弟比，明日跟那個兄弟比，那日子可就不安生了。然而以後他媳婦的妯娌都是官家出身，總得找個識字的媳婦才行，要不他媳婦跟那些妯娌坐在一起，什麼話都搭不上，相處起來也是彆扭。

「慢慢找吧，總會找到適合的。」阿酒只得安慰著劉詩秀。她打算在鎮上也幫著打聽一下消息，看看有沒有能幹的小娘子。

很快的，阿酒就相中鎮上陳家的小娘子，劉詩秀見過之後很滿意，康兒的親事就這樣定了下來。

阿酒坐在院子裡，看謝浩然陪著妹妹學走路。

「冰兒，妳慢點跑，會摔跤的。」謝浩然臉上那擔心的模樣，成功地逗笑了妹妹。

「哇——」不一會兒，一陣清脆的哭聲傳了過來。

只見冰兒坐在地上，謝浩然正緊張地摸著她的膝蓋。「疼嗎？大哥幫妳揉揉，咱們不走了，大哥抱。」

謝幕然也不知道從哪裡衝了過來，一臉擔心地看著冰兒。「小妹，是不是大哥惹妳不開心？不怕，有二哥在，快讓二哥看看妳哪裡受傷了？」

謝幕然的頭上被敲了一下，一旁的謝浩然白他一眼，冰兒也破涕而笑，又重新站起來，小心翼翼地往前走。

謝浩然跟謝幕然一人站一邊，緊張地看著她，甚至還伸出手來護著，以防萬一。

阿酒看著這一幕，陣陣暖流從心底湧上來。

此時謝承文剛好回來，他笑著把手搭在阿酒的身上。「我回來了。」

阿酒回他一笑，把自己的手覆在他的手上。「回來了啊。」

謝冰兒聽見爹爹的聲音，馬上站定，回頭一看，然後就轉身往回跑，整個動作一氣呵成，跑得又穩又快。

「爹、爹。」謝冰兒一邊邁著小短腿跑著，一邊喊道。

阿酒在一旁笑著。看來女兒果然是父親前世的情人，這孩子一見到爹，連哥哥都不要了。

隨著年關將至，榮月帶著兒子，跟阿釀的媳婦薛氏一起先回到流水鎮；阿曲跟阿釀因為忙，得等到康兒成親前才能回來，姜家院子裡一時間熱鬧起來。

幾天後，阿曲跟阿釀終於回來，同來的還有劉翔。作為康兒的親舅舅，他當然不想缺席。隨著他們歸來，姜家出入的人更加絡繹不絕。

康兒這幾天紅光滿面，每天都在傻笑著。

終於到了成親這一天，一大早，康兒就穿戴一新，胸前還佩上紅花。他騎上馬，跟著大紅轎出去迎接他的美嬌娘了。

姜老二笑得合不攏嘴，在門口迎接著各位賓客。對於這個最像他的繼子，他是打心底喜歡，如今見他終於要成親，心中倍感欣慰。

等送走了客人，一家人終於可以坐在一起吃團圓飯，眾人說說笑笑的，好不熱鬧。

劉詩秀看了薛氏一眼，轉頭問榮月道：「她還沒有嗎？」

「阿釀前些日子被皇上派去外頭做事，兩人聚得不多。」榮月低聲道。

劉詩秀聽了也沒再問，轉而詢問起阿醇在書院待得如何，而榮月則細細地說著。

幾個孩子倒是很快吃完飯，叫嚷著跑出去玩了。

接下來的幾天，一家人聚在一起談天說地，其樂無窮。

康兒的新媳婦紀氏跟薛氏年紀差不多，兩人很快就聊到一塊兒去了。

就在阿酒以為，日子會這樣平淡而安穩地過下去時，誰料到一封信卻打破了現有的寧靜與和平。

「什麼？邊境有幾個都城已落入番邦手中?!」劉翔接到信，一目三行地看完後，忍不住氣急敗壞大吼道。

阿曲和阿釀不敢置信地看向劉翔，屋裡一下子變得安靜得可怕，眾人面面相覷，都不敢出聲。

因為這一個突發事件，劉翔必須到邊關去，就連謝承文也得一同前往，因為他在邊境還有生意要顧，而阿曲跟阿釀他們則必須先回京城待命。

一時間，姜家陷入恐慌與等待之中。

第八十八章

阿曲一到邊境沒多久，就派人捎信回來，讓阿酒馬上安排家裡的人先去莊園避一避。

阿酒一行人趕到莊園時，已經是傍晚，剛巧是下工的時候，村民們有說有笑地離開酒坊，朝家裡走去。他們見到阿酒的馬車，紛紛讓道，並微笑著跟她打招呼。

阿酒的神經一直緊繃著，在如此平和的氣氛下，才逐漸放鬆下來。

姜五對阿酒和康兒的出現很是驚訝。康兒正是新婚燕爾的時候，怎麼會過來莊園呢？就在阿酒吩咐他把莊園的各個管事招過來時，姜五心想肯定出了大事。

阿酒拿著莊園的帳本，當她看到存糧有多少時，眉頭不禁皺起。一直以來，莊園產的糧食都用來釀酒了，除了每年留下一些應急的，所剩不多。

莊園的管事們都到了，康兒見阿酒陷入沈思中，忙小聲地叫道：「阿姊、阿姊。」

阿酒的思緒被打斷，她抬起頭，見管事們都到了，忙收斂心神。「我剛剛看了帳本，發現咱們的存糧不多，但今年只怕會需要更多的酒，這點糧食是不夠用的。大春，你把你原本該做的事分交給各位管事後，出去儘量多收一些糧食，明天就去，收的價格比外面糧鋪高一點也沒關係，能收多少是多少。」

第二天，大春就帶著人去周邊各村收糧。幸虧去年風調雨順，再加上附近很多村民都在莊園做事，賺了不少銀錢，村民們不用賣糧來維持生活，自然家家戶戶都有存糧。他們一聽說是莊園要買來釀酒的，價格還比糧鋪多上好幾文，紛紛賣出自家存糧。

阿酒在莊園忙得團團轉，剛開始幾天，一碰到床就睡著，等事情捋順，有了些空閒時間後，她不由得擔心起謝承文來。

阿曲他們在京城，不會有事，可謝承文要去的可是戰火紛飛的邊境，他一個不懂武的商人，若真碰上什麼事，那可怎麼辦才好？

轉眼過去二十天，阿酒終於收到謝承文的來信，說他已經抵達最靠近失城的酒莊，謝雲飛也跟他在一起，這讓阿酒安心不少。

他在信中說到，自從劉翊趕到邊關後，戰事就沒有接著失利，如今雙方陷入僵局，梁國正在等待援軍和糧草。而除了已失利城中的那幾間酒莊狀況不明之外，其他的都正常，讓阿酒不用擔心，等處理完事情後，他就會回去。

阿酒把信看了一遍又一遍，雖然知道他肯定是報喜不報憂，卻也證明他是平安的。

大春收集的糧食越來越多，收糧的範圍也越來越遠，這時從京城有不少消息傳出來，百姓們也逐漸得知邊關戰事吃緊，而大春他們這些年在外頭見識多了，很快就明白阿酒為什麼要收這麼多糧食。

不久後，又從京城傳來一個大消息，老皇帝退位，太子上位成為他們的新皇。

阿酒從山子送來的密信得知，老皇帝是因為邊境失利，朝中大臣有很多主張言和，而當時太子一派卻堅持要打仗，老皇帝猶豫不決，最後乾脆退位，把這爛攤子交給他。

新皇一上位，就重用劉翔等一批武將，並讓吏部迅速準備糧草，支援軍隊。吏部尚書將這一個任務交給阿曲，不過因為老皇帝近幾年重於享樂，再加上一些老臣縱容，偌大的國庫裡竟沒有多少存銀。

阿曲只好拿著帳本去找新皇，新皇看過帳本以後，氣得用拳頭直打桌面。

第一批糧草，阿曲準備得很快，在大軍到達邊關之前，就已經送到。等大軍一到，因為糧食充足，士氣大漲，很快就收復兩個城池。勝利的消息傳回京城，新皇大喜，下旨讓大軍趁士氣高漲的時候一鼓作氣，把剩下的城池收回。

第二批糧食勉強在預定的時間裡準備好，阿曲卻已是眉頭緊鎖。如果戰爭不盡快結束，不光糧食不夠，國庫中的銀錢也不多了。新皇當然也瞭解這情況，因此每天朝中的氣氛都很緊張，特別是那些老臣，連吭都不敢吭一聲，就怕新皇一怒，讓他們一個個人頭落地。

這時從邊關又傳回消息，再度收復一城池，可最後一個城卻怎麼也無法拿下。隨著時間的推移，雙方將士最後的堅持全靠糧草的供給。

阿曲這些日子壓力很大，國庫已經沒錢，而新皇的私庫也所剩不多，她只好走上最後一步。

阿酒接到阿曲的來信時，才剛打發大春離開。如今外面的糧食越來越吃緊，能收回來的也越來越少，阿酒考慮再三，讓大春不用再收了。這兩個月收來的糧食差不多夠用了，幸虧他們的庫房夠大，就算是這樣，也已經放不下更多的糧食了。

「沒想到，竟真會用上，看來戰爭已到了緊要關頭。」阿酒喃喃地道。

幾日後，接糧的人來了，阿酒沒想到竟會是阿釀，她擔心地問：「你也要去邊關？」

「皇上親自下的命，我當然要去；再說這批糧草的重要性，想來阿姊也知道，大哥在京城可沒漏出半點風聲，就連我帶來的士兵，也都是皇上的私兵。」阿釀嚴肅地道。

「會打贏吧？」阿酒看著阿釀，謹慎地問。

「劉將軍已有了計策，只等糧食一到，就能展開反攻。阿姊，妳放心吧，戰爭很快就會結束的。」阿釀這些日子以來，幫著阿曲東奔西跑地籌備糧食，整個人沈穩許多。

看著糧食被運走，阿酒這才放下一顆心。

姜老二和劉詩秀已經先帶著媳婦們和孩子們回去溪石村，而阿酒也打算收拾一下就回溪石村，卻見康兒拿了一封信進來。「阿姊，邊關來信了。」

阿酒疑惑地看著信封。這明顯不是謝承文的字，難道他出事了？阿酒臉色一白，手開始發抖，怎麼也打不開那信封。

「不！」阿酒好不容易打開信，一看完信，她馬上大叫一聲，一口血就這樣噴了出來。

「阿姊，妳怎麼了？」康兒大驚失色，急忙問道。

阿酒只覺得心口疼痛無比，嘴裡有著血腥味，她的雙眼黯淡無神，一副生無可戀的樣子，一句話都說不出來，她腦海不斷地浮現三個字：失蹤了……

「阿姊、阿姊，妳別嚇我！」康兒連聲喊道。

姜五聽到屋裡的動靜，急忙跑進來，她瞧見阿酒嘴角有血，嚇了一跳，忙問道：「這是怎麼回事？我馬上去叫大夫。」

大夫很快就來了，他把了把脈，接著拿起銀針朝阿酒的後頸一扎，她這才回過神來。

「阿姊，妳感覺怎麼樣？」康兒一臉的擔心。

「康兒，你姊夫失蹤了、失蹤了！」阿酒抓住康兒的手，不停地喊著。

阿酒臉上絕望的表情讓康兒心疼不已。從小到大，他心目中的阿姊都是堅強的，遇事不慌不忙，好像什麼事到了她手中，都能迎刃而解；可此時他才知道，原來阿姊也會害怕、也會驚惶失措。

「阿姊，我這就去邊關，一定會把姊夫帶回來的。」康兒趕緊安慰道。

「對，去邊關！」阿酒猛地站起來。她怎麼能在這個時候慌了神，謝承文還在等著她去找他呢。「康兒，你去準備一些乾糧，咱們這就去邊關。」

「阿姊，我去就行了，妳留在家裡吧，浩然他們都還在在溪石村等妳呢。」康兒勸道。

「別說了，邊關我是一定要去的。」她一定要把謝承文找回來。

最後康兒說不過阿酒，只得妥協。

阿酒和康兒分別騎上一匹快馬，帶上乾糧，就這樣朝邊關奔去。

兩人快馬加鞭地趕了一天的路，眼看胯下的馬實在是支持不住了，阿酒這才跳下來，隨意找了個地方坐下來。

康兒擔心地看著她。「阿姊，咱們還是找個地方休息吧，距離邊關還得走上好些天，妳身子會受不住的。」

阿酒看向喘著粗氣的馬。他們今日已跑了有四、五個時辰吧，如今天色已暗下來，只得朝他點點頭。「成，咱們去找個地方吧。」

兩人來到一間客棧，要了兩間房。

阿酒躺在硬梆梆的床上，閉著眼很想睡，卻怎麼也睡不著。她只要一閉上眼，謝承文就出現在她眼前，他那寵愛的眼神，還有他那無奈的笑容，總是在她眼前飄著。

回想起這十多年來的相處，似乎總是他在遷就她，無論她想要做什麼，他都全力支持她。可現在他失蹤了，她怎麼能不著急？但她不能慌，她堅信他一定會回來，一定！

又經過幾天的奔波，阿酒早已沒了往日的風采。越往北，天氣越冷，也越乾燥，她的臉上已經乾到脫皮，嘴唇也裂開了，可她像是沒感覺一樣，唯一的念頭就是盡快抵達邊關。

阿酒站在一望無際的草原上，一抹殷紅色的夕陽掛在天空上，藍藍的天、白白的雲，她還是頭一次看到這樣的美景，跟松靈府的景色完全不一樣，更不要說是江南。可惜，再美的景色也吸引不了她，她的心思早已飛到謝承文身邊。

「阿姊，我打聽到了，咱們離姊夫出事的酒莊，只剩下一天路程，咱們今晚先好好休息吧。」康兒輕聲地道。

阿酒哼了一聲，又呆呆地看著遠方出神。

康兒不敢打擾她，這些日子她總是這樣，不大願意說話。

謝承文自從被綁來後，只見過一個番人，也是這番人讓他明白自己為什麼會被綁架。原來即使自己再小心，卻還是捲入了朝廷的紛爭中。

自太子上位之後，就展開一連串雷厲風行的措施，即便這些措施是利國利民的好事，卻因此觸動一些人的利益。而作為和太子同一條繩子上的螞蚱，那些人動不了別人，就只能拿他開刀，誰讓他底子薄呢？

他這幾天很安靜，一直想方設法要逃離此處，終於被他找到空檔，沒想到一跑出屋子，卻發現在他眼前的是一座高高的懸崖。

謝承文看著有些深度的懸崖，不禁絕望起來。難道他今天就要把命送在這裡？他不甘心，阿酒還在家裡等著他；還有他的孩子，他們是那樣的可愛，他不捨得。

就在他出神之際，身後傳來叫喊聲，謝承文清醒過來，目光朝崖邊的大樹看了過去。那樹下爬滿又粗又長的樹根及藤蔓，一直往下延伸，他腦中靈光一閃，迅速地跑過去，攀著樹藤就往下爬。

艱難地爬了好一陣子，終於來到懸崖底，他的雙腿瞬間發軟，整個人癱坐在地上，大口地喘著氣。

忽然一陣細碎的聲音從前面傳來，謝承文緊張地盯著前方，馬上躲到一旁的草叢裡。

自從得知康兒打聽回來的消息後，她想起之前劉翔同她說過的江湖組織「萬事通」。據說他們只在邊關一帶活動，在邊關還沒有他們探聽不到的消息，而且在邊關的各家客棧，都隱藏著他們的人，只要和掌櫃說個暗號，就能找到他們。

因此阿酒悄悄地花上大把銀票，找來「萬事通」的人，讓他們去查謝承文是如何失蹤的，如今又身在何處？

此時她已經知道謝承文是被綁架的，也知道他被關在什麼地方，那地方離這家客棧並不遠。她等不及明天早上才去救謝承文，因此也沒叫醒康兒，便獨自一人溜了出去。

她拿著「萬事通」的人給她的地圖，腳步不由得又更急一些。

看著前面的懸崖越來越近，她的心情也越來越激動。只要攀上這座懸崖，就能抵達承文被關的地方。

沒想到她卻在懸崖邊發現有物體滾落的痕跡，還有一片碎布掛在不遠的藤蔓上，那碎布看起來很像是謝承文平時穿的衣裳……她眼前一黑，忍不住癱坐在懸崖邊。

「不行，我不能放棄。」活要見人，死要見屍，她不相信謝承文就這麼死了。

她抹了把眼淚，順著小路搖搖晃晃地向懸崖底走去。

而此時的謝承文怎麼也沒想到，出現在他面前的，竟會是他日思夜想之人，他一時間還以為自己出現幻覺了。他伸手揉揉眼睛，再次抬起頭，發現那不是幻影，是真實的，而且越來越近。

他馬上站了起來，張口就要叫，卻發現自己喊不出聲。

阿酒被不遠處那突如其來的黑影嚇得臉色一白，她警惕地朝黑影望過去。

謝承文?!

阿酒傻住了，不明白他怎麼會在這裡，他不是應該被關在懸崖上面嗎？

謝承文沒幾步就躍到她的面前，張手就把她擁在懷裡。

「傻瓜，妳怎麼來了？」過了好一會兒，謝承文才能發出聲音，他激動地問道。

真的是他，阿酒只覺得眼眶一熱，淚水怎麼也控制不住地流下來。

「他肯定是從這裡下去了，快、快！你們四處看看。」這時從懸崖頂端傳來說話聲。

謝承文跟阿酒渾身一震，他拉著她的手，小心地朝上面看了看。

阿酒已冷靜下來，她指向自己來時的路。

謝承文點點頭，兩人不敢出聲，默默地趕起路來。

很快地，阿酒發現自己的腳疼痛不已，根本走不動了，而後頭追兵的聲音卻越來越近。

「你快走。」阿酒實在走不動了，她掙脫被他牽著的手，整個人跌坐在地上。

「說什麼傻話，要走一起走、要死一起死。」謝承文再度牽起她的手，要拉她起來。

阿酒搖搖頭。「我走不動了，他們要抓的人是你，不會對我怎麼樣的。」

「我不會丟下妳不管的。」謝承文不放心。他絕對不會離開的。

他在她的旁邊坐了下來，緊緊地摟住她，兩人依偎在一起，誰也沒有說話，就這樣靜靜地隱藏在大樹後方的陰影裡。

遠處的火光照亮了阿酒他們身前的這棵樹，然後漸漸遠去。

阿酒和謝承文都鬆了口氣。幸好沒被發現。

直到回到客棧，阿酒都不敢鬆開謝承文的手，只有這樣她才覺得他不會再消失不見。

「阿酒，沒事了。」謝承文看著她那淚眼汪汪的樣子，心疼不已。

他越安慰，阿酒的眼淚就掉得越凶，也越感到委屈，似乎只有這樣，才能把這些天的恐懼及無措發洩掉。

謝承文實在不知道怎麼樣才讓她能停止哭泣，當看到她的銀牙不停地咬著紅唇時，他鬼使神差地低下頭，輕輕吮住她的唇。

阿酒哭得正歡，沒想到她的嘴卻突然被堵住，她扭著頭想躲開他，誰知他卻固執地吸吮著她的唇，漸漸地，連她也沈醉其中了。

此時，門忽然被敲響，還敲得很急，阿酒連忙推開謝承文，跑過去開門。

「阿姊，妳跑哪裡去了？」康兒一早起來，四處找不到阿酒，急得不知該怎麼辦才好？沒想到他出去找一圈回來後，掌櫃竟告訴他阿酒剛剛已經回房了。此時，他看到坐在床上的謝承文，頓時驚訝不已。「姊夫，你怎麼在這裡？」

謝承文把事情的來龍去脈都跟康兒說了一遍，康兒雖然生氣阿酒自己跑出去救人，可如今人被救回來了，一切平安就好。

不久後，綁架謝承文的酒莊內鬼被抓住，邊疆失土也收復了。

謝承文把重建酒莊的事交給謝雲飛，便帶著阿酒回家。

第八十九章

「娘子酒」的名聲越來越大，酒莊也加蓋了好幾次，可真正知道阿酒的人卻並不多。

這天謝承文忽然拿出一張帖子，放在阿酒面前。

阿酒打開一看，發現竟是鬥酒會的邀請函。

「鬥酒會？」阿酒疑惑地看著他。鬥酒大賽去年才結束，他們的醬香酒還一舉得冠，如今他們家的貢酒都有三種了，他怎麼又想要鬥酒？

「這個鬥酒會並不是為貢酒而舉辦，只是為了替各地好酒排名，以往都是小規模舉行，這次卻是全梁國的酒都會被送到松靈府來鬥酒。妳看看這裡，要參加這個鬥酒會可是有要求的，鬥酒的人必須是釀酒者本人，而且可能要當場釀酒呢。」謝承文解釋道。

阿酒一聽馬上來了興趣，感覺挺不錯的。「你是打算讓我去參加嗎？」

「嗯，現在很多人喝過咱們的酒，卻不知道真正釀出這些酒的人是誰，這次可是個好機會，我要讓世人都知道那麼好喝的酒，是出自於妳手中。」謝承文自豪地道。

阿酒只覺得一顆心都要化了。他以前就說過，要讓各地的人都能喝到她的酒，所以他開了酒莊，把她的酒帶到各地；如今他為了讓世人知道是她釀的酒，又願意讓她拋頭露面。

「承文。」阿酒緊緊地抱住他，無法用言語表達自己內心的感動。

「傻瓜。」謝承文摸著她的頭髮，溫柔地看著她。

因為要去參加鬥酒會，阿酒又開始研製新的酒，她想為謝承文釀一種酒，是那種清醇而香甜，且後勁十足的酒，就像他的人一樣，深沈而醇厚。

謝幕然從小就有釀酒的天賦和興趣，這次更是跟在阿酒後面，忙進忙出的。

阿酒的酒尚未釀成之前，竟先讓他釀出一種味道還不錯的酒來，這讓阿酒跟謝承文都為之自豪。

謝承文為此還獎勵了謝幕然，讓他對於釀酒的興致更高了。

「阿酒，這種酒肯定能奪冠。」謝承文品完新酒後，對此次鬥酒充滿自信。雖然她從沒有讓他失望過，可這種酒卻還是讓他驚喜連連。

「話不要說得這麼滿，梁國那麼大呢。」阿酒對這一款酒也很滿意，雖然時間比較倉促，沒有經過時間的沈澱，可現在喝起來，竟也有達到她預想的效果。

松靈府比往日更加熱鬧，街道上人來人往的，各種語言交雜在一起，看起來十分盛大。鬥酒會終於要開始了，因為參加的人太多，最終決定把烈酒和米酒分開比，阿酒是在烈酒賽場。

當天有許多酒一開始就被淘汰，最後只留下二十種酒，阿酒的酒也被留了下來。

從明天開始就要現場釀酒，謝幕然作為她的助手，也跟著一起進入賽場。

因為釀酒的工藝算是各家秘方，再加上釀酒的時間有長有短，主辦方特地挑在一個莊園進行比賽，並為他們都提供了一個房間和一般所需設備，如果有別的需求，那就要自己帶過來了。

阿酒他們的進度比較快，只是因為還要混和，出酒的時間便長了些，不過都還在主辦方要求的期限內。

隨著離最終的日子越來越近，出酒也越來越多，自然有不少人來打探消息，阿酒每次都是笑著應付過去。防人之心不可無，在這樣的場合裡，這一點尤其重要。

阿酒他們的酒已到了最後關頭，這次釀得比上次還要成功，分酒時有股濃郁的酒香散發開來。

「娘，這酒真香，咱們肯定能拿到頭名的。」這次釀酒的每道工序，謝幕然都跟著一起操作，他明白，自己要成為一名釀酒師，還有些距離，也更加佩服娘親。

阿酒對這種酒也充滿信心。「過幾天就能知道結果了，就算沒有得到頭名，可以釀出如此好喝的酒，娘也很滿足了。」

謝幕然似懂非懂地看著阿酒，她只是摸了摸他的頭，沒再多說什麼。世事總有意外的時候，有時你很出色，但不能否認別人可能比你更出色。

經過評審團的品嘗，阿酒的酒毫無疑義地奪得頭名，而阿酒身為唯一的女釀酒師，名聲更是迅速地傳開來，尤其當眾人知道「娘子酒」也是出自她的手時，各地釀酒師都對她敬佩不已。

「哈哈，這下子妳的名聲肯定會傳遍大江南北。」謝承文拿著由皇上親書的「第一釀酒師」，開心地笑著。

阿酒也特別開心。她重生一世，沒想到能以這樣的形式被記住，讓眾人知道她曾來過這個時代，也許這就是她穿越時空來到這裡的意義。

鬥酒會的結果，如謝承文所願，隨著各地釀酒師回去後，阿酒的名聲也在各個城鎮傳了開來，特別是在知道休閒酒莊的酒都是由阿酒釀製而成的，眾人更加崇拜她。

有的釀酒師一生都釀不出一種出名的酒，可阿酒卻能釀出一種又一種的好酒，而且每一種酒都是那樣美味，讓休閒酒莊的生意越來越好，酒坊也不斷地擴大。這些酒源源不斷地運送到各個城鎮去，還有不少番商特地來到阿酒的酒坊，把酒運到番邦之地去賣。

後來，阿酒帶著謝幕然一起，特地釀製出幾種平價的酒，讓一般老百姓也能喝到她所釀的酒。

謝承文更是重新開起酒肆，專門賣這種平價酒，甚至每年在一些特殊的日子裡，還會拿出一些好酒放在酒肆裡賣，讓平民百姓也能嚐到美酒。

莊園附近的幾座山，也都被阿酒和謝承文買下，種滿各式果樹，後來因為阿酒想要多釀一些不同口味的花酒，又讓人種起各類花卉，有玫瑰、梔子、茉莉、荷花、桂花等等。

整個村莊一年四季都美如春，公主經常帶一些官夫人來此度假。慢慢地，這個村莊的名聲也傳開來，各地的人都爭相來看這個村莊的美景，並把這個村莊稱之為「桃花源」。

附近村民們的日子也因此而越過越好，家家戶戶都在院子裡種滿鮮花，迎接往來的遊客，有的甚至提供住宿的地方，大賺旅遊財。

阿酒坐在馬車上，看著自己打造的莊園，以及遊客們安逸的笑容，一股自豪感從心中升起。她總算沒有白來這古代，她在這裡擁有了自己的世界。

阿曲和阿釀的官越做越大，也更加忙碌，有時一年到頭都不回來，大多是姜老二跟劉詩秀去京城和他們聚一聚。

康兒跟他媳婦把家裡整理得井井有條，田地也越買越多，日子過得紅紅火火。

阿醇已經高中狀元，可他並不打算當官，而是進了國子監當先生，後來娶了另一個先生的女兒，兩人琴瑟和鳴，過著得十分舒心。

阿香最終還是嫁入國公府，她的夫君梁玉儀是她遊學時認識的，婚後也一直都對她不錯，幾年過去後，兩人育有一兒一女。

她跟國公府夫人經過磨合，如今的關係也很好，當然最主要還是阿香的後臺夠硬，前有公主府，後有阿曲他們，還有阿酒這個護短的姊姊，就算是國公府，也不敢明目張膽地為難她。再加上阿香處事大氣，為人圓滑，嫁入京城沒幾年，就擁有一幫交好的官夫人，更讓她在京城如魚得水，過得很是順心。

劉翔自上次戰役後，就交出軍權，安心地當起駙馬爺；反觀林茂之，憑著軍事才能，一步一步地往上爬，如今已是名震各國的大將軍了。

而如今的謝家，是以謝承文的謝家知名，成為當地大戶，謝承文幾十年如一日地寵著阿酒，從未惹草沾花，獨守著她。

阿酒都四十多歲的人了，臉上卻不見皺紋，嬌嫩如少女，而經過歲月的沈澱，讓她更加有韻味，舉止優雅、談吐不凡，讓人不由自主地想親近她。

謝浩然選擇當官，前朝有規定商人後代是不許考取功名的，可自現任皇帝上位後，就做了許多改革，其中一條就是廢掉階級觀念——不管你是什麼人的孩子，只要你有才能，都能夠當官。也正因為這樣，新的朝堂中，人才濟濟，梁國更加繁榮，鄰國都爭相與之交好，邊境一片平和。

謝幕然則如他所願，成為一位釀酒師，在阿酒的指點下，釀製出真正屬於他的酒，並受到大家的喜愛。

而謝冰兒是在父母的寵愛下長大的，又有兩個妹控的哥哥，自然受盡千嬌百寵，可她卻單純且不嬌蠻，活潑又知進退，如此受人喜愛的她，還不到十歲，就有各家少年郎前來求娶，讓謝承文愁得白了頭。

阿酒躺在院子的椅子上，手拿著一本書，嘴帶微笑，看得正專注。

「阿奶、阿奶，快看，小兔子是不是很可愛？」忽然從阿酒後面跑出一個小男孩，他的懷裡還抱著一隻毛絨絨的小白兔，那兔子睜著圓圓的眼睛，也不掙扎。

「晚兒，你又在玩小兔子了，你娘知道嗎？」阿酒放下手中的書，拿起手帕，輕輕地為他拭去因為奔跑而流出的汗水。

「阿奶，晚兒很乖的，娘已經同意我跟小兔子一起玩了。」他有些不滿地看著阿酒，嘟著小嘴，委屈得很。

「阿奶錯了，晚兒乖，讓阿奶看看小兔子是不是跟晚兒一樣可愛。」阿酒哄著晚兒，院子裡很快就響起一老一少清脆的笑聲。

謝承文迎著夕陽，看著在陽光照射下，顯得無比溫柔美麗的阿酒，也跟著笑了。

「你回來了？」阿酒抬起頭看見謝承文，朝他笑了笑，一如既往地問道。

「回來了。」謝承文走近阿酒，自然地坐在她身旁，拉起她的手，一起逗著晚兒。

夕陽越來越紅，那豔麗的光彩照在謝家院子裡，一室安寧，歲月靜好。

——全書完

盛夏祭消暑大回饋

以下任選十本，單本超優惠4折！

- 購買十本以上會蓋…。
- 未滿十本，單本6折。
- 上下集以套計算，（花蝶1619.1620、1621.1622/橘子說1143.1144則除外，為上下集分售）

書號	作者	書名	定價
花蝶1611	煓梓	情人太霸道	190
花蝶1612	伍薇	膽敢不愛我	190
花蝶1613	柚心	面癱總裁別愛我	190
花蝶1614	雷恩那	我的俊娘子	210
花蝶1615.1616	莫顏	美人謀夫婿 上+下	400
花蝶1617	柚心	馴愛好男人	190
花蝶1618	香朵拉	敗犬這條路	190
花蝶1619	暖暖歌	閃嫁頂級男神 上	190
花蝶1620	暖暖歌	閃嫁頂級男神 下	190
花蝶1621	春十三少	親愛的Sex Friend 上	190
花蝶1622	春十三少	親愛的Sex Friend 下	190
采花1236	宋雨桐	主君的寵兒	190
采花1237	沈韋	玩咖定了心	190
采花1238	夏喬恩	娶得美男歸	190
采花1239	淘淘	獨家愛人	190
采花1241	陶樂思	老公，別想亂來！	190
采花1242	米琪	至尊總裁，狠狠帥	190
采花1243	沈韋	愛上毒舌男	190
采花1244	子澄	上床不補票	190
采花1245	淘淘	愛的賞味期	190
采花1246	伍薇	情定緣投兄	190
采花1247	米琪	醉愛小米酒	190
采花1248	橙諾	相遇油桐花	190
采花1249	陶樂思	老婆，乖乖聽話！	190
采花1250	夏喬恩	情歌暖暖	190
采花1251	蘇鎏	剩女的全盛時代	190
采花1252	黑嘉蕾	總裁今晚等妳愛	190
采花1255	雷恩那	流氓俊娘子	210
采花1256	伍薇	前夫的紅娘	190
采花1257	香奈兒	結婚敢不敢	190
采花1258	柚心	謎樣情人你哪位	190
采花1259.1260	莫顏	獵食美味妻 上+下	400
采花1261	季可薔	騙你一顆相思豆	190
采花1263.1264	余宛宛	膽小者，勿愛 上+下	400
采花1265.1266	雷恩那	美狐王 上+下	420
橘子說1129	金囍	王爺是笨蛋！	190
橘子說1130	唐浣紗	愛情，擦身不過	190
橘子說1131.1132	季可薔	如果有來生 上+下	380
橘子說1133	宋雨桐	愛情拍賣師	190
橘子說1134	梅貝兒	夫君如此多嬌	190
橘子說1135	夏喬恩	老婆別玩火 (限)	190
橘子說1136	子澄	老公我好熱 (限)	190
橘子說1137	柚心	嬌妻得來速	190

盛夏祭
2018

書號	作者	書名	定價
橘子說1138	凱琍	小氣王子豪氣愛	190
橘子說1139	橙諾	幸福咬一口	190
橘子說1140	金囍	吾夫太癡心	190
橘子說1141	子澄	小妞不甜	190
橘子說1142	梁心	呆夫認錯妻	190
橘子說1143	單飛雪	不白馬也不公主 上	200
橘子說1144	單飛雪	不白馬也不公主 下	200
橘子說1145	宋雨桐	不婚不愛	190
橘子說1146	季可薔	下雪的日子想起你	190
橘子說1147	梅貝兒	清風拂面之下堂夫	190
橘子說1148	喬敏	逃愛乖乖牌	190
橘子說1149	夏喬恩	猛男進擊難招架	190
橘子說1150	梁心	萌妻不回家	190
橘子說1151	蘇曼茵	萌上小笨熊	190
橘子說1152	柚心	魅影情人誰是誰	190
橘子說1153	夏喬恩	嫩男入侵好可怕	190
橘子說1154	金囍	吾郎耍心機	190
橘子說1155	子澄	微辣呆妹	190
橘子說1156	香奈兒	誘捕天菜妹	190
橘子說1157	夏喬恩	熟男誘惑火辣辣	190
橘子說1158	橙諾	見鬼才愛你	190
橘子說1159	柚心	一眼就愛你	190
橘子說1160	宋雨桐	暗戀前夫	190
橘子說1161.1162	季可薔	還君明珠 上+下	380
橘子說1163.1164	梅貝兒	清風明月小套書	380
橘子說1165	莫顏	先下手為強	200
橘子說1166	蘇曼茵	曖昧同居關係	190
橘子說1167	喬敏	空降男友	190
橘子說1168	子澄	認養喵喵女	190
橘子說1169	梁心	為妳顛倒世界	190
橘子說1170	伍薇	寧少的婚約	190
橘子說1171	柚心	懷舊派情人	190
橘子說1172	夏喬恩	嘿，我的男神	190
橘子說1173	子澄	假妻拐上床	190
橘子說1174	香奈兒	回收舊情人	190
橘子說1175	金囍	吾妻惹人惜	190
橘子說1177	子澄	追妻密技	190
橘子說1178	季可薔	愛妻如寶	190
橘子說1179	橙諾	順便喜歡妳	190
橘子說1180.1181	余宛宛	真愛距離八百年 上+下	400
橘子說1182.1183	梅貝兒	妃常美好 上+下	380
橘子說1184	柚心	禁愛氣象先生	190
橘子說1185	夏喬恩	面癱秘書真難纏	190
橘子說1187	子澄	包養前妻	190
橘子說1188.1189	季可薔	明朝王爺賴上我 上+下	400
橘子說1190	余宛宛	助妳幸福	210
橘子說1191	雷恩那	我的樓台我的月	220
橘子說1192.1193	宋雨桐	心動那一年 上+下	400

福 其餘書單請見官網首頁，超殺折扣不買不行～～

文創風
656

賣酒求夫 3

國家圖書館出版品預行編目資料

賣酒求夫 / 何田田著. --
初版. -- 臺北市 : 狗屋, 2018.07
冊 ; 公分. --（文創風）
ISBN 978-986-328-889-3（第3冊：平裝）. --

857.7　　107007812

著作者	何田田
編輯	江馥君
校對	林慧琪　簡郁珊
發行所	狗屋出版社有限公司
地址	台北市104中山區龍江路71巷15號1樓
電話	02-2776-5889～0
發行字號	局版台業字845號
法律顧問	蕭雄淋律師
總經銷	知遠文化事業有限公司
電話	02-2664-8800
初版	2018年7月
國際書碼	ISBN-13　978-986-328-889-3

本著作物由廣州阿里巴巴文學信息技術有限公司授權出版

定價250元

狗屋劃撥帳號：19001626

網址：love.doghouse.com.tw　E-mail：love@doghouse.com.tw